# 有生之年

孙郁郁 著

陕西师范大学出版总社
西安

图书代号　　WX24N1625

本书中文简体版由北京行距文化传媒有限公司授权陕西师范大学出版总社有限公司在中国大陆地区(不包括香港、澳门、台湾)独家出版、发行。

**图书在版编目（CIP）数据**

有生之年 / 孙郁郁著. -- 西安：陕西师范大学出版总社有限公司, 2024.9. -- ISBN 978-7-5695-4535-7

Ⅰ.Ⅰ247.5

中国国家版本馆CIP数据核字第2024L58R37号

有生之年
YOUSHENG ZHINIAN

孙郁郁　著

| | |
|---|---|
| 出 版 人 | 刘东风 |
| 出版统筹 | 侯海英　曹联养 |
| 策划编辑 | 马康伟 |
| 运营编辑 | 景　明 |
| 责任编辑 | 景　明　马康伟 |
| 责任校对 | 远　阳 |
| 封面设计 | 李　璐 |
| 出版发行 | 陕西师范大学出版总社<br>（西安市长安南路199号　邮编 710062） |
| 网　　址 | http://www.snupg.com |
| 印　　刷 | 西安浩轩印务有限公司 |
| 开　　本 | 787 mm×1092 mm　1/32 |
| 印　　张 | 10.75 |
| 字　　数 | 200千 |
| 版　　次 | 2024年9月第1版 |
| 印　　次 | 2024年9月第1次印刷 |
| 书　　号 | ISBN 978-7-5695-4535-7 |
| 定　　价 | 52.00元 |

读者购书、书店添货或发现印装质量问题，请致电（029）85216658　85303635

# 目录

顾影的决心　　001

罗倩的退路　　083

艳菁的孕事　　157

莎丽的离别　　263

# 01

顾影的决心

一

早上 8 点 10 分,父母家没有人接电话,顾影嘈了一声,放下手机将原来车头向外的车身后退并摆正,一把推开车门下车,跟殷殷等着的停车姑娘说"就上去一下"。姑娘说:"两块。"顾影嘈的一声,"回来给你"。

顾影拿出钥匙,麻利地开了父母家的门,没想到屋里有人,她撞到了沙阿姨的胖屁股。这是一个 20 世纪 80 年代的三居室"老公房",她径直往屋里走:"怎么都不接电话!"声音高而急,她姥姥许老太太听见了,放下毛笔站起来:"小影啊!你爸你妈呢?"

沙阿姨跟着过来,"他们去医院了!"顾影唰地回过头:"我不是说回来接他们吗!"沙阿姨摆着胖手说:"我可不知道。"许老太太想起来了:"你爸妈不是去医院找你吗？！"顾影已经往外走。

她上了车又往北大医院开去，此刻汇入的车流比来的时候更慢了，她不住叹气。早上5点30分就去排队了，挂了个3号，说好过来接父母，他们又自己去了。她的懊恼胜过心疼。

顾影找到了在医院门诊楼门口台阶上坐着的父母。她爸爸穿着时新的轻便鞋、棕色的薄棉袜，裤腿下露出大半截小腿，她妈妈在旁边依傍着他，摇动着小小檀香扇。

她没好气地走上去："我昨天说什么了？"她妈妈戴莲屏不以为意："说什么了你昨天？""我不是说我来挂好号去接你们嘛！""你跟小沙说的吧？她可没告诉我们。"

顾影叹口气，走到父亲这边说："咱们去医生那儿吧！"她爸爸顾震一顺着两个女人的力，慢慢站了起来。

进了门诊楼，顾影先安排他们坐下，到号后自己先进去向医生问了好："郭大夫，我爸爸不知道他得的什么病，一会您别明说。"医生会意，她又出来扶上顾震一进来。戴莲屏跟着，小檀香扇子仍打开着。就算是暑气微升，就算是丈夫确诊了不好的那个病，而且她还忘记了女儿昨天的叮嘱，她早上出门前仍然敷了粉，还戴着翡翠项链。

顾影的父亲顾震一已经是前列腺癌晚期，他自己尚不知情，前一段开的药疗效显著，他的癌肿PSA指标已从95降为12。医生跟顾影说："老爷子这一侧腿肿的问题倒不是因为这个病，做一个腿部B超看看是不是静脉瓣的问题。家离这儿远吗？拿了结果不必再挂泌尿科，直接去挂心内科就好。"顾影都一一答应着，顾震一微笑地望着医生，对医生语焉不详的"这个病"不疑有它，在知道有"这个病"之前，顾影主要担心他较为严重的健忘会演变成老年痴呆，但知晓了"这个病"，其他的担忧早就排在后位，那些都不致命。

医生迅速地开了检查单，后面的病人已经小高潮地往前涌动了一次。护士过来将队伍截开，只留下下一家病人，余下的都请出门去，顾影已将父亲搀起来，但她母亲戴莲屏仍在一句一句地将刚才医生说过的话重复问一遍："那就不是泌尿科的问题了？那就是做腿的B超了？那就是完了也不回您这了？"医生容让地低着眼皮支应着，但已不再说话。顾家的三人一步三回头地离开了诊室。

顾影安顿二老坐好，兀自去交检查费，约B超。上午的号已经挂满了，下午则针对的是住院病人，竟然要排到后天才能做。从父亲确诊以来，顾影已经成了医院常客，她对综合医院、肿瘤医院、中医医院的布局、医护风格、鼓励与禁忌已经了如指掌，她早上挂的特需号，又回去找郭大夫说项，郭大夫在检查单上写了"急"字，好歹在B超室加了号。这时才上午9：45，不必在医院干等，她便决定先回家，下午再来。

顾影给公司打电话略安排了一下工作。她供职于世界排名前五的猎头公司，半年前刚升职，有了自己的独立办公室。中层经理的好处是可以自己安排时间，不必事事向上司知会请示，但提职不久就频频缺勤，还是觉得过意不去，然而忠孝不能两全，顾影只能硬着头皮。她开车带着父母回到家，沙阿姨一团笑地迎出来，顾震一客气微笑地跟她寒暄："不累，蛮好，顺利。"

许老太太也迎了出来，面有不悦："早上还让小影白跑一趟，多着急。我昨天听的就是说她来接，到楼下给你们打电话。一屋子人就我听了个真。"说着她转头斜沙阿姨一眼："他身体不好，她娘俩晕头转向的，你也颠三倒四的！"沙阿姨脸上一黑，什么也没说，拿起布袋子出去了。

顾影脸上挂不住，觉得现在家里正是用人之际，姥姥这么厉害，沙阿姨要是这会儿撂挑子，对谁都不好。回头给许老太使了个眼色，示意她少说两句，许老太看不见，只顾昂然吩咐外孙女："洗了手换了衣裳歇着，我一上午大字也没写好。"他想了想又说："十点多了又出去买菜，别人家都7点多去。"

没一会儿沙阿姨回来了，她不过是去楼下副食店买了馄饨皮，到家后麻利地包了菜肉馄饨，又拌了三个凉菜，许老太面色稍霁，顾家三口早上都没有吃好，每人都吃了很多，推开碗就又回医院做B超。

B超室的大夫让他们早点来，却又给排在最后一个，出了医院门，下班高峰已开始，一家人叫苦不迭。

到家把疲惫不堪的父母安顿下，顾影接了一个电话，嗯啊片刻，挂断后她看看表，决定先把白天检查的病历和票据整理出来。沙阿姨过来汇报说："今晚吃排骨凉瓜汤，清蒸一个鱼，我还买了特鲜的蛤蜊，小影你猜多少钱一斤？"顾影抬头敷衍道："我约了一个客户吃饭，这就走了。"沙阿姨为便宜又鲜的蛤蜊感到遗憾："说出来都没有人信，五块八一斤。"顾影这次没有抬头，皱眉看着手里的一张化验单，许老太走过来表示不悦："你们怎么都大晚上谈事？"顾影耐着性子解答："我的客户和候选人都是高管大忙人，白天要开会，谈事只能晚上。"许老太穿着件斜襟的丝绸短衫，样子虽然家常，可是襟上却不忘插着一支钢笔,她看着顾影的打扮摇头道:"大夏天你穿这种细腰窄背的衣服热不热?"

老房子没有开空调,只开着电扇,顾影将胳膊抬起来闻闻,有点懊恼:"早上想着中午就能从医院出来,然后去办公室,没想到拖这么久。"许老太不以为然地说:"你这一身汗津津的,晚上怎么跟人吃饭?"顾影也觉得不妥,想了一下,皱眉说:"我回去换衣服也没时间了,一会儿在这儿洗个澡,找件妈妈的裙子得了。"许老太闲闲地说:"你妈妈那小胖墩儿的衣服能配成一套么,你还不如穿我的。"顾影笑:"我穿您七十岁的衣服?"许老太似笑非笑地用手里的硬团扇敲了顾影一下:"你才不懂呢,看了再说。"

两个人的谈话还是惊动了顾震一夫妇,拖鞋声响起,夫妇俩一面整理着衣服,一面从他们的卧室出来。"不再睡会儿了?"顾影问。"唉,睡不着,肚子又有点饿了。"他们答道。顾影笑:"是闻着沙阿姨炖的汤了?说还有蛤蜊呢。"这时许老太已经从自己房间的衣柜里拎出一件暗绿色香云纱旗袍,"去洗了澡试试,既然要走,就麻利地动身,别起个大早赶个晚集。你认识的都是大人物,跟他们谈完公事,也让他们帮你看看有没有什么合适的对象。"许老太说。顾影本来正端详着那古老的裙子,觉得像暗香浮动的夏日湖边,但谁知谈话却冷不防又要朝她最讨厌的方向进行,她直接截断话头,赶紧拎起裙子去洗澡。绿水繁花的衣服在她身侧划过一条弧线。

二

关于自己人生的规划,顾影有过一些畅想,唯一没有想到的就是她会30余岁还待字闺中。"孤苦伶仃",她妈妈这样形容。她觉得母亲夸张,有父母祖母这满满登登的一家子,她现时并不孤清。要再说到成年人的寂寞,已婚已育就没有了吗?她这几年看得再清楚不过,所以当别人打探她的生活真相时,她总不免嘴角一歪,既不粉饰,也不给八卦的人留情面。

她也不是生性孤僻,从小学起她就真真假假地谈恋爱,所以每次同学聚会,都有人兴致勃勃等着看她和当年绯闻男友的重逢八卦。高中、大学的两位,他们的妻子甚至从未缺席这样的聚会。顾影在心里笑,与旧男友和押送他们的妻子都保持距离,饭桌上不坐在旁边,也不坐在对面,而是隔两个人就座,这样不需攀谈,也不必对视,不烦敬酒,更不劳合影。

"黄胖肿"们在微信群里调侃面目全非的班花儿,

她看得过瘾又难堪，坚决不容许他们看自己的笑话。前男友的配偶看到她庄敬自强，又渐渐凑上来拉关系。大家都知道顾影在国际一流的猎头公司做高级顾问，总有希望在事业上可以借她力冲刺的人。这些同学在饭桌上将自己吹嘘得天上有地下无，可惜简历拿来一看，根本不是她公司的目标候选人。起初她温言解释自己公司的每个项目，最终要按候选人年薪的三分之一向客户收服务费，且服务费不低于40万元，这就意味着要拿到120万元的年薪才有资格向她投递简历。没想到这得罪了同学及其家属，后来她吸取教训，戒骄戒躁，作顺水人情，将这些人的简历转给了从公司跳槽到中低端猎头公司的那些她原来的下属。最后是皆大欢喜，她从两边收到不少化妆品礼盒及红酒与笑脸，她觉得自己处理得不错。

顾影觉得需要自己花时间去认真给予解释的只有老板、下属、客户及候选人。像今晚要见的这位钱总和要去处理的麻烦事就是一例，顾影叹口气，在车水马龙中按按额角。

钱总去就任人力资源副总裁的这个项目，本来成单很快，客户是一个老牌能源公司，因为猎聘的是人力资源部一把手，岗位敏感，所以人家的董事长对这个项目的进展很关注，几次倾谈，他相当欣赏顾影的专业能力。有了董事长的肯定，与顾影对接的人力部专员也很配合，对推荐进入短名单的候选人都认真面试了，服务费的分期付款也都如期到账。眼看候选人钱总入职签订合同，就可以收尾款结束项目了，但客户却找到顾影抱怨，钱总入职也三个月了，却迟迟不肯签劳动合同，近日还正式提出离职，现在公司怀疑他是竞争对手派来的商业间谍，在了解了公司颇多机密信息与数据后想要大摇大摆地离开。这怎么能行，董事长为此十分震怒。

对于候选人跳槽到新公司后不久离职，顾影见怪不怪，无非是企业文化适应不良、情怀变现困难、过高估计自己的核心竞争力等原因，但是被客户投诉找来的是一个商业间谍却还是头一回。三个月来她和手下多次联系钱总，起初是按程序回访候选人适应情况，后来就是因客户多次反映他没有配合签劳动合同，所以想问问他的真实想法，但对方要么支支吾吾，要么爱搭不理，一直不肯正面与她接触，今天终于主动来电说可以一起吃晚饭，顾影迫不及待赶来和他见面，她要把事情的来龙去脉了解清楚。

大家约在一个西餐馆见面，意料之中是她早到。等了半个小时，对方仍在路上。餐馆的吉他手已按时上岗，玎琮的琴声中，顾影舒了口气，松弛下来。她托着头靠在皮椅子上养神,直到听见尴尬的咳嗽声,才惊觉钱总已坐在对面。两个人互相道歉,又客气地问好,"顾总这条裙子很古风","哈哈,谢谢您。"

点了菜,钱总坦承道:"顾总,我呢,今天也是来跟你赔罪的。老东家给我发了 counter offer(为挽留人才给出的更好薪酬),我本来也是觉得好马不吃回头草,也是下了决心想去闯一闯,但是顾总也一定能理解的,我们这些在外企做了半辈子的人去民企落地总是很困难,不说别的,像这家公司,去了以后先把我们几个老家伙集中军训,这就让人受不了啊,我们又不是高中生,没有累死在办公桌前已是万幸,若累死在操场上简直太亏了!"

"老东家的 counter offer 确切说不是一次,而是三次,这第一次的出价已经与新东家打了平手,第三次的出价比第一次还高了 25%,我就实在盛情难却了。"

顾影听到这里,也坐实了之前听到的一些传闻,心知挽回的可能性不大,但仍然想再试一次运气。"钱总,我理解您说的,老东家慰留,虽然常见,但给您的条件,确实难以拒绝,也是非常有诚意。不过从长远来看,您也是 HR 业界大佬,您见过的例子一定不比我少,接受了 counter offer,您和老东家貌似重新进入了蜜月期,但会面临与上层领导产生信任危机的问题,其他同僚和领导得知您本来接受了别的公司的 offer 却没走,还因为这个让薪资有了不小涨幅,难免让您在原公司遭到同事的疏远,未来的工作也会平添很多困难……"

钱总摆摆手,表示这些问题他都考虑过,不必多言。顾影来之前满脑子都是钱总的毁约导致客户对他连带自己的信任彻底摧毁,接下来她还要和手下重启猎聘流程,好不麻烦。此刻,她意识到自己今天几乎没吃什么东西,索性今朝有酒今朝醉,让倒霉的钱总案子先见鬼去吧,明天再议。

钱总笑着看她风卷残云般消灭了一盘西班牙火腿、一份海鲜意面,又小孩儿似的吃了一份洋葱圈,继而把一大杯加冰荔枝苏打水一饮而尽,然后才叹了一口气,表示找回真魂,不禁莞尔。

两个人又寒暄了一会儿,钱总说:"顾总来这个猎头公司也有五年了吧?"顾影想也不想地回答说七年半了。钱总点点头道:"给别人做了这么多年嫁衣裳,有没有想去 corporate(大公司)躲几年清闲,做做 in-house(公司内部)招聘,换换职业方向呢?"顾影摇头表示从未有过这个想法,她一直以来的职业规划就是在一个企业要做核心业务人员,也就是说,在 IT 公司就做工程师，在咨询公司就做顾问，在学校就做老师。在她看来，大公司中的法务、人力资源都属于支持部门，她手下也有很多人辞职后到大公司人力资源部门任职的，不管业绩如何，她个人都觉得这是种短视行为。

钱总脸上一红，笑道："顾总这是公然对我表示轻视啊。"在顾影的连声解释和道歉中，他摇摇手说："也罢也罢。贵所是业界翘楚，顾总是冉冉上升的新星，未来可期，比起去客户端做招聘，坚持在世界级猎头公司成为顶级猎头顾问，继而成为合伙人，这才是更令人尊重羡慕的职业归属。"

顾影赔笑，感谢钱总的鼓励认可，也谦虚地表示对未来是有期许的，但要达到钱总说的顶级顾问和合伙人的水平，现在看来为时尚早。

钱总话锋一转，向前探探上身说："我今天跟顾总见面，也是有个不情之请。我女儿今夏从中山大学毕业，学的是个偏门心理学，就业方向我也打听了下，一个是当老师，去高校嘛，得要读到博士才可以，她也不是那块料。去中小学嘛，做心理教育工作，就像顾总你说的，到底算不上核心部门，跟语数英业务骨干在待遇和前途上没法比。另有一些方向是劳教所、监狱、精神病医院，这个我们是不考虑的，我想来想去，就还是去猎头机构、企业咨询、人力资源管理这些地方比较合适。今天也想拜托顾总,你看看贵司能不能给小女提供一个暑期实习的位置。"

顾影想笑。

她叹服钱总不仅老谋深算,而且人情练达,客户那边说他是为窃取公司机密而耽搁三个月不签约也实属可笑。她想笑的是,钱总今晚出来吃个饭,竟带了三大任务,一宣布留在旧东家,二试探挖她过去,三给女儿寻找实习机会,效率真是太高了。

她正色许诺钱总这个忙一定帮得上,她们这个猎头公司不比其他企业分工细致,可以说是一个萝卜好几个坑。项目助理那边常叫苦连天,说忙不过来,小钱过来,可以直接安排在她负责的这组里,先帮助理起草合同、追缴服务费、准备各式报告、安排差旅,还有一些教育背景调查、财务支持的细碎事情,都可以去做。看钱总面露迟疑,她又忙补充道:"当然,熟悉公司项目基本流程后,可以逐渐过渡到猎聘和人才测评项目上,如果表现出色,小朋友又对这一行感兴趣,一年之后转正,成为新晋顾问。我本人责无旁贷,一定帮助小钱赢在起跑线上。"

钱总大喜过望,笑容满面,连连点头,顾影顺势恭维道:"既然钱总决定留在老东家,未来您公司有什么高管变动,还望先通个气,有什么招聘项目多想着我们点儿。"钱总满口答应,顾影买了单,宾主尽欢。

第二天一大早顾影又赶去客户那里负荆请罪,打消了客户对钱总窃取公司机密的怀疑,汇报了下一步重启猎聘的方案,客户同意再与上次位居钱总之后的第二候选人谈一次。

隔天小钱就穿着真丝衬衫和米色花苞腰的阔腿裤来上岗,顾影安排秘书带小钱熟悉情况,并要求这三天每天下班前给她汇报小钱的工作进度与状况。转眼到了周五,晚上九点,顾影根据秘书的汇报给钱总发了微信,说小钱工作上手快、人聪明、积极主动,喜欢跑外勤多于内务,是个有干劲有想法的好孩子,英语好、对数字敏感、同事关系融洽,不愧是人力资源专家的后代,未来在这一行前途无量,钱总回信连连表示感谢。

## 三

周六一早,顾影去北大医院取了父亲的B超报告,然后她直接到心内科挂了号,从 8:30 等到 11:00。这次她没有带父亲过来,只是拿了他的病历。问诊的是位老太太，年轻时标致过的脸像被一只手按扁了一样，又像手笨气粗的人做的大饼，将两边往下拉一拉，最后捻了一些椒盐和芝麻撒上，并抹了抹匀。她只有一双眼睛仍然精光四射，微胖的身形，略弓着背，保持着随时双手一撑小跑起来去应急诊的姿态。

顾影问了好，展开报告，老大夫一边看片子，一边流利地说着病情，随后放下片子，直接说："没事。"顾影指着报告上的小字："这里说……"大夫答："那个没事。"又说："还是他这个病的关系，泌尿科怎么说？"

"泌尿科说如果是肿瘤的压迫，两条腿都会肿，不会只是一边肿。"

"我这边看没事。以前有心脏病吗？"

"没有的，身体一直很好的，以前血脂有点高，得了这个病后很瘦很瘦，血脂也不高了。"

"我开些钾片给你，目前看就是癌症病人的营养不良。"

顾影道了谢，领了小小一盒药，开车去父母家。

顾震一正在跟老伴生气。

戴莲屏嘟囔着："医院去得还少吗？你自己身体也不好，又去看什么！胡菊芬以前好着呢，跟了张淇就娇气起来，哼！"

顾影进来各屋问了好，打开药箱，撕下一张不干胶标签贴到瓶子上，用圆珠笔写上"钾：饭后服，1片/日"，然后指给母亲看，戴莲屏点点头。顾震一走过来问："吃过饭没有？"得知她吃过了又说："张淇家的胡阿姨住院了，小影带我们去看看。"戴莲屏还在赌气："我不去，要去你去。"

顾震一对女儿说："夜里胡阿姨低血糖不舒服，张淇说是去医院，又没有去，想第二天早上再说，结果这次厉害，昏迷了，在医院里已经躺了三天了，怕是不好。"

"你身体也不好，还去吗？"顾影问。

"我没事。"

"这就走吗？我带你去。"

"楼上王安和也去，你去叫她。"又对老伴说，"我的短袖衬衫拿来。"

戴莲屏嗔怪顾震一："穿的什么衬衫啊，又不是出殡，不嫌热的。"顾震一眉头皱紧了，顾影狠狠地瞪了母亲一眼。戴莲屏拍着胸口："哎哟，吓死了，吓死了。"

顾影出门上楼去跟王安和说好十分钟后在楼下见。他们两家人会合，戴莲屏赞王安和穿得漂亮，后者今天穿了件宝蓝色宽身旗袍，白色镂空的皮凉鞋，听见人家说好,连声说:"都是旧的,旧的。""这双鞋可是漂亮。""媳妇不要的。"戴莲屏出门也穿得好看,一件豆绿色真丝绣花凹领衬衫,一条银灰色裤子,又戴上了女儿淘汰给她的一块浪琴小手表。

顾影父母的这几位老邻居,都是当年集体从上海针织站调到北京的老同乡,这些老叔伯阿姨,研究了一辈子纺织品,最瞧不起的就是化纤,所以出门只穿丝毛棉麻,每次看到顾影的打扮,都嫌她像个伤兵。

顾影打开空调,把风口朝上拨一拨,又问了后排:"有风吗?"老人们答:"有的有的,其实自然风就最好了。"

顾影开着车,一路听他们说着陈年旧事,没一会儿就到了医院。

住院部比门诊清静考究,胡阿姨住的还是一个单间,她半靠半躺在病床上,连着数样仪器,紧闭双眼,深而重地呼吸着,好像在平静安逸的美梦中。张叔叔站起来迎接他们,又简单把电话中说过的病情絮叨了一遍:"不好。脑细胞因为低血糖而死亡,现在是深度昏迷,不知还有没有救。"

四位老人坐了一会儿,叹息安慰,沉默,重新叹息安慰,又看着护士打了一个什么针,就告辞出来,张叔叔跟每个老人握手,也跟顾影握手。

回来的路上前半段气氛沉重,后半段逐渐在老人们的家长里短中有了欢声笑语。

## 四

顾影现在的男友廖宣是位导游,顾影并不介意他比自己年长15岁,但是他泡在欧洲不回来,工作一个接着一个,从早年的"德法荷比卢十日旅行大团"到现在的"欧陆深度游六人精品团""第二眼巴黎""金秋时节的苏格兰""冬日的北欧峡湾"等,他乐此不疲,人在旅途,情话都在纸上。

顾影并不对同事提及他半字。有时候办公室的小姑娘喜滋滋前来请假,说"男朋友来了",顾影也希望自己能抛开教养多说一句,提醒她们婚前不要把"男朋友来了""我们去旅行了""我先去机场接他过来""中午在我那里一起吃饭"等挂在嘴边。顾影承认自己是老派年轻人,噢不,老派新中年人。试问30余岁,在办公室早就自立门户,业余与三位加起来225岁的老人生活在一起,男友也是49岁,她有些许过时腔调不也是再正常不过吗!

一个月总有25天之多的午后,她开始收取男友廖宣的来信：

"伦敦不是一个牵动我情怀的城市，不像巴黎那样让人恋恋不舍。作为一个孤僻的人，这城市特别让人觉得不被打扰，绝不会有一个人，冲撞进你的安全区，每个人都好好地待在自己完整的气泡里，像水母那样。"

"他们形容美丽有风致的女人，用的是玫瑰，非常贴切。一派做好自己就不必讨好别人的冷淡大方，像你。"

"在大英博物馆。路上堵车，离闭馆只有一小时方到。客人不免抱怨，一直赔罪。"

"看完《歌剧魅影》，陪两对夫妇在中国城喝皮蛋瘦肉粥。男主角和男配都很出色，女主角就一般了。"

"买了一套小王子的杯盘。"

"今天客人将背包落在卢浮宫洗手间内。问是哪一层的哪一间厕所？不知道。近哪个馆？忘记了。噢我的天！头一次以这样的路线遍览卢浮宫。"

"会回来歇几天，然后下个月去挪威看峡湾。"

因为有廖先生，顾影总在下午的办公室和回家的路上露出甜笑，让人疑惑不解。

五

顾影午后去父母家,父亲在写毛笔字,她凑过去看了看。顾震一这样的老好人,以前的字体也跟他一样,空有架子,没有脾气,练了颜体这些年,已经很有模样了。他正好写完一张,顾影捧着热春饼似的将那张宣纸擎在手里细看,只见字字结构均匀、舒展开阔,父女俩相视一笑。

戴莲屏端着中药过来,看着老伴吃了,药苦,顾震一吸气不已。莲屏先递给他一小杯白水,又剥了一颗椰子糖给他,顾影看母亲行云流水做完这一套,笑她像在动物园训练海豹,戴莲屏却使着眼色让她借一步说话。

顾影跟她到隔壁,戴莲屏神秘又心烦地说:"小沙今天跟姥姥生气,跟我说要辞职,午饭后就出去了。"顾影问是怎么回事,"小沙家这两天有事,她女儿撺掇她跟她那个混蛋老公离婚。这咱们得说她那老公确实不像话,已经好几年不回家了,要么你就说清楚,把母女安顿好,财产做好计划,不就得了嘛。他又不甘心,大概是怕手里没钱了晚年孩子不管他,也怕好处给了这里,那边不情愿,本来就不是多么牢靠的事,竹篮打水一场空，总之现在不同意把房产给孩子。小沙女儿不干了，今天找了律师要去起诉离婚，又打电话给小沙，说还缺一个大侦探，要去跟踪拍摄拿证据。"

顾影皱眉听着，她父亲也跟过来了，一直在旁边话外音："胡闹！""钩心斗角！""想不开！""不像样！""岂有此理！"戴莲屏轰调皮小孩儿似的抬下巴挥手让他走："看电视去！"

顾影问："姥姥又怎么了？"戴莲屏说："唉，你别着急，我要一件一件说。她家里的这个事啊，我也是听了好几年了，这才理清个眉目。小沙开始说这些事，你姥姥还听着，说多了就烦了，老太太说的话也让人不爱听。今天小沙女儿来了电话，她就心浮气躁的，老太太嫌她做的饭又硬了，又嫌没把排骨汤炖了，说你下午来了没得吃。小沙就来跟我说，她家里要办这个事，女儿又要花钱找大侦探，她还不如不干了，自己去找她那老公说理去，不让孩子花这个钱受这个气。完了她就拿着小包出去了。"

顾影摇头，问："姥姥呢？"戴莲屏说老太太去楼上夏局长家聊天去了。顾影笑，两位不食人间烟火的老公主凑在一起说些不知人间疾苦的话，觉得就是她们最聪明，其实是她们运气好，家人哄着她们。

顾影对妈妈说，爸爸身体这样，姥姥也80岁了，家里无论如何都需要个帮手，沙阿姨家里有事，我们也该尽力帮着的。一会儿她回来，我劝劝她，你也让姥姥别那么多讲究。戴莲屏一边点头，一边又说，也不能全怪姥姥，沙阿姨有时候做事也是不动脑子，嘴里漂亮话特多，也不能什么事都先看老人的不是。

顾影说："咱们家的活儿不好干，姥姥这样颐指气使的人，沙阿姨走了，别人来了也干不长，爸爸最近总要去医院，你得替我带好队伍，多安抚沙阿姨。"戴莲屏哼了一声，觉得女儿一席话全是教训之意，不怎么贴心，可又觉得她说得挺对。她遗憾自己和老头儿就没有女儿身上这些刺，受了老太太大半辈子管制，有苦说不出，老了又被女儿教导着，就算说得都对，也不是滋味。

正说着，门一开，沙阿姨回来了，有点尴尬地招呼着顾影。顾影连忙过去挽着她胳膊，说听妈妈说她在找私人侦探，自己有同事当年办离婚时雇过，刚才已经发信息去打听，如果靠得住，就让同事给个联系方式，省得满世界找，毕竟这一行做的都不是台面上的事，咱们不懂门道，别再吃了亏。沙玉华一听，觉得倍感舒心，一个劲儿地致谢，又去削了三个梨，给他们一人一个吃了，"等姥姥回来再现给她削"。

## 六

元旦之后，顾震一的病情出现了变化。前列腺的癌肿指数在半年前用药后曾降到10，虽仍然高于正常值，但相比原来的500多已算相当好了，医生说药效可保持两年，但这次常规检查却发现数值飙升到900多，戴莲屏不禁又发愁落泪。顾影挂到了隔天的专家号，前一晚留宿在父母家，今天早起大家简单吃过就出门往肿瘤医院走了。

这是一个乱云急雪的星期四，顾影心事重重地开着车，戴莲屏却一直话很多，像个小孩儿一样对窗外的一切喋喋不休地发表着意见，还不时拍打闭目养神的丈夫，逗他说话。顾影发现母亲是有这个毛病，特别不喜欢家人养神，一种对沉默的莫名恐惧驱使着她要不停地去打扰正在小睡的人。虽然戴莲屏一生都比较健谈，但顾影发现她最近越发聒噪了，她不禁皱起了眉，有时说母亲一句，母亲又啰唆回来十句，顾影只好一路尽量忍着不说话。

肿瘤医院并不比别的医院更像人间地狱。家属和病人经历过起初的惊怖和震荡，都已慢慢接受了现实。

顾影扶父亲坐下，跟主治医生赵主任说了这次检查的情况。赵主任仔细看了,和顾影交谈几句,顾震一在他们两人中间坐着,却对他们的对话置若罔闻,自顾自闭目养神。赵主任问顾影:"老爷子最近精神都是这么差吗?"顾影说:"是,上个月还写写大字,最近就总躺着。"

赵主任提高声音问他:"老爷子哪里不舒服啊?"

顾震一回过神来似的,想一想说:"其实也没有什么,精神不好,总想睡觉。"

"别的不舒服都没有吗?"

"都没有的。"

戴莲屏在旁边插话:"就总是这样不说话,真着急,老顾,你看医生问你话呢,你打起精神来呀!"

赵主任用小臂在自己和老人之间来回画着一个跑道似的圈,继续问:"那您,想让我怎么帮您呢?"

顾震一想了半天:"治好我的病,这一年,老是生病。"

赵主任点点头:"咱们一起努力!老爷子外边坐坐歇一下,我跟您女儿交代几句就可以了。"

戴莲屏扶着顾震一回到室外的长椅上,赵主任收起笑容对顾影说:"他这个情况啊,不行。"从桌上拿了一张名片,写了几个字,对顾影说:"你找这个大夫,提我的名字。开几服药试试,咱们也扶扶他,不能老下重药打。"

顾影心里一沉,她知道,凡是中医让去看西医的,都是大病,而西医建议去看中医的,则已接近不治。赵主任看多了家属怏怏不乐的表情,只是叹一声:"心里也要有个准备,老人家也年逾古稀了,这个岁数,发生什么都是正常的,就算是感冒,都有可能很危险。可是你看,刚才那名患者,才四十有三。"

顾影惨笑了下,想起去年初在这里短暂住院,赵主任和另一位医生安慰她和母亲:"你别看我们现在是大医生,没准还活不到老爷子这个岁数。"那一次母亲问赵主任:"吃点中药不知管用吗?"赵主任反问:"中药?"好像听到了什么笑话。

接下来的一周,每天早晨,顾影都接到母亲的电话,父亲主要以卧床为主,她每天下班都去看看,沙阿姨跟顾影说:"这样不是办法,看能不能找地方让顾老去住院呢?"

这次还是顾影的同事陈愿帮了大忙,她是负责医药行业项目的顾问,客户与候选人都和医院关系熟,很快便帮顾影联系上了一家三甲中医医院,并告诉她说:"顾老这样的病情,一不手术二不化疗,大医院是不收的,只能想办法去中医院,正好我老同学的太太在这儿当护士长,说话管用。现在病房没床,先收你们去观察室凑合几天,过几天就有病房腾出来,先住下再说。反正癌症病人到了这个时候,就是供给营养,帮助排泄,止痛,控制感染。"

顾影感激不尽,陈愿说:"不用客气,我长你几岁,看得清楚,你家里三个老人,接下来的5—10年,会是你人生中非常困难的时期,你有没有男朋友我不知道,但是我跟你讲,有几个女朋友守望相助,比什么都强。"

顾影觉得惭愧,自己平时最怕麻烦人,又戒备心强,一言不合,便立刻在心中默默画下一条红线。她忌讳交浅言深,尤其担心为私事找客户和候选人帮忙,从而在业内落下不好的口实。对比此刻陈愿的古道热肠、快人快事,愈发显出自己不够成熟磊落。她暗暗在心里握拳,要学习人家的长处,成长起来,从此不能任由自己深闺弱质,要替爸爸承担起这个家来。

第二天顾震一入住医院,主治医生过来看过,说老先生目前营养严重失调,问了肿瘤医院下的药,直叹气说荒唐,开了营养液和中药。皮肤科大夫也来会诊,指出病人身上的带状疱疹是免疫力极度低下的症状,开了内服和外抹的药。陈愿的熟人护士长也来了,听说戴莲屏不愿请护工,要自己陪床照顾,面露不悦,把顾影叫到办公室训斥:"你母亲也70岁了,她自己也需要照顾，怎么能照料得了病人呢？"顾影只好低头解释，这一年也辗转住了两三次院，母亲都不同意请护工，一直坚持自己陪护，沙阿姨和她要来替换，最多周末半天，其他都不同意，护士长拂袖而去。

几天下来，顾震一的情况有些许好转，全家终于松了一口气，但医生说情况仍不乐观，每次谈话他都眉头紧锁，让家属在心理和物质上做好相关准备。顾影给医生准备的购物卡和礼物，都被坚决地拒绝了，顾影跟陈愿讨教，陈愿叹气说，一方面是医护比较自律，另一方面是老爷子这次凶多吉少，他们可能也是怕以后有什么麻烦。顾影听了闷闷不乐，跟廖宣提起，他仍在台湾带团。他劝慰女友"不乐损年，长愁养病"，还告知他已采购了台湾各式点心和精巧年货，一路提着虽然不便，但想的是回来就可以送给顾老品尝，更要以此答谢医护。顾影叹气，自己哪还有耐心等他回来，网上订购的台湾点心倒比他买的到货快得多，顾影收到后，连忙一分为三，又包上自己购置的护肤套装送给了主治医生。护士长和陈愿，好说歹说让他们都收下了。

戴莲屏在老伴前几次住院时，都因为自己坚持陪伴在侧成了病区的模范家属，护士们看着她和老顾手拉手散步的背影，交口称赞说："看着这老两口，回家什么心事都觉得微不足道了。"中医院的医生却对此不以为然，一直劝说家属雇请护工，戴莲屏我行我素，顾影烦不胜烦。随着护工回家大潮临近，医生才不提了。又一晚，顾震一半夜起床不慎摔跤，医生将顾影和母亲一起叫过来，声色俱厉，要求她们必须按医院的要求请24小时护工，不然天亮就办出院手续，戴莲屏无奈，同意放手。一个40岁的男护工小汪上岗，人手不够，他一个人盯着顾震一和对面病房的两位老人。顾影跟母亲商量，看是不是春节期间让小汪跟他们回家几天。虽然是愁云惨雾的时期，但是想到也许能带顾震一回家过年，大家心里还是有蜡梅花在绽放的小小喜悦。

沙玉华每天跑医院送一次饭，她心下明白，这将是这个家庭最后一个团圆的春节，未来何去何从，她尚未想好。

护士长来找顾影，说春节期间医护人员和护工要走掉三分之二，病房只留值班的人，顾老体弱病重，但她受医生嘱托，也循例来问一下，不是轰他们走，但如果家属愿意回家照顾几天，年后再来，医院也支持，并会配齐药品，医生和她本人都会留下联系方式，病情如有变化，随时都会响应。

顾影就去跟护工小汪商量，希望他能在春节期间陪顾老回家过年，除正常护工费外，再给他一周三倍的工资。小汪倒是愿意，又怕护工头不放人，顾影又去说项，果然护工头跟她说难处：春节人手少，小汪能干，一个人管着三张床，跟你回去，我这边找不到替换的，顾影许诺他小汪离院这几天，每天付护工头200元。她心里有数，不过是两个人在外边的一顿饭钱，但在这里就是护工的一天工资，平时护工头还要再从这200元里扣60元。本来春节期间护工的加班工资就由家属负担，护工头虽然人手少，但也是只赚不赔的。那人还要讲价，顾影笑："这都是护士长布置下来的工作，我们家属千难万难，也只能指望您跟我们一起配合医院了。"护工头不怕生不怕死，就怕护士长挑眉拉脸，连忙做出勉为其难的各种表情，点头同意了。

除夕之际，所有人的计时方式都改为农历。腊月二十三是许老太的生日，顾影中午带全家在外边吃了午饭，就算是给姥姥祝寿。许老太惦记女婿的病，吃着寿面却不禁落泪，幸亏戴莲屏去了洗手间，沙阿姨和顾影忙着安抚许老太，一顿饭吃得百味杂陈。

廖宣本来说好今天回京，但是同事在台湾的一个团出了状况，他只好留在原地善后，跟顾影说年三十赶回来，然后初二又要去欧洲。

顾影也跟陈愿说了有这么个人，本来商量好要忙里偷闲，一起去跟她和护士长吃个饭，现在临时变卦，大家心里都很失望。陈愿不免多嘴道："这个人倒是体面也有情趣，是你的调调儿，不过依我看你现在需要一个帮你冲锋陷阵的人，他这老堵不上枪眼你说着急不着急。你接下来的几年……唉！不说了不说了。"

不说了的话在听者心里总是苦口之药，顾影闷闷不乐地在沙发上蜷着，等待母亲小睡后一起去医院，却不意接到护工的电话，说顾老午饭后突然吐血，医生命家属速来医院。电话中只听得医生在大声呼喝。

顾影赶紧叫醒戴莲屏，沙阿姨也自告奋勇地要和她们一起去。顾影飞身出去发动车子，沙阿姨在后面30米外扶着戴莲屏。两个上了岁数的胖妇女，此刻都觉得头晕腿软，走不快，还忘了戴帽子，那在传达室边上的小理发店刚修剪不久的卷发被风吹到脸上，沾上了夺眶而出的热泪又飘散开去。两个人往前伸着胖脸，一只手互相搀着，另一只手臂向前半伸握着空拳，紧赶慢赶上了车。

所幸一路畅通，三个人奔到病房，护士忙去叫大夫，主治医生上午在门诊，中午又经历了顾震一的抢救，此刻正在自己的办公室稍事休息。看到顾影她们来了，他严肃告知今天病人消化道出血，因为他入院时血小板就一直维持在较低水平，内出血十分危险，已经申请了输血，今晚十分关键，家属务必留人。戴莲屏一个劲儿地掉泪，问什么都是摇头，顾影代她签了病危知情书。医生又找出入院时签的"不尝试复苏"的相关医疗文件，再次跟她们确认：在院内发生心跳呼吸停止后，家属是否放弃心肺复苏等抢救尝试。莲屏的反应愈发激烈，医生解释道，顾老现在是癌症晚期，因为有骨转移，所以周身骨骼上都有癌细胞，十分脆弱，而心肺复苏的按压可能会造成肋骨骨折，给老人带来更大痛苦，医院是在全力保证病人康宁的前提下，再次跟家属确认，是否同意放弃创伤性抢救，当然，真到了那一步，仍会再次征求家属的意见。

顾影看着母亲，跟医生说仍维持当初的决定。大家到病房，顾震一正在沉睡，没一会儿血库送来了血袋，护士麻利地挂好，叮嘱护工不要喂饭喂水。

戴莲屏木然说病房里太热，顺不过气来，要去走廊里坐坐。顾影陪她到走廊里，面对面站着，将母亲搂在怀里，戴莲屏紧紧捂着双眼，顾影将她的双手拿下，让她把头靠在自己肩上，戴莲屏痛哭失声，不住念叨："73岁，他到底还是没过了这一关！他到底啊！还是没过了这一关！"

年轻但威严的医生从办公室走出来，着急地劝道：

"阿姨坚强些！让您老伴听见怎么好呢！"家里许老太又来了电话，顾影简单回复了，着重说现在还安稳。之后她让沙阿姨打车回去，照顾着点姥姥，沙阿姨问她晚上想吃什么，她摇头说，不必再跑，我们在医院凑合一下。

当晚顾震一在昏迷中去世。

农历年前夕，城已半空，诸事不便。廖宣到底赶回来了，之前没有正式见过顾影的家人，此时也顾不得这些，每天陪着顾影打理各项事务。戴莲屏无心关注，许老太太闲聊后得知他大顾影15岁，前面的婚姻还有个女儿，就不太满意。廖宣跟她说话，她也不爱搭理。顾影心里哀痛，这会儿既嫌廖宣笨拙，又怨姥姥不近人情，本来还想着，父亲过世后，她就搬回来与两位老太太同住，这会儿也不免打了退堂鼓。

父亲的老同事相继前来探望，好几位都哭了，埋怨戴莲屏和顾影一起瞒着大家，不然老朋友们去医院看看他，老顾该有多么高兴啊。顾影低头听着。老干部局的年轻干事来跟她商量后事，大家都觉得难办，年关将近，让大家去参加告别仪式似不妥当，但几位老同事听了，又跟顾老生前的其他好友一一打电话，他们异口同声说，什么年不年的，老顾走的时间不巧是老顾的事，大家怎么都要去送一送，悉听家属安排，就是大年初一也去。

顾影和老干部局商量了,就腊月二十七在医院举办一个小的告别仪式,没想到那天也来了七十多人。顾震一原来所在的纺织品局,现在的局长是他当年的部下,一声令下,局里和顾老只有一面之交的年轻人也都来出席了仪式。顾影记得上初中时,几位大哥哥似的新入职干部常来她家走动:端午吃粽子冬至吃饺子;新婚媳妇小产,戴莲屏帮着送过医院;顾家搬家,又是这几个年轻人来当搬运工;和上级同事有了口角,他们也来和父亲倾诉,父亲问得最多的一句是"你为什么这样想"。现在他们也成了年近花甲的新老年人,升官的升官,再婚的再婚,再见面不复当年的气氛,然而总是亲切。

仪式完了,母女俩说什么也不肯再叨扰别人,自家人坐上医院的灵车,由廖宣和沙阿姨陪着,护送顾震一去火化。贾玉铃阿姨来晚了,没赶上仪式,这时挤到车窗前拼命挥手,母女俩连忙叫停车,戴莲屏蹒跚下车去,与贾玉铃紧紧拥抱,两个人相互拭泪,什么也没说,只是紧闭着嘴看着对方流泪,互相点头。几分钟后贾阿姨护送着戴莲屏再次上车,车子开动了,仪式上敬送的花篮花束在车的后面,一路簌簌地轻响。母女俩和沙玉华这时都不再落泪,如常议论着今天的种种，戴莲屏不厌其烦地向沙阿姨介绍着："腿不好的那位是郭启良，拖着大鼻涕进来就哭的是许家强，都是上海人，年轻时可讲究了，现在没那么立整了。"

阴了一早的天原来是要下雪，越往西去，雪花越大，一家人在愁容中看着窗外，沙阿姨和顾影带了手抄的金刚经，小声念起来，而戴莲屏注视着窗外，自顾自喃喃道："君埋泉下泥销骨，我寄人间雪满头。"

事情办得很顺利，顾影寄宿在父母家，廖宣恋恋不舍地先告辞了。近一年的揪心和连日来的操持结束了，大段的空白时光让人不知何去何从。心里的孔洞像被打穿的山脉，犹如狂风穿过般呼啸哀鸣着。母女俩躺在一张床上，蜷在被子里昏睡，晚饭时沙阿姨来叫，也都没有起来。夜里不知什么时候，顾影突然醒了，发现母亲不在身侧，她披衣下床，循着灯光过去，却看到母亲跪伏在父亲生前的床边，在无声痛泣，她这样已不知多久，眼泪与口水在地板上竟积了一摊。顾影连忙将母亲扶起来，半拉半抱到床上，盖好被子，俯下大半个身子围住她，并拍着她的后背。

七

顾影休完丧假上班，正是农历年假期刚结束不久，办公室同人正被文艺积极分子领导着排练年会节目。往年的开年大会通常是在亚太区选择一个城市召开，今年为了节省开支，上面命各分公司都因地制宜，在本地举办。老板问候了顾影几句，并说开年大会这样鼓乐喧天的事，请她酌情参加，不要为难，顾影谢过领导，但还是表示会如期出席，老板欣然点头，拍拍她胳膊说"辛苦了"，遂各自去忙。

今年的年会在公司附近的大酒店宴会厅召开，人事部照例规定了服装，主题是印花，顾影选了墨蓝色暗花连衣裙，父亲去世后，她决定此生都不再穿红色衣服了，同事们看了却赞不绝口。

年会正热闹着，她接到钱总的电话，说下午有急事要跟她见面，顾影表示自己马上可以过去，但钱总说还是来她办公室更方便，顾影不敢怠慢，连忙约好下午两点半见面。

年会抽奖环节，她作为抽奖嘉宾抽取二等奖，就那么巧，得奖人是钱总的女儿。主持人唱了半天名字，顾影才想起今天没有看到小钱，应该是没有来，她最近主要在配合广州的合伙人为当地一所民办大学找校长的工作，所以也没有太关注小钱的考勤情况。台下观众看人没来，马上起着哄要重新抽奖，顾影想到下午要见钱总，于是便把这个奖品为小钱扣了下来。观众又起哄说顾总偏心，台上台下笑成一团。

这个环节一结束，顾影就跟秘书打了招呼说钱总要过来，她得提前回去招待，看秘书欲言又止，她又托秘书跟老板解释："一会儿合影参加不了了，客户过来得紧急，也是没有办法。"回到办公室，没想到钱总已经提前到了，他被值班的前台安排在门口的沙发上，正愁眉不展地呆坐着，顾影看了表，证明是钱总早到了20分钟，才三步并作两步伸手上前，殷勤招呼。钱总解释说春节刚过，路上交通尚未恢复，平时走40分钟的路，今天15分钟就到了。

顾影引钱总到专门招呼客户的会议室坐下，钱总坐下后先抽出桌上纸巾擦汗，他这样急不可待地要找顾影，见了面却似不知如何说起。顾影在来的路上已经将和钱总公司合作的几个项目首尾回顾了一下，他女儿小钱过来当实习生后，钱总还真的介绍了一个项目，但大家都是知名外企，考虑到小钱在这里实习，怕说出去不好听，开项目时，从公司名称到职位都隐去，列为"机密搜寻"。因为是找英国分公司的

CFO，顾影已经将此事委托给伦敦办公室的合伙人了，进展似乎顺利，但顾影也后悔因为过年休假和家里办丧事，近两周并没有及时与英国方面沟通，如果今天钱总真要问起来，还要迟些回复，不由扼腕想，哪件事没有跟进，哪件事就是一个隐患，不知什么时候会炸出来。

她心里这么思忖着，脸上却平静似水，想等钱总先开口，再见机行事。终于钱总叹口气，说道："顾总，我今天过来，是跟你要人的。"

顾影不疾不徐地答道："年前给您的第一批长名单，想必您已经过目了，有没有合适的人选？一会儿伦敦那边同事醒了，我再追他们要第二批，这周晚一点，我跟同事上门向您总体汇报一下，看能不能定出可以面试的短名单人选……"

钱总打断她："顾总，今天小钱来了没有，你让她过来，咱们一起谈谈。"

"啊！"顾影愣了一下，脑子飞快转起来，觉得事情蹊跷，小钱肯定是没有来的，她爸爸找她……现在的年轻人成年后就搬出来住的看来也不在少数。小钱平时文弱少言，现在看来却是个有主意的女孩儿，大白天的，公司开年大会，她既没有来公司，也没有在父母家，顾影现在倒不知怎么替她遮掩交代了。

想了想，也只有如实禀告："小钱还在休年假吧，今天年会也没看见她，这不，手气倒是好，我替她抽了个二等奖呢，戴森的空气净化器。"她把手里的红信封向钱总推过去。

钱总看也不看，苦笑着说："顾总，实不相瞒，本来小女在你这里，我是想她学点本事，加入一个有名望有系统的公司，现在看来我是所托非人啊，小女在你们这里捅了大娄子，你，你说你这当她line manager（直线经理）的大姐，还什么都不知道呢！"

说到这里，钱总声音变了，顾影也闻之变色，她想不出对方为何进行如此严厉又似乎超出工作界限的指控。钱总气急败坏东一句西一句连骂带嘲讽地讲了10分钟，顾影总算听出了来龙去脉。原来小钱来后不久就和广州分公司的一个中年顾问托马斯戴谈起了恋爱，那托马斯是去年才从竞争对手公司离职，来到他们这儿就职的一号风云人物，业界传说他业务过硬，但绯闻更多，是一个跟客户、同事甚至上司都有花边新闻的人，不然也不会放弃了老东家十二年的"工分儿"，净身来到这里，且职位和薪水都属于平移。

在顾影看来，托马斯的业绩确实不容小觑，才来广州分公司八个月他就成功关了四个项目,开了三个,据说大有发展前途，恐怕是下一任的华南地区总裁。

最近更是频繁现身北京办公室,就又有同僚说,托马斯的胃口可能很大,不只是当华南一把手那么简单。

同事间的这种议论,一般很少找顾影,因为她总是听得多,听完一笑却不置一词,让来说八卦的人感到无趣扫兴,这也就难怪小钱和托马斯谈上了恋爱,她作为当事人之一的直线经理却是最后一个知晓的——她想起今天秘书听说钱总过来时脸上欲言又止的表情,心里不免哼一声,小钱真是太不争气了!

电光石火间,她回忆起小钱第一次和托马斯照面还是在她顾影的办公室里。那天托马斯来京见客户,顾影与后者打过交道,托马斯过来跟她取经。事情说到最后了,正赶上小钱进来汇报工作,就听她竹筒倒豆子一般汇报:"爱丽丝杨的那个学历,我现在觉得很有把握说是假的!她说是加州大学的本科,我先是在北美查学历学位的公开网站上查,被告知有十所分校,问她是毕业于哪一所,她说是纽约校区,拿她的生日、中文名字、护照名字、毕业年限等关键字翻过来掉过去地查,都是查无此人。于是我和网络提供的联系人发了邮件,对方说会专程去找学校认证,回来的结果依然是查无此人,上周又找我们专门做学历认证的机构查了,回信在这里。"她展开给顾影看:Degree found to be fake(学历造假)。

顾影听了汇报，长叹一声："这个爱丽丝真把我们害死了，简直处处蹊跷。我们做背景调查的时候，她给过两位联系人，一位是英国人，答复我们说拒绝为她做背景调查；另一位是美国人，我电话打过去一听，你猜怎么着，我觉得就是她自己在说英文，说爱丽丝这个品牌经理是不错的，在美国长大生活，却能够在中国生活下来，她了解中国的市场情况，同时又懂得西方品牌的规则，两边做一个衔接和桥梁，让双方的合作更顺畅什么的。"

"这个职位合适的候选人少，其实爱丽丝上一份工作也是做品牌管理、零售运营，这方面她上比较有经验，但越聊我越发现，她其实也没搞过客户需要的这么大盘子，但是客户见了她，几次交谈又很顺畅，现在已经进到项目最后阶段，本以为什么背景调查和学位调查都是循例，就从来没有任何一位候选人是在这个阶段被拦下来的。"

托马斯说："天下之大，无奇不有。所以外企这些平时看着麻烦的程序，到特殊时刻就又看出它的作用来了。奇的是这位爱丽丝连本科学位都是假的，却能受一个顶级奢华英国汽车制造商委托，在中国企业的相关战略部门做了多年品牌高级经理，也真是个有街头智慧的女闯王。我们作为猎头，挖掘出这样的人，也不见得就愧对客户,但也得跟客户说清原委,录用与否,让他们定夺,我们能做的,也就到这个程度,不能为了追求成单率,隐瞒重大事实。不过这位小同事做事还是很有章法,汇报得也清楚,我看不如你再去 draft(起草)个邮件过来,顾总一会儿就可以加加减减发给客户,现在让她偷个懒,听我把事情啰唆完。"

小钱脸红红地点头,顾影也顺势赞小钱 good job(干得漂亮),并为他们二人做了简单介绍。听说小钱是中山大学毕业生,托马斯直接用粤语跟她攀谈了起来,小钱一张嫩脸从红红的变成粉粉的,客气礼貌地与托马斯应对着。

粤语对顾影来说是外语,她这时抽空回了一个微信,再抬起头时小钱已经出了办公室,她跟托马斯重新拾起话头,把刚才说了一半的事讲完。当晚她用小钱起草的文件,将所有事情汇总为一份关于爱丽丝杨背景调查真实结果的报告,发给了客户。客户虽然失望,但几经考虑后,还是决定取消对爱丽丝发出的聘书。顾影又回过头来通知爱丽丝,后者一点没有惊慌,只回说自己的学历在上一家英国公司认证是无误的,不知这次是什么缘故。顾影委婉地表示,公司人力资源有限,只能调查到这个地步,如果她能提供其他就学证据，如成绩单、校友名录，甚至合影照片，都可以帮助三方澄清事实，希望能尽快提供。爱丽丝表示回去找找，从此再无下文。

接下来就是托马斯来跟几位北京的顾问要人，说他有个项目，是给某私立大学找校长，需要从浩瀚的京城高校候选人才库中寻宝，不仅是打电话，还有面谈，都需要北京这边有专人支持。在合伙人例会上大家都热情地表示会有求必应，会后则都没事人一般作鸟兽散，私下想，给一个外地刚入职的风云人物提供帮助，调手下去为他人作嫁衣，那是想也不要想的。最后还是顾影面嫩心软，调了小钱过去帮忙。当然，在合伙人中，顾影是这个办公室中资历最浅的，要抽调人，也只能从她这里找。

看来后边的事就是钱总今天投诉的这些了。顾影真是头疼，恨自己也是一把岁数，怎么一点这方面的警觉性都没有培养出来。小钱呢，小钱也是……

"太不争气！"钱总俨然已把会议室当成了他家的饭桌："从小衣来伸手，饭来张口，夜明珠似的捧大，什么没见过，自己还是心理学系的毕业生，连男人那点龌龊心思都看不出来，就这么走上堕落的悬崖！"

顾影听到这里，也同情钱总运气不好，这掌上明珠被狗叼了去的哀怨，她虽不能感同身受，但也觉得麻烦。看来小钱已经为了爱情不肯回父母家住了，事已至此，她只能去帮忙劝上一劝，不管从老板还是大姐的角度都试一试。她这样安抚了钱总，让秘书找小钱过来谈谈："无论她人在哪里，让她出来见我。"秘书做个鬼脸，领命而去。

小钱第二天一早到了办公室，顾影打量了她一下，心里直叹服恋爱中的女孩子真是般般入画，皎若秋月。她想要劝说几句，竟又不知从何说起，小钱反倒先开了口："老板，我知道我爸来烦您了。"她脸上掠过内疚难堪厌恶等不可名状的神情，这倒让顾影忍俊不禁。"我和托马斯的事情就是这样。该说的，别人也都说过了，您跟他们都不一样，不用费这个神。我今天来主要是跟您辞职的，我自己想和朋友开一个猎头公司，当然不是咱们公司这样高端的，就面对中低端猎头市场，托马斯会帮我的，等我爸爸气消了，他手里也有资源，也会有项目过来的。"

顾影有点惊异，她其实对小钱并不了解，以为她是个在感情中受困，用流行的理论说是不知在原生家庭有什么伤口，痴迷于中年成功男人的小女生，现在看来似乎并不是这样，倒像她手下其他成器的年轻顾问，也和刚入行时的她本人有很多共通之处，小钱就是一只羽翼刚满，正跃跃欲试想遨游天际的雏鹰。

"你跟托马斯在个人生活上,有进一步的打算吗?"

"他跟我求过婚了,不过他41岁,我23岁,我觉得结婚的事可以明后年再谈,好在他说孩子的事不会强迫我,天呐,当然是,强迫还能行吗?他前妻那边还有一个儿子,每月的抚养费有多少,他哪里负担得了两头家,以后再看吧。"

"你们,现在一起生活吗?"

"嗯,我爸爸太烦了,家里哪儿还住得下去。他来北京又住不惯酒店,我们在三元桥那里租了一个公寓,我带着达西先生住在那儿。"

"达西先生?"

"我们的猫。"

谈话就这样结束,小钱离职后,他们在三元桥的房子也退了,她跟托马斯回到广州。据说小小事务所开得有声有色,一切也如小钱说的,她爸爸钱总虽然余怒未消,但也介绍了多笔业务给这个不乖的女儿。托马斯来京次数并不见少,对同事的揶揄也不直接回嘴,一来二去,大家也不再难为他,假装忘了这件事。小钱和顾影的秘书保持着频密的联系,有一次部门晚上出去喝酒,秘书绘声绘色地将托马斯的求婚十八式描述了一遍,大家听得一惊一乍的,顾影啼笑皆非,为老牌花花公子托马斯的折堕摇头叹息。

八

没几天顾影接到中学男闺蜜杨晓的电话，说要结婚了，女方是她以前见过的他大学时的恋人倪小尚。顾影说完全记得，娇俏的杭州姑娘，大学期间，顾影和同学去上海玩儿，就住在她们医学院的学生宿舍，小尚应该也对她有印象。杨晓说，是的。想不到大家兜兜转转各自结了一次婚又离了婚后再次相见了，小尚在北京本来也没有亲朋，就由他来通知几个相熟的朋友，大家一起吃顿饭，温馨平实地把这件事办了就是。顾影道了恭喜，问杨晓置家还有什么可以填空的，杨晓说不必客气，笑笑地挂了电话。

喜宴那天，顾影按时来了，送了一套水晶威士忌酒杯。吃饭间，顾影跟新娘新郎讨论起母亲戴莲屏最近的身体状况。从老伴去世后，莲屏就相继出现了以持续心情低落为特征的抑郁症症状，后来又加上帕金森病，麻烦的是这两个病的对症药作用是相反的，剂量要根据病程反复调整，不然抑郁症的药过一点就会引发"舞蹈病"，帕金森的药多了又会加剧抑郁症。

因两位新人都是医生,听后并没有陷入普通人冗长而无用的劝慰。杨晓跟顾影分享说,听他的同事和学生闲聊,说最近做得最多的手术就是给帕金森患者脑中植入电极,预后效果不错,不妨哪天来他们医院神经外科挂个号了解一下。顾影说倒也约莫听说过,但之前总觉得开颅手术阵仗太大,如果是较为成熟的手术,倒也是时候去问问了。

杨晓劝老同学,病程的发展是不可逆的,比之延长生命,现代医学更注重提高生活质量,延长有质量的生活时间段。顾影又说自己也考虑过辞职回家照顾母亲,现在母亲作息是黑白颠倒的,白天睡觉,晚上起来不停走动、说话,常常一闹就是一夜。她现在一周有三五天回家陪着,其他时候就全靠姥姥和保姆轮流照看着。说到这里,虽然是在婚宴上拼命忍耐,但还是不免泪盈于眶。

杨晓熟不拘礼,问她的婚恋近况,还是在跟那位导游交往吗?顾影说是。小尚问今天怎么没来,顾影说他最近在忙开分公司的事,出去带团倒少了。杨晓点头说:"要是他当老板,业务稳定,你辞职结婚,安心照顾两位老太太倒也是个办法,免得现在蜡烛两头烧,一个女孩子,太难为了。"顾影笑说,哪里还是女孩子呢,头顶已经出现很多白发了。小尚倒是有不同想法，建议顾影咬牙不要辞职，也不要因为正在经历家里的困难而去结婚，她说自己离婚后就体会到老公不如老板好，老板不如老爸好，但既然咱们都没有了老爸，就要一门心思守着自己的本事。照顾好妈妈、外婆固然是本分，但照顾好老板却也是成年人的立命之本。

杨晓听了这一席话，捏着小尚的手，歪着头似笑非笑地看着她。他们做医生的，没有戴婚戒的习惯，小尚谈笑间，只有一对钻石耳钉熠熠闪光，与流动的眼波辉映着。她又跟顾影坐更近了些，问她和现任男友相识几年了，对方工作性质和作息如何，杨晓嫌她们聊得太过婆妈，趁势站起来去招呼别的朋友。

顾影告诉小尚她男友也是离异人士，两个人本来都不急于结婚，加上最近自己家里一团乱麻，爸爸去世，妈妈病重，反倒是一辈子公主病的姥姥，现在跟她一起形成了家中的中流砥柱，"不敢病，不敢死"，像《挑滑车》一样应对着生活中的不断变数。

小尚将自己的素手放在顾影臂弯上，轻轻拍着她肩膀安慰，又抬起顾影的手腕，赞叹她的卡地亚手镯："我听说这个是要拿专门的螺丝刀让对方给戴上的是不是？"顾影客气说这都是商业噱头，没想到小尚话锋一转道："美是美的，不过我就一直认为，看一个人有多喜欢我，不是看他能送我什么，而是看他能为我放弃什么。年轻的时候，杨晓仗着家里宠他，零花钱多嘛，自然也是没少来送花送糖的，可是到了毕业，问他能不能跟我一起去杭州定居，他还不是借口说我父母不喜欢他就一去不回头了？所以送花有个屁用。我离婚后也是空白了几年，可能就是我拿这个能为我放弃什么当标准衡量可能性吧，倒也不是真让谁为我牺牲孩子抚养权什么的，不过呢，种种经历也证明，男人还是表达口头的爱比放弃实际的羁绊要容易得多。所以我和杨晓这次，也是一生一次的机会，我这边是孤注一掷了，他那边，有没有放弃什么，我已经学会不去问了。"

顾影替杨晓打包票，中学同学聚会他都是一个人去的，小尚抿着嘴角，抬起下颌跟不远处的杨晓四目对视，并没有看着顾影，她喃喃道："人都说恋爱好玩，其实我觉得挺难受的，难道不是对方多爱我一点才好玩吗？不然触角一伸出去又再缩回来真的很疼啊。如果对方爱你，当以你为重，愿意取悦你。他对你好，你也要保持清醒，保持清醒的前提是你要特别看清这个人。以前我爸爸就说杨晓，快 30 岁了才医学院毕业，还沾沾自喜于自己的容貌，这样的人在个人问题上必定轻浮。爸爸说得一半对，一半不对。杨晓前半生,没有跟一般帅哥似的,在男女感情问题上栽跟头,他最大的跟头还是打定主意跟自己母亲作对,要为了独立而独立,所以走了不少弯路。其实那时候他就是不去我们那个二级医院,托他母亲和我爸找找人,去杭州一流的医院是完全有可能的。但他当年不肯为我放弃,也不肯为我争取,活生生我们各自去结婚,浪费了这么多年,好在是都没跟别人生孩子,不然就欠了更多的债。"

顾影说不出话来,她一方面惊讶于小尚的交浅言深,一方面也叹服小尚能这样条分缕析地给自己的恋情做出这些诊断和建议,她今天真是没有白来,在医治母亲的病和自己的未来计划上都有了新思路。也许小尚的话也有需要斟酌之处,但她还是觉得很受益。

她知道今天要喝酒,所以没有开车。说来她和杨晓这样的中学同学就是这点好,大家现在都为了方便照应住在父母家,所以像小时候一样离各自活动的区域都很近,席散后她也没有麻烦新人,而是徒步回家。天气很好,她感觉心情轻松,想今晚回去好好想一想带母亲去做手术的事。廖宣的电话来了,她笑盈盈地接起,在微醺中主动说:"吃好喝好了,可惜你没到。"廖宣在那面说:"小影,我女儿出事了,我现在坐最晚一班飞机回来,半夜到,得先去你那里落脚。"

顾影一愣,第一反应是需不需要送医,先问:"什么事,她现在在哪里?"廖宣正在赶往机场的出租车上,简短地说:"我回去再跟你讲。"

顾影感到为难,今天是周六,沙阿姨放假,家里只有姥姥陪着母亲,说好的自己吃完酒席就回去,但廖宣那边显见是出了严重的事,虽然听上去不是性命攸关,可他十万火急地赶最后一班飞机回来,一定非同小可。

廖宣的女儿小婷与他前妻一起生活,顾影唯一一次见她已是去年的事,大家客气地吃了顿饭,她送了少女一个意大利的素写本子和一个粉色保温杯,暂时没有花力气去讨好她的打算,好巧不巧,倒是常在公司的合伙人例会上,听到廖宣前妻的动向。

他前妻劳瑞也是职场上的女中豪杰,是顾影他们这样的猎头公司定期寻访的热门候选人。劳瑞打心眼里看不起前夫廖宣,小婷依靠她的收入一直在国际学校读书,打算最快明年就送去美国升学。顾影自己没有孩子,日常关注的只有工作和家中几位老人,与廖宣的关系,发展步伐时慢时快,他女儿小婷的生活,更是远远地隔着一层纱幕。

顾影上楼,母亲早已如常睡下,姥姥许老太看到顾影回来,照例是先嘱咐"洗手宽衣",想到顾影今天是去参加喜宴，又问新娘子漂不漂亮。顾影心里有事，但想廖宣这会儿登机，还要再飞三个多小时才到，就也不忙，检查了母亲服药的单子，看许老太已经在上面依次画了勾，看姥姥面前的杯子空了，她给加了水，又偎在她身边给她看了手机中的新娘子照片，许老太评论："显老。杨晓这些年也胖了，看那肚子。"顾影啼笑皆非。

她哪里还敢跟姥姥说要为了廖宣女儿的事回自己住所去，只说明天一早物业要去换天然气表，许老太抿抿嘴表示不满意，让着她："那等换好了来不来吃午饭提前打个电话。"顾影不禁心里叹道，母亲病了，姥姥年事已高，自己没法放心，每周来回跑，有时简直心力交瘁，但是在许老太这里，她仍是被记挂一日三餐的少女。许老太看时间差不多也准备睡下，嘱咐顾影："要走就早点儿吧，这会儿公交车方便。"顾影想，喝了酒，也只能把车子先放在这边，决定依言坐公交车回去，很快上了一辆，找到位子坐下。街上的各种车灯，将夜幕中的城市照得这里那里渐次雪亮，除了到站停靠，在其他时候车厢中都是黑的，建筑物与偶然站起来的人像漫画一样，在乘客的脸上彼此变换着交织的影子，仿佛另一个隔绝的世界。

## 九

廖宣午夜才到，敲开顾影的门，他嗫嚅着道歉，整个人说不出的颓唐沮丧。顾影看着他瘫在沙发一角，平日觉得他的精瘦只愈发显得人挺拔，这会儿看却添了几分老态和瑟缩。她回身递上一杯温热的乌龙，廖宣慢慢饮尽了，抬头问有没有酒。顾影忽然有点不耐烦，她不喜欢任何铺垫，她希望能尽快了解事态，看看到底有什么需要自己做的，又能帮到什么程度，她厌恶女人遇事开口前先哭，更厌恶男人作势借酒。看看廖宣的灰败脸色，她按捺着情绪问："小婷出了什么事？"

廖宣喉头动了一下，几乎要哭出来，半晌说："她被人拍了不雅视频，和一个大她10岁的社会青年，也不知道，这视频怎么流到了学校，现在学校要开除她。她母亲歇斯底里地跟我闹脾气，我今天赶回来，明天过去那边先看看情况。"

顾影坐直了身子问道："你说的不雅视频，到什么程度……发生了吗？"

"除了最后那件事没发生，其余的都发生了。我们做父母的，也是被逼得不顾脸面了，还拿这个跟学校求情，学校说，虽然没有突破最后的防线，勉强定性为边缘性行为，但从他们的角度看，也十分过火，而且还不止一两次。"

"报警了没有？"

"报了。警察说，她虽然未成年，可是也是在自愿情况下发生的，也没法把那流氓怎么样，除非是真的把她拐卖了，或证明是犯罪团伙做的，人家才能插手。学校这边又非要让她退学，我就说了，她15岁退学，让她干什么去，上工读学校吗？"

顾影不解道："小婷不是上的国际学校吗？按说会比传统学校开明一点，出了这样的事，她是受害人，未成年人，学校更应该尽保护和救助的义务啊。"

廖宣有点不耐烦："生活不是美剧，校方说现在尽全力保密，怕传到家长那里闹起来，毕竟是私校，跟公司一样，都有盈利指标，不能容许发生丑闻。"

顾影说："我这么问可能不太合适，但平时都是住校，怎么有机会闯这么大祸？"

"她周末回家，有时候跟一大堆同学去看电影，有时去798拍照，她妈妈也习惯她周末不在家，我整月不在家，按说应该周末什么的陪她。但我这个工作，成年累月在外地，中间有在北京的时候，也不一定赶上她周末有空，偶尔赶上了，也不过是接她出来吃个晚饭，她这么大姑娘了，跟我一起也无聊，要是再有不同意见说她两句，她就回去告状，她妈妈就说我'诈尸型'育儿，我想离婚前还没吵够吗，所以就老得拘着，慢慢也有点生分，半年见不了几次面。"

"小婷现在怎么样，在她妈妈那里？"

"是。她妈妈工作忙，这次说务必让我回去看着，怕坏人再找她，也怕孩子想不开。"

顾影点头道："这么考虑是对的，那明天先过去看看，咱们也一起想办法。"

廖宣长叹着嗯一声，顾影欲言又止，以她的眼光看，小婷实在不起眼，怎么也看不出会是被学校开除的不良少女。15岁，她既不是早早发育的艳女录后备军，也没有做时下流行的假小子中性打扮，没有继承母亲的眉清目秀，父亲的魁梧身量也与她本来无关，她就是一个微胖的头发随便一扎的不快乐的中学生，早早偷食禁果可能也是因家长太疏于照顾，坏人给了一点甜，就令迫切需要"看看我、抱抱我"的青春期女孩儿沉溺。

两人胡乱睡下，都没睡好。顾影早上醒来，发现廖宣已经走了。

廖宣当然是辗转反侧，可怜夜里一直盯着夜光表的指针，四点左右才蒙眬睡去，差五分钟六点如常醒来，还自责发生这么大事，自己怎么仍能睡着。他蹑手蹑脚起来，略洗漱，就找车往前妻家奔去。到了后发现阿姨已经在桌上摆了清粥小菜，他前妻劳瑞愣愣地坐在椅子上，看到他来，一改平时的桀骜之气，还客气着让他喝点儿粥。

廖宣也吃不下，又忽然惦记小婷想不想吃，劳瑞苦笑一下："这才几点，她哪儿起得来？"

廖宣顾不得平时的礼貌，问昨晚娘俩是不是一个屋睡的，劳瑞此时倒也不挑理，答道："我是说陪着她一起睡，她闹脾气，偏要在自己的卧室睡，我也不放心，就在旁边沙发上凑合了一夜，你来之前，我刚坐下。"

廖宣听了，站起来到女儿的卧室门口张望了一下，屋门还保持着小婷婴儿时的格局，开着一个潜水艇似的玻璃圆窗，青春期少女也没有促狭地在圆窗贴上什么海报，廖宣认真地看着女儿熟睡的脸，想到女儿并没有刻意要躲避父母的管教，但却又背着他们犯了这么大的错误，他痛苦得脸都扭曲了，也不知道先怪成人失职，还是怪孩子忤逆，也许都有吧。

他坐回劳瑞对面，拼命克制着，问劳瑞下一步怎么打算。劳瑞说："我现在也是干着急，先把明天的会都取消了，一早我就直接去跟学校磋商保住学籍，这马上要开学了，还有得转圜，重中之重是加紧把这事定下来，未来一周我主要去跑这个，你能不能也把你的事先放放，在这儿住一段，白天看着小婷，晚上你就在客卧将就一下。"

廖宣想了想，别的犹可，但有一件事不放心，张口问劳瑞："这会儿学校的班主任、辅导员、管委会怕是有不少人已经看过视频了吧，这种情况下，还让孩子硬留在这学校里，我怎么都觉得那么别扭。"

劳瑞道："当然是。离开学只有两个星期了，要是能去别的学校那谁还在这儿恋战，你有什么渠道吗？我其实也问了一两所，都说不接收九年级的孩子。"

廖宣沉默着，劳瑞本来还带着一丝希望在他脸上寻找答案，但没一会儿就露出失望的冷笑，转头看看窗外，然后说："那就先这么定了？"

廖宣又问："视频到底是怎么流出去的？"

"嘻，本来是存在他们各自的手机里，后来反复想，可能是相册内容自动同步到了云盘上，小婷在学校公用电脑上登录云盘的时候没有退出，不知是被老师看到了，还是被后边上机的坏心眼儿同学告发了，变成现在这样。"

"小婷说的？"

劳瑞叹口气："派出所做笔录，那个流氓说的。"

廖宣琢磨着她的话,虽然气闷,也不得不承认大概就是这么个原委了。

"他们怎么认识的?"

"流氓是一家大企业的司机,在派出所说是打游戏时在网上认识的,后来见了面。他老家在外地,老婆是做美容的,一个孩子在老家,现在老婆又怀了孕,求了我半天别闹到单位去。我就问他,我拿什么去闹,我闹给谁看,我为了什么闹?"

廖宣知道,依着前妻的个性,她恨不能把那肇事者的脖子拧断,可现在只是认命平静地陈述着。他觉得自责和痛楚,事发之时,他忙着在桂林筹办办事处,所以劳瑞在学校和派出所时自己都没有出面,就算是去了,也于事无补,并不会因为多他一个人,就能处理得更好,更不会让事情免于发生。

十

顾影试着联系了廖宣几次,都没有回音,下午他才回了电话,告知了事情原委和下一步的安排。放下电话,她叹一口气,廖宣的事,令她情绪不佳,可是现在看来自己也无用武之地。明后两天不能请假,两位大老板分别从上海和新加坡飞过来，届时合伙人都需要出现，参加集体的会议和单独的面谈，此外自己还有一系列的候选人面试，既无法推脱，又排得晚，要一直到晚上七点半才结束。官身不由己，只能先留时间给廖宣和前妻去解决燃眉之急。

第二天顾影到公司先是与从上海飞过来的CEO开碰头会，老大此行是来慰留已提出离职的医药类客户合伙人史蒂芬，他对此也不避讳，还说要等从新加坡飞过来的比尔一起，顾影知道老史想要去竞争对手那里已经良久，人家自大学毕业起就在此处供职，一直从实习生做到高级合伙人，他的努力大家是有目共睹的，但难免自己觉得视野有局限，加薪更不如跳槽得到的幅度大。

面对老板，顾影不欲透露同僚心事，以听为主，最后CEO打哈哈说，其实辞职就像分手和离婚，都不是一时兴起的决定，而是已经像小飞机一样不知盘旋多久了，一旦提出，慰留也好，恳求也好，都是权宜之计，这个念头会像野草和火苗一样，一直生长，一直蔓延，直到成为事实。顾影觉得这个离婚分手的比喻，果然精妙，咦，以往自己从来不会在开会时开小差想这些事情的，顾影摇摇头，脸红了。CEO看到她面色变化，心中一动——顾影是骨干，同级的离职会不会也引发她动摇,这才是他今天要分头跟各位合伙人开会的主要目的,没有什么比保持高级业务人员队伍的稳定性更重要的了。

这个碰头会开完,顾影处理些案头工作,今年她获批可以招募一个新的猎头名额进组,在全球内部编制一再紧缩的情况下,她能得到扩充团队的支持,就像刚才 CEO 说的那样,是上层对她很大的嘉奖和期许。

今天来面试的姑娘 28 岁,湖南人,香港大学英语系毕业,目前在一家公司作为法律顾问的猎聘,这次来应试,是因为有意要到北京与男友结婚安家。顾影对她的印象很好,中英文交谈了一个半小时之久,又让她和下属及其他合伙人的下手都简单交谈了下。意外的是,年轻姑娘们集体对她印象不好,都觉得她太过强势,担心以后的日常合作会有问题。顾影思忖片刻,对人的个性她并不过分操心,人有千面,尺有所短,她觉得学识和能力是共事的基础与核心,性格是否和悦,表达是否犀利,这不是她最需要考察的地方。

一天的工作到晚八时终于告一段落,她刚要思忖下廖宣的麻烦事,就接到沙阿姨的电话,汇报说许老太今天下午去医院开药,结果晕在医院里了,顾影大惊,急问:"什么时候的事,怎么没人给我打电话?"许老太抢过电话说去开个眼药水儿,当时不知怎的一晃悠,下一秒就发现自己坐在地上了,幸好在医院里,别说是没大事,就是有大事也不怕,在那儿休息了半晌。门诊大夫不放心,找了个护工一路搀着她回来了。刚睡了一觉,喝了沙阿姨炖的天麻鸡汤,本不想跟小影你说了,可能是小沙怕落埋怨,非要打个电话告诉你,依我看也是多事。

顾影说这就回家来,许老太说:"你妈妈今天也乖得很,我是什么事也没有。"她本来想跟外孙女继续开那些"老天爷不要我"的玩笑,可是突然想到实际上是自己心疼女儿现在这个时疯癫时抑郁的状况,巴望她能有所起色,因而自己不敢病也不敢死,突然就委屈得红了眼圈,声音也变了,她怪自己抢过电话来却又没能在小辈面前争气,连忙清清嗓子,可是顾影这边听来,就只是哽咽之声,她的心仿佛被麻绳勒了几下,只得略安慰一声就急忙挂了电话,往家里奔去。

许老太坐在沙发上吃一只蒸梨,腿上盖着一个顾影婴儿时期的绸面小被子,祖孙俩的情绪都已经各自平复了一些,顾影跟许老太说了杨晓夫妇让戴莲屏接受脑部安装电极手术的提议。许老太仔细听了,问了些词不达意的问题,作为高寿的知识分子,她对现代医学的触手生春是信赖的,但也免不了惊惧,对于很多手术和有创的操作,她暗地里觉得自己没有尝试的勇气，但是对亲人，她情愿狠心一点，不顾他们可能遭受的皮肉之苦，只要能让他们延年益寿，她都会慨然在医患知情书上签字。

许老太跟顾影表达了这个意思，顾影说白天也在手机上看了看号源，特别有名望的大夫是约不上的，少不得还是要去找杨晓想办法，他母亲生前是神经内科主任，看能不能去找他母亲的同事或学生加个号。许老太点头说："你就去办，要送什么东西别犹豫，咱们都有现成的。"顾影说她有数。

本来熄灯睡下了，廖宣又来了电话，几乎急得要哭，说孩子情绪尚可，就是学校那边很强硬，劳瑞这两天四处出击，但不是吃闭门羹，就是被明确告知必须转学。开学日近，不要说父母不可能长期陪在家里，少女的主要社会支撑其实还是同学闺蜜，如果因此隔绝往来，就怕早晚又被社会上不干不净的人拖下水。

顾影听着他的哭诉，也跟着着急，忽然灵光一现，想到自己要好的同事陈愿是某著名国际学校的董事会秘书长，因为自己没有孩子，从不关注她这部分日程，但也知道陈愿在那学校承担着相当重要的职责，经常去开会和参加各种活动。顾影跟廖宣说了这层关系，并表示明天就去跟陈愿商量，看她那边有没有可能说上话，廖宣大喜过望，顾影实在已经很累了，两人简单说了几句就挂了电话。

顾影想,这大半年,实属多事之秋,爸爸绝症,母亲就医,姥姥今天才刚晕倒在外边,廖宣因为这个导游的工作性质,没有一次能替她堵得上枪眼,现在他那边人仰马翻之际,自己又不能坐视不管,这真是……她苦笑下,想了半天"这真是……",也没有什么结论,就简单粗暴地想,这真是不能让姥姥知道,随后便翻身堕入黑甜乡。

第二天顾影将小婷的履历交给陈愿,只说是亲戚的女儿,因为文化上不太适应,想转学。陈愿扫了一眼,放进公事包,说回去细看。

隔一天陈愿找到顾影,却带着兴师问罪的神气,道:"咱们学校去调查了这个孩子,怎么就读校说本来是准备开除她呢?你知情吗?这是你什么亲戚的孩子?"

顾影没办法,心知也瞒不住,只好支支吾吾讲了事情原委,陈愿一听就炸了,"我说影总,你知道你想让我帮的是一个什么忙呢?啊?你还知道轻重吗?你真的想让我的孩子和这样的人做同学吗?就为给你男友一个交代?我说咱们要是为爱情这么豁得出去,也得顾及别人的ethics(职业操守)!"

陈愿夺门而出,顾影连忙小碎步跟上,在她办公室里磨了半个小时。事情用15分钟就讲完了,后15

分钟她就坐在椅子上,轮流以两只脚作支点,无聊地转着椅子,听陈愿接电话,跟陈愿赔笑,看秘书和手下进进出出。

最后还是对方求饶,挥手让她出去:"我先静静,看看能帮到哪一步吧。"顾影知道陈愿不是铁石心肠的人,心中一松,越过办公桌假意送吻,陈愿一把推开她,连呼"肉麻",但旋即正色感慨道:"孩子的世界,就像关着门的电影院,咱们根本不知道那门里整天在演些什么,就祈愿全是正剧喜剧就好。老母亲受不了闹剧,更受不了悲剧和恐怖片。"她长叹一声将椅子转个圈,面向落地窗:"累了,我回头再找你,一会儿先要上个电话会议。"

顾影看着陈愿的背影,后者短而整齐的卷发经过多次细密的染色,在阳光下泛着金棕色,头顶的分界线处露出一小块头皮,像某种蝴蝶的翅膀,又像豹纹的中央,突兀地传达着疲劳与不再年轻的事实。顾影谢过陈愿,轻声关门离去。

想不到半小时后,陈愿又来找顾影,她打一个响指坐下,将小婷的那张简历在桌上一拍,不等顾影狐疑地发问,就说:"你猜怎么样,我一看这孩子的家庭亲属关系,发现她母亲是咱们人才数据库里的热门候选人劳瑞嘛!"顾影点点头说是,她知道陈愿这是职业病发作,但也不知她葫芦里卖的什么药:"请问您兴奋的点在哪里呢?"

陈愿颇以为得计地又打了一个响指,迫不及待地说:"我们在天津有个项目,招CPO(首席产品官),你说巧不巧,我们两个月前approach(挖角)过劳瑞的,她也见了客户,结果到薪资那一步没谈下来,我们只好推荐了现在这个陈伯仲,但是陈伯仲的背景调查口碑极差,有三位业界顶级的同行高管都说他太冲动,不会与团队合作,功利心特强,其中有一个还是他以前的上司,说他根本是一个灾难。我们只能跟客户说这位候选人综合素质还是不错的啦,教育背景好,项目经历过硬,只要在正规的好的平台上,授权有限的情况下,他是能够大展身手的。客户别别扭扭的,一直还是惦记着劳瑞,我说劳瑞是好啊,但她贵啊,比陈伯仲贵啊,跟您给的年薪有30万的gap(差距)啊。客户就也不说不行,也不说行,拖拖拉拉地再让我找别的人,我说老大啊,我和手下都翻遍了,没有了啊,就这么hold(僵持)了三周了。现在有传说,客户可能要从内部提拔,我急死了,那样我这个项目不就关不成了吗,第三笔款收不上来,名声可不好,我最忌讳这个了。刚我就想,我拿这个不省心的女儿当个杠杆再去撬劳瑞一下嘛,我们学校在天津有分校,名额也多，录取条件比这边宽泛，她正好入了我客户的公司就可以带女儿过去，也别管什么薪资缺口30万了，不就皆大欢喜。你看怎么样，我聪明不聪明？"

顾影目瞪口呆地看着陈愿，不由站起来推她一把，说："你真是为关项目丧心病狂。"陈愿好脾气地呵呵笑了两声，顾影想了想，觉得不算是万全之策，但也不妨一试，问陈愿："需要我做什么呢？"

陈愿说："不必，你千万不要出面，权当什么都不知道。你可能觉得我有点乘人之危，但其实从另一个角度看，这未尝不是一个两全其美的办法。"

顾影想了想又说："那你跟劳瑞说的时候，可要有技巧一点，怎么放出你的诱饵要小心，别弄不好让她对你破口大骂。"

陈愿胸有成竹地说："我用你教？"

顾影道："那如果劳瑞不同意，你也答应我再往你们那个北京的学校想想办法嘛。"陈愿站起来，轻笑道："她不会不同意的，她拿什么不同意，她手里还有几张牌不同意？"

顾影看着陈愿打一个转，轻盈地出了门，她叹一口气，将刚才打开着的记事本看一遍。左页的公事已经划掉大半，另一小半仍需继续跟进的用红笔在旁边写了长短不一的备注，右页的私事，托杨晓挂号的事已经打过电话，写着小婷的一列，她犹豫一下，在旁边打了一个半对勾。

这记事本是廖宣去年年底送的，京剧院限量版，每一页上都淡墨轻浅地绘着一出戏，今天这页恰是《挑滑车》，顾影小时候跟父亲看戏，不求甚解，但记得父亲最喜欢看厉慧良在这出戏里的起霸闹帐。"厉先生后来腿伤了，就少踢两腿，按过去的演法是抬腿亮靴底，现在免了，无论什么技术，来不了不能勉强，不在舞台上乞求观众怜悯，这是他的原则。现在他就是一出场，走两步一个拧身，一个亮相，拿精气神拢住观众，然后慢慢后退，紧接着变成快速点云手，又突然一个单腿鹞子翻身，这个翻身是最出乎观众意料的，因为等了半天也没走什么技术，刚刚要松弛一下，没想到来了一个绝活！技，可谓高，术，也安排得巧，总是夺得满堂彩。一会儿你可仔细看着！"她父亲是上海人，可是一说到戏，就好像代演员发言似的，转成略有出入、儿话音乱安的京片子，每次都令顾影忍俊不禁。

想到父亲，顾影已经习惯了喉头一哽，她转动椅子，看向窗外，正是下班高峰，成百上千的车辆在火树银花的立交桥上仿佛班师回朝的金戈铁马，她吁出一口气想，陈愿、自己、廖宣、劳瑞，每个人生活的每一天,都像这《挑滑车》的戏文,要把护背旗扎紧了开始起霸,还不能使蛮劲,要琢磨那个时机,要提高"技",要安排"术",要收起伤腿,要保护好腰,才好在云手后腾地翻身。逐年累月都是这样,落实到今天,是每件事都大体有成果,还算顺利的一天。

## 十一

陈愿给劳瑞打了两次电话,对方都没接,显见是焦头烂额,哪有心思会见猎头。陈愿就给劳瑞发了微信,简单说自己挂职校董的国际学校下周有十五周年建校庆典,请了俄罗斯国家芭蕾舞团来演《天鹅湖》,有兴趣的话,就快递两张票过去。果不出所料,劳瑞看到"国际学校"的关键词后立即回了电话,假意说很想看演出,也好久没见了,门票她自己过来拿,也一起喝个咖啡。

两人见了面,寒暄片刻,劳瑞顺势跟陈愿打听学校的情况,陈愿三言两语地介绍了,但句句都是交关,尤其说了天津分校新生补录火热进行,她这周末就要专门过去参加招生筹备会,所以才会空出两张芭蕾舞票。劳瑞低眉,自言自语着"天津啊……"眼睛却在骨碌碌地转，陈愿把学校的话就此放下，摆出猎头的老面目问："最近怎么样，您无论什么时候有新动向可都想着先跟我说啊！"

劳瑞一皱眉，近来固然家里有大事要料理，实则她在办公室也不太如意，正想着等小婷的事料理清楚后，也找猎头诉苦看下新机会。此刻她不由得跟陈愿和盘托出："本来说好要升我当CPO的，结果我们公司五月份大裁员，不久CEO就走了，空缺的时候总公司派下来个代理CEO，对方是带着自己的产品副总裁来的，然后他带的这个人也带了个自己的人进来，都是从澳大利亚、纽约之类的地方搬过来的，你想想光安家费就是多大一笔。技术组那边呢，一直没有CTO（首席技术官），两个技术总监互斗，打得乌眼鸡一样，结果！现在公司要把他们其中一个人升成CPO，噢，那不就是盖了我的帽儿嘛。"

陈愿连忙打蛇随棍上，说道："你可不能吃这个亏！盖帽这种事最伤高管的心了，你们老大也是的，都没有提前跟你打个招呼、事后给个安抚吗？"

劳瑞叹道："生意不好做，五月精简后，八月份又走了二十多个中层，你想想，大中国区连员工一共才三百多名。二季度业务不到预期的一半，再持续几个季度恐怕还会有动作，上边哪还顾得我们中层的老脸。"

陈愿说："你早点找我就好了，上次跟你说的天津那个项目还记得吗，你不去，我们推的人已经进到背调阶段了，其实那个机会蛮好的，企业和我在任的国际学校还是共建校，都在一个开发区里，这个级别的高管，子女的学费公司给报销75%到90%呢，公司提供的高级公寓也在附近，孩子走读住宿两便，多好呢。"

劳瑞低首，陈愿注意到她眼角向左上方扬起，显然是正在大脑里进行着飞速运算，她简直要偷笑出来，但劳瑞紧接着说："那个职位，就是薪酬跟我的预想差太多了，我记得差30万呢。"

陈愿早有准备地说："既然说到这里，我也跟你透个底，那家董事长和CEO都对你念念不忘，你这边东家最近形势又不好，咱们有什么说什么，不如各让一步。这年头，光升职不涨薪的调动都有不少人求之不得，依我看，在你来说，还是title（职衔）比薪水重要，你从D level（总监）升至C level（首领），那是一个分水岭，就算暂时没到你薪酬的期望值，你再从这里出去时，你就永远只看C level的职位了，我们最早approach（推荐接洽）的长名单里，你是二十多人中唯一的女高管，一是你确实优秀，二也要想想,这个级别对于女性来说,玻璃天花板还是顶厚的,现在得着机会改头换面,是多少男性也求之不得的机会呢。再回过来说,你原来给出的薪资愿望是比现在涨35%,我去商量看看,15%行不行呢?"

劳瑞问:"那你现在推的哪位候选人呢?是什么情况,背调顺利吗?"陈愿一笑:"顺利,但也不是不能动,在我们眼里,您二位势均力敌,但客户先看中你,我愿意跑这个腿儿。"

几天后,劳瑞跟廖宣说自己接受了一个从前不考虑的offer,好处是升了职,薪酬虽然达不到预期,但也有10%的微小涨幅,好在有不错的stock options(股权),最重要的是工作地点在天津,著名的国际学校和企业是共建校,一揽子解决了小婷的转学问题,母女俩这些天就准备行装动身。"你陪在这里也是闲得长毛,不如回去了。"劳瑞说。

廖宣惊叹于前妻高效的办事能力,对事态的发展一时转不过弯,愿闻其详,劳瑞心情好,便说是相熟的猎头自己撞上门来,无心插柳地促成了这件事,廖宣闻弦歌而知雅意,推测出是顾影起了关键的作用。

廖宣痛快地答应下来:"你太能干了,好!我收拾下,一会儿就走。那后天的《天鹅湖》,还是你陪孩子去看吧。"

劳瑞点点头,等廖宣一会儿走了,她可以真正松口气,想想也是奇怪,当初是为什么决定和这人共度余生的来着。一切都过去了,她已经不讨厌他,但就是比生疏还生疏,最好轻易不要见面,危机之后告别时反倒最觉得亲切。

"吃了晚饭再走,我最近累得走路要劈叉,芭蕾舞也没心思去看,票子给你拿着吧。"

廖宣接过来,道了谢,又真心赞道:"你真能干,难为你了。还是你能扛事儿。"劳瑞笑一笑,可是突然觉得无限委屈,连忙假装天热用手在眼前扇一扇。

人在得意的时候容易痛陈既往的不易与不甘,她说起自己老板:"当初找人盖我帽儿,这会儿又假意挽留,让我提条件。我说没有什么可提的,去意已决。老板说你走也得提前一个月通知啊,我说我没休完的年假正好抵一个月还多,孩子马上入学,我后天就不来了,老板说劳瑞啊,看看你,这么大的事,怎么处理得像个 junior staff(低层员工),噢,他一说这个我急了,我就问他,上次他要我出面解雇手下的项目经理,我依言照作,结果那家伙恼羞成怒,诽谤我有 ethics(违纪)问题,写检举信给我的平级、给 CEO、给我客户,他当老板的帮我说话了没有,啊?

最后公司的法律部与合规部联合来查我，360度地调查，连我一张打车票也找出复印件来问了秘书半天，他说什么话了没有？最后又查出了什么没有？什么都没有，来跟我和我的team（团队）道歉了没有？我刚松一口气，他做了什么，从老家找两个对本地市场一无所知的人来盖我的帽儿，这是猎头找我来了，不找我，我也该找猎头去。我junior？是他们贪图在我国好吃好喝，住得起大房子，雇得起保姆，有专职司机，回到他们老家，还不是都老老实实坐地铁，现在敢来讽刺我？"

这些话劳瑞没有对猎头讲，平时也不敢跟任何有工作关联的人说，此刻一股脑倒出来，愤怒抵过了心酸，胜利战胜了不甘，刚才险些要落的泪，早就不见踪影，她呵呵地笑起来。

廖宣不饿，但还是被强留下吃晚饭，一味苦瓜炖鸡，一盘清蒸鱼，一个猪肚白果汤，小婷不出来，劳瑞说："算了，一会儿炒个意面给她吃。"阿姨答应了，劳瑞说："你看我们，两个半人吃得还不一样，大姐整天烦死了。"阿姨说："哪有哪有，应该的。"这位话少的安徽大姐从小婷降生就在这里，因而此次母女俩去天津也带着她，也有人劝过劳瑞天津物价低，保姆费也低。劳瑞不屑："我还费那个劲呢。"一桌子都是外人,廖宣看看表针,想早点离开。

夏天的末梢,白天依然炎热,傍晚却有让人依依不舍的风,顾影知道廖宣要回来,因而没有在父母家留宿,她坐在藤椅上看书,忽然觉得脖子和上臂痒痒的,一看已经起了两个包,不用看也知道是蚊香液蒸发完了,顾影去打开一盒新的,想起廖宣有一次外出时给她发微信:"夏夜是一个智能系统,不需要纸上日历,忘了插蚊香就会被咬醒。"她回:"没吃钙片就会脚抽筋,忘了买生抽冬瓜汤还是很鲜,但丸子就不够咸香。"廖宣在手机那端笑了很久。

廖宣自己开门进来,闻到一屋子花露水味儿,他问:"有蚊子?"顾影答:"嗯。也看不见,可是蚊香一用完,它就从纱窗钻进来,咬一个包。"廖宣说:"是啊,你还记得咱们那次去杭州吗?"顾影犹有余怖:"别提了,也是看不见,就忽然觉得痒,越挠越痒,后来说不是蚊子,是小咬儿,芝麻大,难怪看不见。"廖宣说:"是啊。"

那是去年夏天,两个人为了聚少离多吵起架来要分手,后来还是廖宣先服软,赶上顾影去杭州出差,廖宣巴巴地跑过去,盛夏两人把臂同游,当地的蚊虫欺生,腿上的一串包经久不退,但那之后他们很少再为同样的事吵架。

顾影看廖宣一脸于思地坐在那里,心知虽然小婷惹的祸善后了,但一点也改变不了事情的本质,它所带来的震荡与伤害,恐怕还需要很长的时间去化解。她走过去把手放在廖宣的后背上轻轻拍打着,廖宣将头靠在她的肩膀上,哭了。顾影知道他此刻心中的失望与内疚交织,积郁如山,说什么都是枉然,只是默默地陪伴在侧,她抱着他的头,仅偷偷腾出手挠挠胳膊上的蚊子包。

半晌廖宣抬起头来说:"这次真是谢谢你,也不知怎么谢谢你的同事。"顾影心说陈愿才不用谢,人家因为成功猎聘了劳瑞,关了老大难项目,拿到佣金,还闹着要请自己喝酒呢。她不敢跟廖宣言明这一层,怕他误会陈愿坐收渔人之利,只说让他别放在心上。

廖宣告诉顾影这一周他想了很多,以前劳瑞嫌他是"美人儿灯不顶用",离婚后他就拼命接任务赚钱,现在更是被任命为两个分公司的负责人,就是想能给小婷和顾影提供更多保障。可是因为疏于陪伴,小婷闹出这么大的事,他又意兴阑珊,在考虑是不是要缩减工作量,多花时间给顾影,小婷虽然是去天津上学,从此地去看她倒也很方便。

顾影沉吟着觉得不便表态,她想起两人刚开始恋爱的时候,全凭微信传情,现在回看,那些欧旅见闻、文史掌故、乐队八卦，显得两个人更像一对网友。以文艺的生活开篇，现在却终于着陆，要奔走着解决上有自己这边的老，下有他那边的小的问题，廖宣交出的答卷，她满意吗？并不。在她这边，他总堵不上枪眼，在他那边，一个浪头打来，他第一个想到的是放弃自己好不容易建立的事业根基，她不禁自嘲地想，如果在项目上遇到廖宣这样的候选人，她恐怕早就放弃了，还会怪手下怎么会推荐这样有明显短板的人来浪费她的时间。

然而这个男人也让她心软，为的什么她也说不清楚，她学MBA课程的时候，生产作业管理学总得A，她记得老师告诫过他们：勤于算计很聪明，但周全考虑，善于体谅，才是合格的管理者，是体面的人。

她安抚廖宣道："今天累了，以后再说。下周我妈妈做开颅手术，你要是请得下假……"廖宣道："我一定陪你。"

劳瑞在天津安顿下来，思前想后，还是为小婷选择了住校，至于周末的安排，她在微信上跟廖宣说，还像以前那样放她和同学出去活动一整天看来是不行的，循外国孩子的传统去同学家sleep over（过夜）更不行，自己会尽量安排好工作，周末多陪小婷，不管孩子愿意不愿意，她都要用各种方式参与她的生活，哪怕是和同学去看电影，她也要想办法多买一张票。话说成这样，廖宣也许诺周末要尽量抽出时间过去陪小婷，他更加坚定了要去跟领导谈减少工作量的决心。

他跟顾影说了自己的打算，顾影不置可否，心里对劳瑞的PTSD（创伤后应激障碍）不以为然。廖宣有点生气，问顾影是什么意思，是不是嫌弃他收入少了会给她添麻烦，顾影耐着性子解释："我大学毕业就做这一行，可以说我不会别的，但说到做职业规划，甚至落实生活和工作平衡，我还是有点心得的。你刚才跟我说的时候，我考虑的就是，两个外地办事处的筹建经理你不做了，那在本地的总公司，你几乎没有行政上的职责，只能带团，而且带欧洲线的高端小型团是你最在行的。那你就要考虑，你继续飞长途去带团，如果一个月两次的话，还是不能经常去陪伴小婷，如果一个月飞一次的话，对收入的影响，你又是不是能负担。"

廖宣听她一席话，倒冷静下来，沉默着不说话，顾影说："前一阵连我都彻底考虑过辞职照顾妈妈和姥姥，后来还是被朋友劝住了，我转念一想，可能比起侍候床前，我在公司多做几个项目，在医保能提供的范围外给老人提供更舒适的照顾更合适。"

"不过你的问题跟我不一样"，顾影看着他的脸色停了一下说:"小婷需要的是切实的陪伴。但我觉得她这个年龄,也不是去公园买个冰激凌就能高兴一下午的时候了。她闯的这个祸,对她心理上的冲击可能不是你和劳瑞周末陪一陪就能解决的,我一直在想是不是应该找个心理医生单独跟她谈一段时间比较好呢。我也打听了,公立医院的心理科几乎挂不上号,私人诊所价格从1小时200至800元不等,要不你考虑下?咱们也多去了解了解。这方面的资源还是北京多一点,如果见面跟医生谈得还舒服,那就还是你陪着去,以面谈为主,小婷不方便过来的时候,用视频远程对话也是可以的。"

廖宣一直低头,不时叹气,此刻不禁抬起头来看顾影,他眼睛雾蒙蒙的,嘴唇紧紧抿着往下弯着,像被留堂的小学生,终于看到家长来接了。

## 十二

母亲戴莲屏的开颅手术约在周四,顾影安排好工作,准备从周二请假陪她入院。周一她比平时略早来到公司,结果就接到了沙阿姨的电话,说自己买菜回来九点钟了看戴莲屏没有动静,本来也没在意,可是给她准备药的时候发现她已吃了半瓶"德巴金",具体多少粒也不清楚,反正现在盒子是空的,戴莲屏则一直在叫肚子痛,嘴里还流白沫。

顾影打断她说自己先叫救护车,稍后联系。她急得热泪与冷汗齐齐迸出,急救中心说现在就派车过去,但正值周一早高峰,可能要比平时耽搁些工夫,只能尽力赶路,又问家属建议往哪个医院送,顾影直接说了杨晓所在的医院,又给廖宣打电话,让他去母亲家接人接车,她自己从公司地库像007一样将车子飞弹出去,直接赶往医院。

杨晓刚做完早上八点半的一台手术,在电话中说些废话安慰她,表示自己一会儿也去急诊室看看。顾影手握方向盘,觉得自己好像将领似的排兵布阵,可实际却是束手无策,在面对一场注定要失败的战役,她不禁失声痛哭。

消化科和神经科的大夫共同参与了戴莲屏的抢救,杨晓去病房看望,说好不容易约上的开颅安电极手术只能延期了,等阿姨的情况稳定下来再说。顾影说她在想母亲是不是试图自杀,杨晓说不是没有这种可能,有神经系统疾患的高龄老人的行动不好预测,家属看护责任大,但也不要精神包袱太重,照顾好自己也十分重要。

沙阿姨坐在床畔低头不语，廖宣已经陪着许老太回去了，顾影打了一个电话问情况，廖宣说老太太回来大哭了一场，这会儿睡了。顾影说姥姥平时睡眠不好，问今天的安眠药吃了没有，廖宣说倒没有，不过人一般是哭完了会容易困，顾影苦笑下，说可能她一会儿还是会醒，廖宣温言安慰她说自己今晚不走，在这里陪着。沙玉华却嗫嚅着跟顾影说，思来想去，自己岁数也大了，女儿最近要出去留学，自己也计划跟去照顾，等戴阿姨这次康复出院，她也就不做了。

顾影知道刚才兵荒马乱的，姥姥肯定又冲着沙阿姨去了，大概说了不好听的话，让人家寒心了。这时她只觉得额头上的两根血管突突地跳，想安慰沙阿姨"刚才杨大夫不也说家属精神包袱别太重么"，可是想到近半年来，沙阿姨陪着两位老公主，早就萌生去意，薪水涨了又涨，可还是三周半月就要去给她做一次思想工作，真是烦不胜烦，她今天突然小姐脾气上来，决定不再挽留了，揉着太阳穴说："我一会儿去护士站约个护工，您最近也不得休息，家里事情多，早点回去也罢。"

沙玉华没想到顾影答应得这么痛快，一时不知所措，一时又心酸，今天从早闹到现在快十个小时了，她一颗心脏也快蹦出来了，很多话要说，最后却只是一笑，说那要是方便，她现在就先回自己家，等戴阿姨出院了，她再上门把搁在家的几件换洗衣服拿走。顾影点点头，想挥手作别，又觉得轻狂失礼，还是站起来拉住沙阿姨的胳膊摇两下，温言说："您慢点儿。"沙阿姨拿上小包，看看熟睡的戴莲屏，觉得有一种恐怖的亲切，心下一松，也就放手走了。

护士长跟杨晓很亲热，知道这床住的是他朋友家的老人，嘱咐护工公司给安排个得力的人儿。没一会儿，来了一个50多岁的大姐，顾影看了一愣，来人竟和隔壁床的护工长得一模一样。那大姐笑着介绍说自己和孪生妹妹从农村出来三十年了，先是做保姆，后来学着做护工，年轻时候是为了挣钱给父母，养活弟弟，后来出来久了，有了钱，见了世面，再要回去也不情愿了。

戴莲屏这次有惊无险，恢复得很快。顾影发现这位护工的活做得利落，人也爽朗，不像沙阿姨那样，有颗玻璃心，总和姥姥处不来。她探问护工愿不愿意跟她回家，大姐低头想想，抬头带笑说："倒是愿意，就是戴阿姨这刚见好，您家里的姥姥也快90了吧，我跟着回去呢，就不能像只在医院似的，戴阿姨的活儿干，姥姥的活儿就不理，都担下来吧，又怕忙不过来了。"

顾影想，沙阿姨那天半路撂挑子让人失望，可是这几天回过味来一想，承认她的活儿也不好干，正如这位大姐说的，一不留神就顾此失彼，那天母亲在沙阿姨出去买菜的时候误服了药，想是人家心里也过不去，非亲非故，不想再担这个责任。

于是顾影跟护工商量，要不两姐妹一起跟她回去，照顾两位老太太，活儿是不少，不过比医院强度小，居住环境肯定也更舒适。两姐妹说商量一下，下午给她回话儿。顾影看她们的眉眼表情，就知道基本可以这么定了，她肯定比护工头儿要待人宽和得多，最后大家要谈的无非是薪酬和假期安排，若要认真计算起来，她可是这方面的专家，怕什么呢，想到这儿，她默默地笑了。

罗倩的退路

一

罗倩回到家，一开门，只见丈夫姚正钧和他的学生跪在地上，将一天一地的旧书用塑料绳打包。初冬下午，空阔的客厅中淡淡的阳光下一些灰尘在飞舞着。罗倩惊讶地看着他，赔着笑问："哟，这是在干吗？"

她母亲任素心闻声从自己的卧室出来，尖着声音说："过不下去了,过不下去了！小姚啊你好好在这儿，书呢，你也搬回去，不要让邻居笑话我们。"看罗倩不说话，只是恳求地望着低头在忙的正钧，任老太太背上个包，嘀咕着"我去大街上睡，不在这里碍你们的眼"，说实摔门出去了。

正钧吐了一口气，吩咐学生："你先把这些拿到车上，我一会儿下来。"学生抬眼看一下罗倩，轻声叫了"师母"，然后拖起半人高的两摞书，拿上正钧的车钥匙下楼去了。

"这又是做什么呢?"罗倩再问一次。

正钧平静地说:"我们找到三间平房,可以把这几架的书都搬过去,以后网上拍书的活动都可以在那里做。然后我今天也搬过去,要收拾收拾。两间放书,一间当我们的工作室。"

"你不在家里住了?要离开我?"

正钧轻笑一声:"这不是我的家,这是老太太的家,小倩。"

"你看,你又说这些,你要我怎么办呢?"

"小倩,我不是离开你。又不是说要离婚是吧。"正钧自嘲地笑笑,"我在那里工作居住都方便,你有什么事,随时找我,老太太有什么事,随时找我。"

"老太太能有什么事?"罗倩赌气地问。

"啊对,老太太长命百岁,我都活不过老太太,应该这么说才对。"

正钧的学生回来了,正钧跟他一起一次两提,上下穿梭地把所有的书都搬到他的吉普车里,末了又把一个衣箱也带走了。

罗倩愣愣地坐着,太阳已经要沉下去了,只在阳台最西一角,投下一抹细细的光亮。这套房子有170平方米,一个客厅大得可以装上镜子和扶杆供十个女孩子学习芭蕾舞,罗倩坐在仿佛孤岛的沙发上,半晌才动了一下右腿,发现自己踩着了一本书,是正钧他们落下的,她捡起书,拉开台灯,封面上写的是《金阁寺》。她翻开第一页,上面写着:

"老家阳光充足,但是,在一年之中的11月、12月,即使是万里无云的晴朗日子,一天也要下四五次阵雨。我的变化无常的情绪,可能就是在这块土地上培养起来的。

5月黄昏,从学校回到家里,我经常从叔父家的二楼书斋眺望对面的小山。承受着夕照的翠绿的山腰,恍如在原野中央竖起的一扇金屏风。目睹这番景象,我就联想起金阁来了。"

她皱皱眉,除了语文课的要求,罗倩从小到大都不曾主动打开一本小说,她所受的教育和训练可以帮助她流畅地阅读合同与财务报告、娱乐杂志,还有一些机场成功学,但仅止于此。虽然嫁给以出售"二手书""藏本"为乐为生的正钧,她在这方面的志趣并没有些许增加,"翠绿的山腰"以及"变化无常的情绪"都不在她的语言系统内,她看这类书会被绊倒,总是看得很慢,今天在万籁俱寂中,她默默地无意识地翻看着这本陌生的书,然而"承受""目睹""联想"这些词却又像一颗颗碎石猝不及防地打到了她,只见书上接着写道：

"这样的少年抱有两种相反的权力意志。这是很容易想象出来的。我喜欢阅读有关历史上暴君的书。倘使我是个结巴而寡言的暴君，那么家属们窥见我的脸色，就会终日战战兢兢地生活。我没有必要用明确而流畅的语言来使我的残暴正当化，因为只要我寡言就可以使一切残暴正当化。这样，我总乐于幻想把平日藐视我的教师和同学一个个地处以刑罚。我还乐于幻想我成为内心世界的国王，成为冷静观察的大艺术家。尽管我表面很贫穷，可精神世界却比谁都富有。少年抱有一种难以排除的自卑感，认为自己是被悄悄挑选出来的，这不也是理所当然的吗？我总觉得这个世界的海角天涯，存在着我自己尚未知晓的使命在等待着我。"

感觉好像有什么熟悉的声音在说话，她抬起头想想又皱着眉继续看下去：

"大家扭着身子笑了起来。嘲笑这种东西是这样耀眼。对我来说，同班同学那种少年期特有的残酷的笑声，犹如洒满阳光的叶丛那样璀璨夺目。"

她再次感受到不知何处飞来的石子，觉得脸颊生疼，立刻合上书。

大门一声响，她母亲回来了，在门口招呼："有人在家吗？"罗倩不置一词，任素心进来把包一撂，去了下厨房，然后回了自己屋，只听一声声巨响后，没一会儿又来找她："还吃不吃饭了？"罗倩叹一口气："妈妈，我带你出去吃吧。""昨天刚出去吃了，今天又出去吃，你挣多少钱天天出去吃？"她母亲质问道。

"我今天累了。"

"你们都累了，就我不累。"

"好好好。"

罗倩站起身，厨房的水池里有任素心刚买回来的几样菜，她翻拣一下，又打开冰箱看看，决定做红烧豆腐和香菇油菜。豆腐切块后下油锅略煎煎就加水加作料，又从昨天吃烤鸭打包回来的鸭架子上撕下好几片瘦肉，连同一小块骨架一起扔进去；米饭没时间做新的了，她洗了一小把大米和小米，在豆浆机里加了水，打米糊粥；将青菜洗了，香菇几大朵都掰成四块，放了两块在豆腐锅里咕嘟着，拿出另一个锅将余下的香菇和青菜炒了；想一想，又炒了一个鸡蛋，将母亲中午剩在灶台上的一碟绿豆芽热热，和鸡蛋一起用昨天打包回来的烤鸭饼卷了四个，放在盘子里一起上桌。

母女二人默默地吃着饭，她奇怪地发现虽然自己心事重重，这会儿却有胃口吃了很多。母亲吃完了，没头没脑地发话:"你也别给我摆脸色看,你要不想我住在这里,就明说,我就去住养老院,我不怕丢人。"

她不说话。任素心接着说:"我今天什么也没说,也没做不像样的事,是你家小姚闷声不响带了一个人回来就搬家,我可什么也不懂,我凑过去问问,他眼睛瞪得老大,我怕他打我,一直躲在自己屋里,中午饭我也没吃,你回来了我才敢出来。你现在又这个死样挂相的,我也真是活得没意思。"

罗倩还是不说话,她母亲尖厉的声音像在收割空气似的那样一把又一把地划过。

像往常一样,她去洗碗,任素心跟到厨房来接着唠叨。她想坚持住不说话,等母亲说完自己的全套,就会嘀嘀咕咕地结束一天去睡觉,还他们,啊不,还她一个清静。但今天母亲又接着说:"今天小姚收拾东西,我想着他别糊里糊涂地把我的那些破纸老皇历也捆走了,我就也收拾了收拾。"停了一下,看女儿还是不说话,她接着说:"我就看见那个,你爸爸和弟弟墓地的文件,今年是第 20 年了,是不是又要去交钱,你想着一点。"任素心说完这些话,叹了一口气走了,罗倩手里一停,愣愣看着她的背影。

收拾完厨房,她到母亲卧室,后者坐在老写字台旁的藤椅上,却盹着了。小小的半导体沙沙地响着。

她想过去拍拍母亲，让她去床上睡，又怕她醒了又是一番絮叨，索性自己还是回到厅里的沙发坐下，她迟疑了一下，但接着打开那本《金阁寺》，好像要寻找答案般翻看下去。

小时候罗倩曾是让楼里邻居称赞的优等生，初中就读全市最好的中学，初二第一批入团，是学习委员。弟弟小她2岁，现在回想起来，父母实在是很宠弟弟的，但是当时她心思全在课业和学校的活动上，并没有留意，更没想过要争宠专爱。

弟弟的身体和学习成绩都不好。母亲是大医院的护士长，每天忙得脚不点地，姐弟俩发烧，她都是直接领了药回来在家给他们打点滴，学习上的事就嘱咐她当姐姐的多操心。初一的期末考试她弟弟数学不及格，父亲出差，母亲在上班，弟弟拿着学生手册让她来模仿父母签字，被她声色俱厉地讽刺一番，然后她去学校参加演讲比赛的彩排，没想到她弟弟在家里的暖气管上了吊。

他们小时候，常用那根横穿屋子而过的暖气管当道具，双手挂在上面出演革命党人宁死不屈的游戏。没有想到弟弟竟然拿它当手枪，结束了这个家的一切幸运。

因为她是最后见到弟弟的人，弟弟的初中的数学老师、班主任、小学时的班主任、居委会的人、派出所的人，以及母亲、父亲的同事，车轮大战似的反复跟她谈话，要还原情境，要了解内情，要挖掘隐情。班主任老师急于撇清责任，坚称的期末考试在学校实在算不上重要，历来根本是连家长会也不开的，再说虽然一门不及格，但这孩子总分并不靠后，是班里的第20名，老师从来最重视的只是班级前十和后五，她弟弟这种学生，老师不会太关注也不会专门去为难他啊！数学老师补充道，对啊，只要求开学前补考和家长在学生手册签字，这不是最最基本的嘛。

　　罗倩的父亲从外地赶回来，也没有说什么，沉默地给儿子办好后事，过了两年，肝癌病发去世。罗倩中考发挥不力，没有考上本校的高中，也好，以前是想考医学院的，现在也不想了，她上了一个升学率只有40%的三流普通高中，后来考了师范学院的大专。在学校里她接受了中文系姚正钧的追求，条件只有一个，就是婚后要一直带着母亲居住。22岁的儒雅青年二话不说接受了，但是一年更比一年难以为继，终于在今天发出了正式的通知：恕无法再履行这个承诺了。

　　像往常一样，书上的字渐渐飞舞起来，罗倩站起身，将《金阁寺》放到手提包里，给正钧发了一条短信："都安顿下来了吗？告诉我一个地址，我去看看你。"

停半晌看没有回复,又加一句:"落了一本书我带过去。"

## 二

这一年的春天十分短,夏天则漫长而酷热,好不容易熬过立秋,8月13日这天,气象局预报有大暴雨,行政部令大家提前下班,罗倩不以为意,无奈母亲一个接一个地电话催促,她比平时早一个小时离开办公室。积雨云在城市上空聚集着,细看大概有二十种灰色,云层重叠处捆着夕阳的金边。卷起了灰尘与碎叶的风转着圈地发出哨音,提示着夏天正如一支训练有素的队伍从这一天开始撤退,沉默而又步伐坚定地,就像姚正钧,不再回复罗倩的恳求。

酒店后门专供员工出入的通道与前门的豪华景象仿佛两个世界,疏于修剪的青草从凉皮鞋的侧边伸进来,轻轻刺着罗倩的脚。母亲又来电话询问"多会儿到家",罗倩木头人似的回答了。她忽然意识到多年以来,自己回家走的这段路最寂寞。看到别人新婚那般罔顾四周,低头赶路,她总是想:"本来自己也可以那么好的,他们太幸运了。"

年初姚正钧连人带书搬出去后,罗倩也曾试图与母亲建立新的秩序。她勇敢地收拾了行李，搬去和正钧同住，后者不置可否，白天埋头忙于安置巨大的书架，晚上在网上组织各种书籍藏本的拍卖。后来正钧也跟她说，她出来"投奔"，他自然是高兴的，不然也不会春节时又同意跟她一起搬回母亲那里，罗倩争辩道："那是因为怀了孕。"

在阳光把从书架中飘出来的一点轻尘照得特别清晰的那个中午，正钧一头汗低着头。这两个月，他两鬓生出很多白发。罗倩想，自己也一定憔悴不堪吧。

正钧是很少有勇气与罗倩正面争执的，一方面是因为长年住在妻家，丈母娘那么霸道，环境不允许，另一方面是当初是他追求的罗倩，是他同意的要一直跟她一起照料任老太太，当然那也许要怪自己年少不知深浅，但是他读的书多，不免有点迂腐，不想做日后看不起自己的事。

罗倩在母亲那里做低伏小一辈子，在属下和正钧这里她却有很多似是而非的道理，所以正钧也不想再做解释，希望尽可能地在沉默与平静中结束这令人沮丧的婚姻。无论如何，离开任老太太这深渊一样的人，哪怕就是再也不能结婚，也在所不惜，更何况实习生小俞已经多次表示，想为他红袖浅添香。他只背着罗倩亲了小俞那么一次，不算犯罪，只算犯错。但任老太太,实在是……他摇摇头,哪怕是再多回忆一下,也觉得是精力的透支,从此不必再与之纠缠了,何烦再苦恼。

罗倩却仍努力支撑着,尽最后一点努力跟他解释:"老太太也是太过分了,我也没想到她做出这么,这么过分的事。"正钧想补充说"丧心病狂",但忍住了。罗倩喘了半天气,显见的是回放了那天的情景,她的脸上像狂风卷云一样露出惊惧的神色:"有时候,我也恨她。"说完这些话,她滚珠炮似的说出蒙尘往事,小时候和弟弟去妈妈医院玩,妈妈顺手从桌上拿了两个苹果给孩子吃,罗倩纳闷居然把个大的红的给了她,怕母亲反悔,连忙一大口咬下去,结果就发现一个大虫子,母亲想必是早就看见了虫子眼儿。

还没有弟弟的时候,有一次母亲给她洗澡,不知怎么被惹恼了,站起来骂她,她坐在澡盆里不敢动,母亲说到兴头上,骂她一句,抬脚踹她一下,骂一句,踹一下,骂一句,踹一下。

这些事她竟是第一次讲,不过正钧发现自己的思绪飘在空中,他固然有恻隐之心,这固然是他的妻,不过既然他此刻已下了莫大的决心,要与她和她的生活诀别,他只能做到不让她的叙述再让自己心生涟漪。

正钧控制住自己,不让自己流露出恻然之色,他想,虽然罗倩是不幸母女关系的受害者,但是在面对比她弱势的人时,她也时常表现得恣睢无忌,比如她就经常说:"东西乱放结果找不到,那就等于没有这样东西,需要重买!""知道不该如此,那就不应该做,既然做了,何必多说!"诸如此类正确的废话,大声说出来的时候反倒特别伤人,显得自己格外无用。还是小俞好,他苦涩的心仿佛被盖上了一层温柔滑腻的奶泡,他安慰着自己:"幸亏人到中年,仍有这个退路。"

两个人商量离婚协议的过程少不得有些反复,双方都觉得自己是受害者。罗倩在半年中连续经历小产和离异,想到以后要独自面对跟母亲一起的生活,更加感到绝望。正钧虽然是离婚的提议者,不免有一刀而断的痛快,但是因为结婚后就一直寄居在任老太太家,他和罗倩并没有自己的房子,十年来自己的事业原地打转,失去任老太太那170平方米四室一厅的继承权让他心如刀割,借罗倩这段时间苦苦哀求,他不是没想过借机与她和好,要求她必须搬出来,但自从某夜与小俞发生了关系,对方也接连催促他快刀斩乱麻。他不由得给自己加把劲:"我就破釜沉舟这一回吧!"

他在离婚协议时明示:"你看昂,不动产与我不沾边,那动产方面,罗倩你毕竟有稳定工作,我这开的网上书店有今儿没明儿,所以大家财产分割的时候,应该多向我偏一些。"罗倩不怒反笑。

笑正钧口口声声说与岳母无法相处,却并不介意因没有正式单位而在此落脚,多数时间都是"在家办公"。十多年来正钧在一些外人看来是在莫名其妙的行业里扑来扑去,空手而归,而她,大专毕业后从现在这间酒店的大堂前台做起,一个半月就被调入人力资源部,在工余持续进修,经历了酒店从准四星升到跨国连锁五星级的风云,一路披荆斩棘——拨开性骚扰,熬走了势利眼,拿下了MBA,终于升到了人事行政高级经理的位置,下一步计划就是三五年内升任总监。虽然酒店业的整体薪资水平低,但她现在60余万的年薪也实为可观,有一次正钧在饭桌上赞她是"摇钱树",幸亏老太太当时不在跟前,否则她不知又会说出什么难听话来。

罗倩希望自己也能像母亲那样可以随时一把将筷子拍在桌上。只有离婚的时候才能真正了解眼前人吗?正钧也需要自己穿起办公室中的盔甲去应对吗?她本来以为丈夫虽然没有人上人的谋生本事,可是有普通人的菩萨心肠。

想想这半年,得知自己怀孕的时候并不觉得喜悦,她不太想生育。作为一个不配代替弟弟活下来的人,她希望在母亲百年后，一家人的悲剧可以正式落幕。她实在不想再背负什么了，不管是新的旧的，还是老的少的，一个个鲜活生命太让人担惊受怕了。正钧却很高兴，是啊，儿童总是喜欢儿童的，母亲也高兴，还说希望怀的是个小闺女就好，"男胎弱，不好养，日后也不见得指望得上"，她不敢接话。但是那小生命还是来点了个卯就匆匆离开了，母亲又说恐怕还是个男胎，男胎就是弱。正钧自然是痛心失望的，她只得又打起精神去安慰他，好不容易他平复下来，很快和母亲的那个激烈冲突就爆发了。

罗倩将他们两个人的生活这样整理了一下，觉得大家都有错，但也都错不至死。也许是正钧外边有了人？他似乎特别招女学生的喜欢，不管是现在卖书还是以前搞的什么对外汉语培训，一直就没有离开大学校园。想到这里罗倩有点不甘心，多年来，旧同学、新同事、外籍混混对她有表示的不在少数。她嘴上跟他们玩闹，喝多了跟他们搂一下也是常事，反正他们搂她，她就去搂下属中的小鲜肉，但从来没有跟谁真有过越线的举动。她总觉得工作中能遇到的人都不是省油的灯，而正钧待她算得上温厚，不能对不起人，再说如果换了那些人跟她一起侍奉母亲，又能走到多远？

离就离吧。一说到钱，正钧也不过是个俗人，如果是外边有了人，那就更是个伪君子！家里反正就是这么个情况，大家都在和老太太熬日子而已，自己甚至也下决心去他那里住了好一阵子，不然也不会怀孕，实在是太不小心了！她是下了决心与老太太建立边界的，但她承认这个决心仍不够坚定，不然也不会又贸然因"怀孕了还是家里条件好些"而说服正钧一起搬了回去。

而如果他在自己流产后，因为外边有了人，却借着老太太发飙离婚，那就随他去吧。以前只道是他对自己有情，后来觉得他对老太太有义，现在看来，是对方觉得这是了不起的恩情。谁知道老太太还有几年寿命，现在是硬朗得很，弟弟夭折固然是天大的打击，爸爸含恨去世，看来母亲却是打算要含恨长生才好。难道就这样两边讨好地一直对付到母亲去世吗？谁又知道那时正钧会再出什么幺蛾子？这次百般哀求之后，他一朝回心转意，是不是就算是赋予了他随时生气随时掉头而去的权力？

正钧看罗倩终于同意了离婚，不免松一口气，但立刻又觉得怅然若失起来，内心独白道："她别是没真的爱过我吧？"当初追她时也颇费了些力气，在任老太太那儿更是吃尽了苦头。酒店业花红柳绿，鱼龙混杂，谁知道她都有些什么际遇。哼！

虽然离婚的决定做了，但是协议中的财产分割条款迟迟未敲定。正钧警告小俞最近不要来找麻烦，最好是各自安排，避免见面，以免哪天被罗倩撞破。小俞说，但是姚老师书店的各种工作还是需要人手啊，自己可以控制自己的情感的，正钧歪嘴笑一下想，这也不知是什么家庭出来的女孩子，是天真还是放荡，不好定性。

他安慰小俞说现在书店的事不免放一放，能处理的他都自己尽量处理，实在需要帮忙的，现在电子化办公这么方便，远程也都能解决。看小俞噘嘴，他又补充道："不是怕你控制不好分寸，是怕见到你，我控制不好自己的……"他想了下，改口填上"感情"二字。小俞得到安慰，依依不舍地走了。正钧松一口气，想，跟罗倩离婚的官司，本来自己有理，一定不能因为不小心落得个过错方，本来这一段婚姻自己就没得到什么，要是财产上再有更大损失……他真是得不偿失——小俞，也无非就是年轻而已，日后要是再婚，算她高攀。

他盘算好了，跟罗倩说两人的存款对半分吧，罗倩不答应，正钧这么多年有出没进，家中钱库，问他可有什么贡献。正钧反驳说，自己所入不丰，但花销也少,你罗倩自费上的MBA,学费一下用掉50万,课程还不在一个地方上,一会儿去昆明,一会儿到新加坡,差旅又没人给报销。以此为例,你不要以为你事业蒸蒸日上全是你个人奋斗的成绩,军功章上都有我的一半!

罗倩被他的混蛋逻辑说得昏头涨脑,烦不胜烦,想赌气说"既然谈不拢,就不要离了",难堪的是,当初自己虽然是被推动着走到这一步的,此刻真要回头不离婚,已觉得意兴阑珊。


三


工作亦日渐吃紧,直线老板下周要去美国休长假,很多功夫要挪到她肩上,在每月一次跟这位老板的一对一例会结尾,女老板照例跟她寒暄几句,问问家里老太太情况,又问上次小产后复查了没有。罗倩失魂落魄月余,在外人的温暖中不禁潸然泪下,说了正在办离婚的种种不幸。女老板看看日程表,说今天全排满了会,晚上咱们一起去喝一杯。

午饭过后,罗倩已经后悔。她向来看不起在办公室掉眼泪的行径,更不用说是为了私事,太打扰别人了。老板虽然在职场上是女中豪杰,但是家庭幸福,大女儿在美国念书,二女儿在日本,据说跟木村拓哉的女儿念一所中学,没有一年就可以去美国上大学,她这样的人生赢家,哪里体会得到自己的苦楚,就算体会到,自己又凭什么麻烦人家。

大老板专门把今晚的聚会让秘书一本正经地在电子日历上标注了发给她,意思是"一诺千金,不见不散"。晚上两人到酒店后小巷子里的居酒屋,掌柜见到熟客,恭敬致礼,替她们找到靠里不用脱鞋的单间,老板要了清酒、蛤蜊、鱼生与天妇罗,摆出不醉不归的架势。

看罗倩闷闷不乐,老板也不急于探究,却说起了自己:"我十八岁去日本留学打工,父母算是薄有积蓄了,但是那会儿能送孩子出去就已经不错了,也就勉强负担个语言学校的学费,日常开销都靠自己一双手。最穷的一次,是发工资那天,已分文没有,只好上班前敲门跟邻居太太借了一个硬币,坐车到工厂,干了当天的活儿,领了那月的工资回来。"

"最好的事,就是认识了一个男孩子,东北来的,叫健明。可是你猜怎么着,回国前那一年夏天划船去河上看烟火大会,别人放,我们也放,别人叫,我们跳,想不到一个寸劲,他摔了一跤,后脑碰在船帮上,当时就不行了。"

罗倩听到这里，血往上涌，不禁地又想放声大哭，可怜的这个东北男孩子，健明；可怜的他的小弟弟，罗川；可怜的她自己，可怜的正钧！一笔一画写出来，这些被损害的人名，天地间有一本账簿吗？

老板平静一下，关心地问："和你先生，没有转圜余地了吗？到底发生了什么事？"

罗倩想了想，简直不知道怎么措辞，虽然这件事已在脑海中反复回放，还是没想到有天要向外人和盘托出。终于她还是深吸一口气，想到当时事情发生得很快，自己也不妨一两句说完吧："我弟弟的事，您是知道的，后来，我妈精神状态上就不好了，越来越不好了，这两年，也是年纪大了。我先生，也是胆子小的人，也幸亏他没脾气，所以我们也平安无事，别的倒也不指望。"

老板听着，眼光已开始游移，准备听一个俗套的情变故事，罗倩叹口气，加快了语速："我先生一直和我一起住老太太家。年初我流产了，他就不太高兴，我想他是非常失望的。那之前我们就不太好了。"

老板嗯嗯应着，罗倩接着说："他喜欢猫，我妈嫌邋遢不让养。我们家住一楼，我先生常去喂院子里的流浪猫。我妈什么都管，为这个也啰唆。大小是非多了，我先生气不过，搬走了一段，后来我怀孕了，说服了他搬回来住，想着都高兴，大家的关系可能会有起色。我先生回来后发现，他以前喂的那个猫生了四个小猫，特别高兴，说是喜上加喜。我妈却说，猫对孕妇不好，应该找人打死。"

她抬头看一眼老板，发现老板无声咀嚼着。她等老板咽下那一口食物才接着说："后来我流产了，我妈和先生都很难过。有一天晚上我听猫在外边叫得特别惨，也没在意，想着是春天了，可能是在闹猫。可是第二天才知道，是我妈给了小区保安200块钱，让他把四个小猫仔逮到一处，装在个麻袋里，拿棍子打死了。"

"什么？！"

"就那么打死了，是捡垃圾的老太太告诉我们的，因为我先生平素对她客气，老是给她旧衣服还有书本。她就多说了这么一句。"

"这，这可是，老太太气性太大了。说什么好呢！"

"我先生当天回来就不干了，就提出离婚。我求他回头，但是什么也晚了。谈到现在，我自己也觉得没意思了，就这样吧，离就离了。"

老板半晌不说话，两个人都沉默着，然后罗倩对老板说："打扰您了，都是些小市民的烂事儿。"

老板回过神来,还是反复说:"老太太气性太大了,你不容易。"又说:"这我也得跟你说,不被长辈祝福的婚姻,能幸福的不多,需要两个人情比金坚,可是咱们都是普通人,咱们的环境和际遇,也决定了遇到的人,都跟咱们自己一样是千疮百孔的人。"罗倩低头听着。

"你就说我吧,健明死在我眼前,我们那么年轻,我也不是没想过,为他守寡,可是呢,遇到现在这个老公,还不是又死心塌地爱了?当初我父母也不同意啊,说日本人,又比你大20岁,你想好了吗?我想好了啊,我当时想的是,我可是身背人命的人啊,我是不祥之兆啊,比他更好的人,不是没有,可是我配吗?"

"我跟他结了婚,他前一段婚姻没有孩子。那时候就有人说,因为发妻没有孩子就在中年离婚的男的,不是忠良之辈。可是我想,谁又是忠良的完人啊,谁又禁得起道德审判啊。我们生了两个女儿,先生起初也是念叨再有个儿子多好啊,不过姑娘们学业上倒是争气……去年,去年我查出乳腺癌,在美国做的手术,"罗倩张口要说什么,老板抬手制止了她,"病灶切除和乳房再造是一台手术同时完成的。发现得早,也算挽救及时,可就是,刚做完手术的时候,没有乳头。"

再次制止了罗倩的发言,老板说:"再造手术也不困难,下周我去美国就是为了这个,不过呢,跟先生的关系,还是受了很大的影响。确切地说,他是受到了惊吓和刺激,而这种惊吓,可能跟新的器官……和配件是否最后能达到完美,都没有太大关系。其实你说,我都48岁了,他大我那么多,早都是个糟老头子了,可是他该嫌弃我还是嫌弃我,你拿他怎么办呢?这时候我就想起当初人说他不是忠良之辈了,但是半生已经过去,就认命了吧。"

"你信命吗?"老板问。

罗倩答:"我不全信,但我也不敢不信……"

老板沉吟半晌,又说:"我介绍一个朋友给你认识吧,是我的中学同学,北大毕业的,聪明绝顶。上学时候就研究《易经》,去年移民了,刚安顿下来时给当地人卜卦算命,后来因为算得很有门道,一传十十传百,索性执业以此为生了。我们是最近才重新联系上的,你知道,万恶的同学聚会和无所不至的微信群。虽然我年轻时也经历过一点挫折,但还是不敢说我这半生不顺遂。"

"以前呢我对这些事也是一笑置之,但是去年得了癌症,手术后吃一个中医的药,特别有起色,那个中医自称会算命,他说了一些话,我不怎么爱听,我就找到这个同学，看能互相验证个几分。他呢，先算你已经发生的事你听听看真不真，我想这也对啊，以后的事怎么验证，还不是说什么都行。没想到他就把前面事都算得很准。要说我们虽是相识，也不过是初中那蒙昧未开的三年，后边大段的人生并没有交集，彼此的事是不知道的。他呢，明明白白把我几件大事都算得很准，准到年头都不错，包括我哪年结婚，我妈哪年病故，我哪年生的孩子，生的是男是女。包括我这次的手术，也是请他算了个日期。说句不该说的，你不妨让他也看看，你这个先生虽然有点混蛋，但谁知是不是被欺负狠了犯糊涂呢，要是算出来老太太明年就走了呢，你就让先生再等等。这话说出来是罪过，不过我觉得，亲妈又怎么样，亲妈也不能把你往死里整。你们母女这段，不是善缘，消耗得太大了。"

　　罗倩与女老板坐到半夜，才醺醺然深一脚浅一脚返家，她这夜睡得特别沉实。第二天早上7点45分，两个人又一点宿醉迹象没有地在酒店电梯里遇到了，只是彼此会心一笑，各自如常去忙。罗倩趁工余联系上刘天师，将自己和正钧的生辰都给了他，然后就忘了这件事。

## 四

过了两天刘天师联系上罗倩，他人在南半球，约了半个小时跟罗倩先在电话里讲讲："您的这个八字我看了，总的来说，一生无横财，财运随着事业走，求财要通过工作，辛苦劳动方可获得。您先天贵气本来很高，可是在命格中被盖头泄耗，求学不利，但也能勉强达到高等学历，直到2009年，是事业佳年，独当一面，略有权力，想必您在那年有过升迁？"

听罗倩称奇，刘天师继续说："感情运方面，配偶与您同属性，您和配偶都有多段感情之相，但如果您与现任配偶是30岁左右晚婚，则能避过多婚之灾。"

"六亲方面，您出生那年，父母宫受伤。倒不是说您是克父克母怎样，而是说您和长辈缘分复杂，父亲先于母亲去世，而过世那年，您尚未成年，大概在16岁。您的八字对母亲有利，但母亲八字对您不利，您青壮时期的运气被母亲劫夺，子女星被日支紧贴克去，后天大运年轻时代又行北方水运，一生之中会有损胎、流产或剖腹之事发生，且男胎更易损伤，生女儿相对安全。如果说得不准，就得罪了。"

罗倩将话筒换一个手，仔细消化着天师半文半白的讲解,忽又听见刘天师在那端问:"不知前边的命格对得上吗?"她回过神来,连连说:"对得上,都对。"

刘天师继续说:"谢谢。那就再简单说说将来,呵呵。去年今年,喜神皆化为忌神,事业运气败地,感情运气败地,通俗来说呢,就是夫妻感情不和较严重,易有感情分手之事,工作也有诸多难题,要主动破财,旅游。捐款以调节心情,与配偶相处过程中要多注意。明年的话,就不错,易有出差旅游之事,宜转工,也有感情运气。后年子女宫牵动,适合怀孕,易生女孩,第二胎也易生女孩,二胎女孩比一胎贵气大。"

罗倩微笑摇头,刘天师又说:"今年令堂身体不佳,会有一次闯关,出行尤其多注意。"

罗倩温言跟天师说,从小接受的都是人定胜天的教育,问了卦才体会到"知天命悟是非"的道理。天师朗笑说:"三分命,七分运。有些事提前知道了怎么预防,比如说知道要破财就主动做慈善捐点钱,知道夫妻有不合之相,就少说两句,知道这年有血光之灾就点个痣,总比说非在这一年投资,或任性闹到夫妻离异,或不在意身体等着做手术强,又比如那种己土通根时支被旺木所克的小孩子,他先天脾胃功能一定弱的,就得少食寒凉。每个人五行都有所缺,这就是命格,您提前知道了,有意规避,那就是后天的运气。"

罗倩问怎么个酬谢法。天师说像今天这样普通讲讲是1500元,详细预测是4000元,精细预测涉及亲属是8000元。后面这两项都会专门出一个书面报告,详批流年,推算求测者每年在事业、感情、健康等方面的大事和吉凶。看风水改名字另算。

罗倩委婉叹一声也不便宜。天师说:"爻卦简单看个吉凶,是互联网都能做得到的事,像我逐个流年批算,耗费精力不说,关键是泄露了天机,自己也要去拜一拜的,总不能从自己荷包里出,就都劳烦命主了。"

罗倩很快地在心里评估一下,经过昨晚,她体会到,人生实苦,看别人体面华丽,坐下来聊才知道都不免有满腔悲愤的时候。经历过弟弟的惨事,她这一生每天都在想,如果能乘坐时空机器提前回到那一天避开惨祸该多好,而现在如果真能借天师之眼,约略掀起命运这黑沉大幕的一角,是不是也能趋利避害呢。

她跟天师表示这就汇款过来,问几天才能出详细的流年报告,天师说需要一周。她又鼓起勇气问:"不瞒您说,我和先生正在办离婚手续,是他主动提出来的,依您看,我这件事,还有转圜余地吗?"

天师沉默一会儿说:"按说八字合婚和未来感情批算要单项收费1500元,不过既然是老同学介绍,也不必太过拘泥。普通人可能会劝您事缓则圆,但是因为您和先生的八字时辰都告诉给我了,我也仔细看了,命格显示,您宫泄配偶,整体付出相对较多;配偶宫处伤官之地,晚年配偶大运进入西方金地,加大对妻星的冲力,您晚年身体不好,可能早于命主去世。您跟他在一起,比较消耗。又像我早先说的,您二位都有多婚之相,且您今年是破财之年,家中老人也有不利,反倒是明后年运势上升,尤其是后年子女宫牵动,却不一定是跟他呢。如果一定要做个选择,又是他先提出,就不如放手,放手时不要舍不得银两,以免更大灾祸。"

罗倩提前结束了办公室的工作,直接到正钧的书店兼住处,进门时他正在叽叽歪歪地打电话,看到罗倩进来,快速说了一句就挂断了。他警惕地注视着来意不明的妻子,脸上还浮现着刚打完神秘电话的粉色。罗倩拿出离婚协议,跟正钧说:"当初说服老太太卖掉原来的两小套老公房,换成现在这套大的,差价是360万,这些年老太太的积蓄加上我的工资,现在仍有120万的贷款未还。家里可挪用的现金就是80万,按你说的平分,一个人40万,你要是同意,咱们就签好这个协议,明天去办手续。"

正钧还要支支吾吾,罗倩忽然放低身子说:"老太太今天跟我谈了一下午,剖心挖肺,说以后再也不找咱们的麻烦,让我先来拿着这个协议试你,要是你有一点松动,就给她打个电话,她备齐了酒菜在家等咱们,给你赔个不是,以后就齐齐整整地在一起过。"

正钧面有难色,但犹豫片刻又很快地说:"就照你的数字签吧。"罗倩待正钧签了字,约好了第二天办手续的时间地点,就头也不回地走了。

罗倩回家如常做了晚饭。这几天她回来得晚,任素心也知道她在和正钧办理离婚的事,心里多少有些打鼓,看见她回来,又高兴又有点讪讪的。罗倩看大饭桌上敞开着一个油花花的塑料袋,裹着两块玉米发糕,旁边的一罐红腐乳也打开了盖子,上面架着一双筷子,心里不忍,她让母亲等等,"我不在家您净瞎凑合"。

她转进厨房,将半颗卷心菜切了丝与西红柿一起下锅炒软,略加水和盐,没一会儿菜就变成意大利面的酱料色。她已经又在平底锅扒拉了虾仁炒蛋,两个菜一起出了锅,她再打开一块内酯豆腐,放在微波炉里稍加热,将几粒花生磨碎,混着生抽拌匀芝麻酱,一起浇在豆腐上,任素心一样样把菜搬到饭桌上,罗倩又冲了个紫菜汤。任素心高兴地说:"这么丰盛,我就不吃腐乳了吧,含盐高。"罗倩应道:"您筷子头抹上一点到发糕上也不碍事。"老太太说:"我喜欢蘸这个西红柿洋白菜汤,你也是中年人了,少吃盐。"

任素心把小收音机放在饭桌上,播放平时的频道,用饭碗挡着脸问:"小姚没什么事还是回来住好。""妈,我跟他谈好了,明天就去签字离婚了。"

"小姚生我的气,我跟他说说,我也不是不能去养老院。"说到"养老院"三字,老太太还是被委屈哽住了。"妈,这个人不行,不用说了。""怎么个不行呢?"

罗倩真切地感到了心里的酸痛,她刚才已经在回来的路上哭了一次,为跟流年中的自己和对方这样告别。她把天师算命的事跟母亲说了,着重说了两个人怎么命格不合,任老太太听得认真,又问了财产怎么分,房子没有他的份吧,又骂了正钧几句,罗倩就不再说话。

任素心又问罗倩:"天师说了你今年不好,可有没有说有什么破解的法子?"罗倩说:"让屋子里多摆绿色植物,多穿绿色衣服。"说到这儿,又加上一句,"还有,养猫或养兔子,不养的话,就摆个猫和兔的摆件。"天师是说了兔子,猫却是她恶作剧加的。

任素心沉吟道："天师这么说啊,那我明天就去批发市场买猫和兔子的摆设去。"

罗倩笑。想不到任素心说："咱娘俩以后好好过。"

罗倩觉得喉头汩涌一下,她平静了下自己,问母亲："妈,您信命吗?"

任素心头也不抬地说："我不全信,我也不敢不信。"

罗倩在第二天早上 7 点醒来,一时竟有些怔忡。这一段时间处理离婚这件大事,她心绪不宁,每天都会在凌晨 3 点与 5 点各醒一次。虽然因为父亲积郁早逝,她又和母亲磕磕绊绊至今,早就积累了一些中医养心安神的常识,但是无奈这半年来的磨心却并没有因为家中常备的小药得以舒缓。她也曾想去看心理医生,或去名医那里开些汤药来吃,然而各种琐事缠身,也就拖延了下来。待那天听了老板的开解,尤其是天师一席话,跟正钧签了字,昨晚母亲又竟心平气和地跟她说"咱娘俩以后好好过",她也算是急脉缓灸,终于稍微调整了节奏,一觉睡到天明。

餐桌上摆着豆浆、茶叶蛋和炸糕,显然是母亲早起去买的。罗倩长年减肥,早餐多以两个蛋白和一片烤面包应付,然而母亲准备的早餐让她微笑,好像看见老太太将不锈钢锅装满了豆浆,又将锅盖倒扣过来盛上炸糕，怡然向摊主递去零钱的样子，她心里一定又在念着"咱娘俩好好过"吧？

罗倩在屋里转了一下，母亲并不在家，她的米色小拖鞋整齐地摆在门边，随手的一只蓝色旧帆布袋也不在，不知她买了早饭回来后又去哪里了，直到罗倩洗漱完毕，也仍没见母亲回来。罗倩坐在桌边，将微温的豆浆与鸡蛋都吃了，想了想，又一口咬开炸糕，齿印将本来膨起的炸糕封成一个嘴唇状，炸过的糯米粉包裹着豆沙，久不尝试的高卡路里和久违的温情一起，在罗倩的心中绽开一个温暖的笑。"咱娘俩以后好好过"，她想，等了半辈子，终于得到母亲的谅解了。

罗倩将餐桌收拾干净，换了衣服去上班，脚步轻快。今天是老板启程去美国休假的第一天，她要在11点代为主持整个人事行政部的例会，她边走边在脑子里将今天的几件事过了一遍。没想到刚到公司，就接到陌生号码的电话，讲话的却是母亲："我摔了，你快来。"

罗倩将工作简单安排了，就赶去医院。她是一个越遇大事越冷静的人，在路上简单梳理了一下思绪。母亲已年届高龄，接到这种电话并不为奇，但让她奇怪的是母亲为什么在离家数公里外的一家军队医院就诊，而不是家附近著名的骨科医院，也不是她当了一辈子护士长的二甲医院。

这家军队医院罗倩是第一次来，母亲神志清醒，但因为左腿的剧痛正不住挣扎呻吟着。救护车的司机与随车医生看到她来了松一口气，罗倩结清了车费，医生简短但清晰地跟她说明了情况："老太太说是去图书大厦买什么猫和兔子的装饰，结果回来下公共汽车的时候摔了，司乘人员叫了救护车，留下话儿说，回头家属可以去车队找他们报销车费。路上老人疼痛得厉害，我们初步诊断是骨折，也是为了缓解她的紧张情绪，怕她并发心血管病，哄着她聊会天儿，她说是算命大师让她给女儿买这两样装饰摆设能保平安。"

罗倩迅速地偏过头去，医生在不解中转换了话题："我们征求老太太意见想去哪个医院，得知老太太也是某医院的退休职工，但是老太太说那是二级医院，她担心医术水平有限，让我们去家附近的骨科医院，我们打了电话，骨科医院说不巧附近有个建筑工地刚出了事故，接诊没有床位，老太太就说来这家医院，说这里条件好、人少，急诊入院也不担心费用报销，都到了她才让我们通知了您。"

罗倩点头，在日常生活中母亲总是无理取闹，几乎让人忘记了她本来是个受过专业训练、思路清晰、机智的人。

任素心随身携带的旧蓝帆布袋打结系在平车的栏杆上，和她的裤子一样脏了大半边，鼓鼓囊囊的，不用打开，也知道里面装着一只兔子、一个猫的摆设。也许兔子是毛绒的，而猫是绣屏的，所以兔子支棱着柔软肉头的耳朵，而猫闪烁着宝石一般五彩丝线的眼睛。

罗倩想哭，可是她和母亲都看不起遇事不由分说先痛哭一场的人。软弱无能、惊慌失措、依赖求助在她们家是不被允许的，必须先集中精力解决问题，再处理情绪。

外科大夫向罗倩问了病人的情况，包括基础病史，尤其是有无心血管疾病和糖尿病，母亲这时发起烧来，罗倩把她的情况都跟医生说了。

"有冠心病，但没有发作过。血压高，吃拜新同。血糖高，饮食控制，没有打胰岛素，没有做过手术。"医生开了CT，问家里还有什么人，有没有儿子，叫一起过来。罗倩嗤笑，为什么一定要是儿子。"那叫你家属也过来。"罗倩据实相告："没有别人了，她只有我一个亲人。"

医生看她一眼,抬起下巴指指不远处:"你一个人推不了,让保安跟你一起去三楼拍片。跟着地上的箭头走。"

罗倩进来的时候已经大概观察了地形,医院面积大,分内科楼与外科楼前后两座,但在一层有数条通道连接,急诊和儿科位于连接的中间位置。

她将手袋扣好,放在母亲脸侧,弯腰把平车推起来,立即发现也许是因为母亲瘦小,加上平车的轮子顺滑,只需调整好方向腰间稍用力,一人推走根本没有问题。

她稍微加快速度,弯身低头,随着防静电地板上溪流一般蜿蜒而去的黄色箭头稳步前行,经过护士站去乘电梯,保安坐在那里看着她,打了个哈欠,并没有打算听从医生的建议陪她上楼。

放射科看到她们却吃了一惊:"你一个人送来的?其他家属呢?"罗倩无奈地回:"没有别的家属了。"任素心却哼出:"给正钧打个电话啊。"罗倩皱眉,这半天叨嚷,她也不是没想到他,叫他,未必不来,但一切已令人那么灰心,罗倩从来视开口求人为至大障碍,实在要求助,此时他也是最后一名。

放射科医生是两个瘦小兼脸色蜡黄头发胡乱一扎

的姑娘,跟罗倩说:"一会儿要把老太太抱到检查台上平躺,你能行吗?"罗倩很快地答:"没问题。"个子略高的医生说:"我在后边扶你一下。"罗倩连忙赔笑致谢。

大家七手八脚将任素心安顿在检查台上,小医生又说:"检查中要有人这样扶着老太太这条腿,你行吗?有没有怀孕?"罗倩答:"没问题,没有怀孕。"医生点点头,一指身侧:"穿上防护背心。"转身关上门进到灯火通明的透明操作间。

检查做完了,任素心在疼痛中打盹,脸部表情略微松弛。罗倩拿到片子后又推车回到急诊室。医生见怪不怪地答复:"髋关节脱位合并股骨头骨折。有两种方案:一是保守治疗,患肢牵引,不用开刀,但较为痛苦,见效慢,预后差,尤其是高龄老人长期卧床容易引发感染其他并发症。第二个方案就是手术,费用高,3万至6万,手术后需要一段时间的腿部肌肉复健,老太太有单位吗?报销比例如何?"

罗倩回答费用没有问题,要求手术。医生指示了住院流程。住院部在外科楼七层,护士长迎上来,看到罗倩锦衣尖鞋,一人推着平车,发髻飞出了毛边,额上滴汗,愣了一下,不由得问她:"就你一位家属?"

罗倩不由分说先跟护士长定了护工，护士长见多了到医院为治疗方案和护工费用争执不休的大家庭家属，觉得这名单身女子倒也爽快利落，她转头让护士去打电话找护工公司的人，又过来三个护士一起推着平车到了十号床。

没一会儿护工上岗了，是个个子娇小体态略丰的四川中年女人，自我介绍姓秦。这间病房比普通三甲医院的宽敞，大概有70平方米，设两张病床，还有电视机和冰箱。秦姐和护士们利落地安顿了病人，内科医生也来了，在床侧开单问诊，评估老太太的身体状况，开了止痛镇静的处方，没一会儿护士挂上了吊瓶，又拖来牵引固定的装置，和骨科大夫一起把任素心受伤的右腿固定住。罗倩在一边看着母亲露出痛苦的表情，想，手术是对的，不然如此这般卧床两个月，以母亲的脾气，恐怕要发疯。

医生护士手忙脚乱地忙了半天后，出现了片刻的宁静，秦姐说她今天刚在内科病房"完活儿"，要去收拾一些东西，没一会儿就回来了，手里满满地拿了几袋冷冻馄饨和汤圆，还有一兜鸡蛋。秦姐把食物分门别类放进床头柜的小冰箱里，旁边九号床的病人自我介绍说姓常，是小学数学老师，住院为做肩关节手术,排在明天,不必人陪护。秦姐还有东西一趟拿不了,再出去的时候,常老师跟罗倩嘀咕:"这护工有这么多好吃的,肯定都是上一个活儿的家属给的,这会儿都亮出来给你看,你可得心里有数,别跟着什么都给她,惯出毛病来不好。你晚上在不在?你不在我帮你盯着,她要对老太太不好,我明儿告诉你。"

罗倩苦笑,想,她哪里有精力与人这样周旋,母亲这么受罪,她今晚却很难陪护。工作难以脱身是一个原因——她明天一早九点钟还要参加一个行业协会的签约仪式,五千字的讲稿仍需润色及演讲彩排,也不可能凌晨回家再洗漱更衣,而不愿面对在病痛中的母亲也是她想要躲避的原因之一。

不过常老师的一席话倒是提醒了她,趁着给母亲置办一些住院的生活用品,她又在医院的小超市给秦姐和医护买了水果与糖果,又将1000元饭票都交给秦姐,嘱咐她除了帮老太太打饭,自己也一定多吃好的,要每顿有肉。秦姐说自己备有电热炉,有时晚上会背着护士长煮些可口的小吃,这饭票主要给老太太用。又问老太太以前是做什么工作的,听说是护士长,表情紧了一紧,但马上说:"老太太懂行,会配合我们的。要是怕疼怕吃苦,我们可要批评她哟。"罗倩和秦姐一见如故，勾肩搭背说着话，常老师撇嘴躺下。

罗倩又去跟主治医生交谈，医生说，现在病人发烧，可能是伤口发炎所致，已给予消炎退热治疗，烧退后观察一下，如无大碍，一周左右就可以手术。

调停安排妥当，罗倩看药剂也明显发生了作用，母亲陷入昏睡，就告别了病房诸人，回办公室打理工作。

任素心的手术当天，罗倩早早到病房，秦姐和护士也过来做着各种准备，罗倩在一侧想帮忙，她平时虽然是个能干利落的人，但还是有几次被挡住了手，任素心看了不禁说："让她们忙去，你做不惯。"罗倩只得略显局促地站在床侧，不期然这时母亲仰脸看看她，头发虽然是乱的，但脸上的肌肉线条却是少有的平顺柔和，一边看她，一边点头微笑道："没事儿，没事儿。"

罗倩还记得小时候家里风平浪静的时候，因工作南迁而来的父母经常跟她姐弟俩学习北京的儿话音，当作一种乐而不菲的家庭娱乐："肉丝儿，肉片儿，前门儿，没门儿，没事儿。"罗倩此刻回母亲："知道，没事儿，能有什么事儿。"嘴上笑着，但眼泪却如注落下，她紧抿住嘴偏过头去。母亲工作在岗时最讨厌在病房大放悲声的家属了,嫌她们"碍事!自私!软弱!没用!"但这时母亲也在哭,并且说:"我呀,我就是个老混蛋。"

橡皮筋一样抽紧的这一寸时光很快过去了,在秦姐与护士的打岔和支应下,大家推着病人到手术室,罗倩嘱咐秦姐回病房休息,她在家属区等候。老太太这台手术做了两个小时,又循例在重症监护室观察了24小时后回到病房。

五

过了几天罗倩看一切都好,又去母亲的原单位找了骨科主任,说好下周一就转院过去,安排老太太住院复健。她回到军医院病房跟母亲说了,任素心很觉宽慰。罗倩又告诉她和秦姐说,自己有个系统内的行业大会要参加,后天启程去成都,第二天上午开完会,当天晚上就回,母亲和秦姐都让她放心去。

赶上北京连续雷雨,航班大面积取消,罗倩只好转坐高铁前往,提前一天走,秘书告诉她一等座的票已售罄,商务座的票价不符合公司财务制度。她表示二等座没关系,只求别误事,快去快回。

这天早上列车8点半驶出,到下午两点,罗倩才从邮件及发言稿中抬起头来,想略打盹休息,手机却响了,她看是秦姐来电,预感不妙,连忙接起来,在列车的隆隆声中,是秦姐的惨叫:"小罗!阿姨不好!"罗倩一震,听到那边各种监护仪在尖利地呼叫着,主治医生抢过秦姐的电话,以十分急促的声音说:"十床家属,老太太术后并发肺部感染,现在痰液留积造成气道阻塞,我们要下气管镜,你同意不同意?"罗倩将手机通话声音按到最大,主治医生重复着他的催促:"呼吸科的医生在这里,你人不在,但我需要你的同意,气管镜你要不要下,快做决定,老太太现在休克。"

罗倩在震惊中整理着思路,不意旁边传来一个坚定的声音:"做!"竟是旁边位子的乘客在说话,他看着罗倩:"下气管镜!我是医生。"罗倩涨红了脸一动不动盯着他,一面回复电话那端:"好,我同意做。"主治医生迅速挂断了电话。

十分钟后罗倩接到秦姐的电话:"没事了,老太太得救了,哎哟刚才吓死了!"

罗倩以手捂脸,旁边的乘客安慰她:"没事儿,不要紧。"罗倩六神无主地道谢又道歉,虽然尽量控制着自己,但还是兴奋过度地反复说:"本来都平顺的,准备周末出院了,不知道怎么又肺部感染了,一上午了也没人说,这会儿就休克了。我本来不应该出这个差,可是我老板病假,我又必须去。您看,老板病假有人替,老妈住院没人替。"对方继续安慰她说:"官身不由己。"

罗倩意识到失态,掩饰着调头看窗外。"到哪里了?"大夫回答:"仙桃西。"两人相视大笑,不禁同时打开手机上的列车时刻表,一个个念着站名:潜江,荆州,建始,恩施,哎哟都别致好听。两人沉默片刻,遗憾自己对蜀地的历史掌故知之甚少,然后才想起没有自我介绍,大夫从无数裤袋之一里摸出工作证给她看:"十床家属你好,我真的是医生。"

"哟,您还是军医,其实我妈妈住的医院几乎就在你们马路对面。"

"嗯,家里没有别的人陪她了?"

"没有,我单身,爸爸和弟弟都去世了。"

"是吗,什么病呢?"

"爸爸肝癌,弟弟自杀。"

罗倩坦率地交代着,关于近来的事故和半生故事,大夫听着，不时偏头看她，眼光停留的时间一次比一次长，他叫杨晓，他的工作证显示他跟罗倩是同一年参加工作的，但因为读的医科，所以在校时间长，实际比罗倩小3岁，从此罗倩管他叫"小大夫"。

小大夫虽然家在北京，但是在上海读的军医大学，母亲是北京某三甲医院的神经内科主任，现在仍在出专家门诊，父亲是文科大学的行政干部，说到为什么天高皇帝远地跑到外地去上大学，小大夫说是受不了母亲的高压式管理。罗倩附和说，年少时就应该好好念书，这样才能尽可能多地掌握自己的人生。小大夫沉吟着说，选择学校是他第一次试图掌握人生，去年离婚是第二次，虽然很艰难。罗倩心里震了一下，抬头看到小大夫也正以不知是祸是福的眼光看着她，连忙再次转身看向窗外。"哪一站了？""Lost in the middle of nowhere"小大夫以某首英文歌名作答，但罗倩听懂了。

小大夫这次是跟以前的大学同学去青藏，另有五个人开车从上海出发，他独自从成都转机去格尔木。罗倩听他说着这些陌生的地名，边笑边摇头，并无向往。小大夫也笑，说这次旅程已经计划经年，现在终于落实，以后恐怕也少有机会去了。此次休假出来，科室领导并不高兴,说了很多怪话。"但他不知道你见义勇为,救了我母亲。"小大夫不当一回事地说:"外科主治医生请呼吸科去抢救,家属不在旁边,医生做这样的决定是担风险的,一定是你平时跟他沟通交流得好,不然不会说得动呼吸科没有签字就下气管镜。"罗倩觉得自己虽然在酒店行业供职,但简直从来没见过像小大夫这么会说话的人。

两个人分食了简易餐车送过来的扒鸡,小大夫要付账,被罗倩挡下了,说自己有出差饭补。小大夫笑笑,问她在哪儿高就,又透露说这么长的旅程让人绝望,其实早就想跟她搭话,但看她一上午都在忙,没想到是这个惊险的电话让他们相识。他这一说,两个人又都觉得列车好像提速了,并很快在夜晚 11 点到达了终点站。

罗倩有人来接,小大夫下榻在离机场很近的一家十分朴素的旅社,司机依言绕了下路送他过去,然后就载着罗倩向 CBD 的酒店飞驰而去。

第二天罗倩参加了一早就开始的大会,关键流程都进行完毕,中午她跟主办方说明母亲的病况,并请辞晚上的宴会,主办方连声说没有关系,秘书那边也已订好了航班,她拎起行李到机场。北京的天气虽已转好,但航班仍然延迟了两个小时,她坐在大厅等待的功夫,收到了小大夫发的微信,是一个在车里拍的视频,可以看到窗外群山迅速飞过。

"到了?"

"到了。"

"怎么样?"

"现在还看不到什么。"

"你怎么样,有高原反应吗?"

"倒没有。就觉得后悔。"

"后悔?"

"昨天不该住在那个旅店。"

"怎么了,卫生条件不好?没休息好吗?"

"我应该去找你,或者留你跟我一起。"

"……"

"我想要你。"

罗倩想起正钧跟她说过,男人们一到高原地区,第一个高原反应不是头痛和缺氧,而是想脱衣服,好像接收到了某种呼唤。"想要你",古老的句式。

罗倩站起来,马上有人过来占了她的位子。在喧闹拥挤的候机厅,她也不知是眼前的过客还是手机那端的小大夫谁更无礼,她觉得自己腿发软,脊椎的力量像一条沙线被抽走了,她是一只被洗净的青色海虾。

大胆的对话就这样进行了将近一个月。那边母亲的病情得到了控制,虽然从骨科转内科延宕了一阵子,但也算有惊无险。主治医生果然跟小大夫说了一样的话:"是我跟呼吸科大夫打了包票,家属素质高好沟通,不会作医闹回来为难我们,他才肯下气管镜的。你做了一个对的决定,不然老太太大命不保。"

罗倩送上了致谢的鲜花和"杏林春满德医双馨""妙手回春仁心仁术"的锦旗,医生转手交给了护士长,后者找到罗倩笑着问:"哟,怎么没给我们姑娘们发一个啊?"

罗倩想到平时的粗重活计都是秦姐做的,每次来只看得见护工看不见护士,大眼睛护士们只顾去跟高干病人和家属献殷勤,对他们这样的地方病人只能说是应付差事,她牛脾气上来,坚决没有再多订一个锦旗,只买了糖果放在护士站。

后几天的护理工作眼看着更加浮皮潦草,罗倩按计划将老太太转到了原单位医院,这里硬件条件虽然不能跟上一个医院比,但是护工头儿听说是内科原来的老护士长回来住院,连忙派了最好的护工过来照顾。骨科主任跟罗倩说,老太太肺炎刚好,也不好安排强度太大的复健计划,跟内科一起合作,肺部和腿部的康复工作两手都要抓,两手都要硬。罗倩这边是真的放下心来,和小大夫的电子恋情也占了她不少时间,他此去三周有余,除了在进到阿尔金山无人区失去联络整整五天外,他们在工作、高原反应、探病和探险的间隙一直在热络地联系着。

然而终于得以再次见面之后,他们每天的对话就戛然而止了,像是暑假的第一天的学校,安静得让人回不过神来。罗倩有过这样的预计,但仍然很困惑。是对哪里不满意吗?——"第一次总是很混乱的"。是身材不够好吧?——"两个人都有些小肚子也不能只嫌弃我一个人"。想来想去,她还是在一周后的某个中午去信问他:"你好吗?"

下午很晚才得到答复:"这几天肠胃炎,好难受。"

"怎么还病了!厉害吗?也不说一声。"大概是觉得我不配知道吧?

"这有什么好说的。"

罗倩觉得他这每一句话都另有所指,结论就是没有什么好说的,别再纠缠的意思。他们重回静寂,她决定接受这只是一次偶然,大都会中每一天都会发生的奇遇,归根结底,是他们相识后中间分别的那三个星期，将本来可以简单解决的事发酵了。酝酿出的酒他们还是喝到了，味道不能说坏，但现在已烟消云散，她要向他学习，忘了这件事。

但罗倩仍然止不住翻回去看看两个人的对话，熟得已经快背下来了。罗倩后悔在其中过多袒露了自己，生活中细碎的小事都曾变成喁喁情话，她是太寂寞了，曾经打扰到了他吧？很多时候他并不知道怎么回应，只是回"好吧"，而她也不肯拿母亲的病情去问他，这是他懂得的，但老太太有医生照顾着，这上面，她不想再沾他一点光。

罗倩去美国接受手术的老板回来了，第一天上班，部门的几位经理给她在一个素菜馆接风，以茶代酒，宾主尽欢。散场时已经不早了，但那日是阴历十五，月亮明晃晃的。罗倩开着车回家，是顺路也不顺路，她从小大夫的医院门口绕了一下。

她不是第一次这样做。在他们定好要见面的之前和之后，她都有意无意地绕过这里，并没有期望会看到他，只是切实地感到了温馨。

就像和他第一次时某一刻感到的那种陌生又切实的温馨。虽然之前已经有过约定，但当时他仍问她："就这样开始可以吗？"

她,一个在各方面已十分成熟的女性,一个在八个月前做过引产手术的离婚妇人,想不到的是,仍然犹豫了。

他们互相依偎着。在那样一个极端纷乱又极端静寂的时刻,她只觉得这依偎无限温馨。

小大夫与正钧不一样。这样比较当然是不公平的,不过她也听多了男性世界的比较。她在忙碌的空隙中感叹:生活中的诸多嘉奖,都比不了此刻重回爱人怀抱这样的喜悦。

事后他洗了又洗,最后像一个人参果一样回到她身侧的时候,终于决定向这个九月投降,他闲适地沉默着,将手背覆在眼睛上。

"你上次说要喝点酒?我带了。"

"先不了",这次他说,"我下午还有事,喝了会脸红。你也会脸红的。"

"我喝酒不脸红。"

"你会的。你刚才动一动就脸红了,喝酒跟这一样,都是毛细血管的扩张。"

"……你说!"

"我说什么?"

"说你是个不要脸的大夫。"

"作为病人家属,你们都要时常有意识地学习和积累一些医学常识,这也是对我们工作的积极配合。"

"这儿是哪?"罗倩用手指按一下小大夫肚脐右侧。

"小肠、输卵管都从这里经过。"

"我这里有的时候疼。"

"可能是阑尾炎。"

"我找你去隆胸好不好啊。"

"我们只管切,但是我可以给你介绍别的大夫。"

他的回答让罗倩忍俊不禁,看来他并不准备胡乱恭维她。他没有再把头埋到她颈侧,但她记住了他的呢喃"你好香"……罗倩缓缓转动方向盘,天边仿佛落下无边银幕,播放着记忆的闪回时刻。

第二天她离开办公室不早不晚,已经过了下班高峰,但是饭馆仍是正餐时刻,她在酒店隔了一条街的川菜馆坐下,她记得刚上班时这里叫"大嘴",数年间装修和规模几经变化,现在叫"渝爱",食客笑称为"偷爱",难得的是厨艺一直保持水准,几乎是她不必回家吃饭时的唯一食堂。她今天饿得紧,要了鱼香肉丝、清炒丝瓜、一款陈皮红豆沙,没一会儿菜就上齐了。

这时她收到了一条微信:"好吃吗?"

在惊愕中她抬起头环顾四周,她知道她和小大夫的单位离得不远,中间隔着一个大学校园和它的附属中学,也不是没有想过他们也许会在街角再次邂逅,但真的发生的时候,她疑惑这是不是过于浪漫了,说真的,她对这些事情没有超过常识的期望,也许正钧存放的那些书里有诸多经验与论述,也许应该学习下就可以不这么惊慌。她看着他站起来,走过来,坐在她对面。

诸如"你好吗?""自己过来的?""再吃点吗?"寒暄的话在他们中间漂浮着。

小大夫的目光总是让她不能直视。他有军人特有的眼睛,上一次她就说过:"你的眼睛特别像解放军。""是我昨天刚理了发吧,太短了,所以你觉得我像军人。""不是的,就是你的眼睛,像长于射击的手一样坚定而放肆。"

他以赤裸裸的目光笔直地看着她。好像这段日子不是他销声匿迹避而不见,而是她冷落了他似的。

罗倩很委屈,继而也很生气。太狼狈了,本来不是他先招惹的自己嘛,为什么落了下风的人却变成了自己。他去青藏的那个月,密集的情话令她的消化器官如临大敌，配合着她关闭了食欲，还不断腹泻，然后失去联络的这个月她食欲大增，每天都吃很多，蛋白质、碳水化合物与糖集合起来，像每一次节食后的报复性反弹，带着誓将失落与困惑消灭的决心与骄傲。

她叫了服务员过来。"怎么样，罗姐？"小姑娘熟稔地招呼着。"我再加一个鸡丝凉面，一个酒酿汤圆。""好的，罗姐，汤圆要豆沙的还是黑芝麻的？""红豆沙这里有了，要黑芝麻的。"小大夫笑了。"好的，罗姐。先生的餐具我也一会儿挪过来吧。"

令人惊讶的是，她几乎把所点的东西都吃完了。他的脸上已经收起了轻松揶揄的笑，只有一双眼睛越发精光四射。他耐心等待着她，像上次一样。

他们回到罗倩家，自始至终没有说太多话。直到小大夫洗过澡后，罗倩的心情才稍有放松，她刚要说话，小大夫制止了她："嘘，楼上也在胡来。"罗倩笑他："胡说。""你听。"两人相视一笑。

秋之将尽，夜风令白色的窗纱越过两株蝴蝶兰飞舞着，罗倩意识到恐怕是他们先叨扰了别人。她在这里住了很久，从来没有听到过类似的声音。她将脸庞贴在粗话先生的胸膛，小大夫用力搂紧她。他们共同倾听着一个多月的沉默碎裂的声音，咔嗒，咔嗒。

# 六

小大夫和父母住在同一个小区，罗倩对这种高级知识分子的家庭结构很熟悉，孩子携带着父母亲的高智商基因出生，通常由祖父母带大，在父母单位的附小启蒙，由附中的初中部筛选掉部分不那么聪明的、心思不在学习上的孩子，大多升入本校高中部，也会有特别优秀的分出一部分去市里更加高级的高中就读，然后大家会在三年后于北大、清华再次相聚。之后，主流队伍出国，也有相当一部分输送到国家各部委、医院、科研单位。他们大部分与大学同学结婚，配偶是中学同学的不多，因为都是一个大院、一个附小的，情如表兄妹，恋爱下不去手，容易笑场。

像小大夫杨晓这样，大学考去上海军医大学的，在母亲潘主任眼里就已经是离经叛道。他在大学里的成绩又远远落在上海当地的尖子生和高考大省的尖子生之后，毕业时还是动用了母亲的关系，才分到北京最好的军医院。怕他再次离家出走，潘主任对此绝口不提，对他的两年短暂婚史也没有发表太多意见，但庆幸儿子婚房的房产证仍写的是她自己的名字。

小大夫的姐姐跟父亲更亲,上的也是父亲所在学院的图书管理系,在事业上潘主任为老伴感到遗憾,对女儿则是失望。她借工作之便,给女儿介绍过不少自己的得意门生,但不知什么原因都没成功。没想到女儿拖到34岁突然决定嫁人,对方是有妇之夫。这个人的离婚办得甚是草率难堪,就连潘主任挂牌"知名专家"的神经内科也被他前妻去闹过,保安拿她没办法,反倒是挤满楼道的患者众志成城,手举挂号条,为捍卫自己可贵的问诊时间赶走了绝望中的失婚主妇。

潘主任恼羞成怒,将女儿叫回来训了好几次,她微言大义,金句频出,所言简直可以成书。

潘主任说:"看一个人是什么样的人,不是看他喜欢什么。人喜欢什么?当然都喜欢真善美了啊!要看他不喜欢什么。看一个人不喜欢什么,更容易了解一个人的本来面目,一个人在面对不喜欢的人和事上的态度,才能真正判断他的修养、心胸和责任感。"

"结婚看伴侣什么,一看是否聪明,二看能否为他人着想。一个人聪明,就是办离婚也会办得体面。一个人再聪明但心眼不好,那在家庭里是不能长久的。一个人心眼好但不聪明,总是善良地朝着错的方向走,也不行。"

"为你这个事，我彻夜难眠，我没有什么人可以倾诉，很多人就是喜欢讲话，其实对所说的并不是很负责任，我呢，有一个特别大的缺点，就是较真，其实大部分人讲话都是随便一聊，尤其是平常吃饭的时候呀，或者是工作的时候聊天儿。我觉得我就一定要改掉这个随便一聊认真对待的毛病，很多东西是站不住脚的，是胡说八道，是不值得特别花心思去想的。"

"那遇到问题我怎么办呢，像你们小时候我常说的，就是要从书里找答案。我看了很多心理学书籍，还有精神分析范畴的，我觉得很受益。我来问你，是不是因为我工作忙，你从小跟爸爸比较亲，所以你在择偶的时候，也要找一个年长的人呢？年长6岁8岁，也在正常范围内，只要利于优生优育，也无可厚非。但是他大你16岁，你们以后在各方面能够和谐幸福吗？你固然是觉得现在要力排众议，终成眷属，好不浪漫，人生有了归宿，生活有了伴侣，你还可以放弃本来就十分琐碎在我看来也意义不大的工作，跟他去国外的大学逍遥，可是我告诉你，女性的平均寿命长于男性，你60岁时他76岁，你算一算，你们在一起有质量的生活能有几年。他年迈时你照顾，他先走了你还不是孤身一人，你忍受不了现在的孤寂，那时候就能忍了?"

对于潘主任的长篇大论,家里人除了女儿,其他成员都不得不承认,说得是入情入理的,就连听着小大夫复述这些的罗倩,亦觉得心悦诚服,但无奈女儿只是在沉默不语中远走高飞了。

大女儿后来从加拿大给父亲寄了信,信中说:"咱们家除了您,给我的感觉(不一定准确),所有人都在等着看其他人的笑话——看,我就知道。我不能示弱,他跟那儿等着看我笑话呢,都较劲,而不是彼此开导抚慰。其实我和弟弟之间倒不用比试,妈妈疼他,我也不在乎;就连您可能也多疼着他一点,我也不想在乎,不过这一点就不能深想,深想还是会难过。我和弟弟不计较,但是我们上学和工作,必须要强过爸爸,要达到妈妈的水平,然后再超过妈妈,不然就被她欺负侮辱,这种奇怪的动力,是再也督促不了我了。我丈夫是中老年人了,我自己在精神上也早就是中老年人,我们都没有什么斗志了。他本来就是机关的二梯队干部,现在被我们的婚事一闹,也就不进则退,彻底落后了。挺好的,我放弃了妈妈给我的使命,以后我要从容平静安然地生活下去。"

现代社会早就放弃了街头邮筒,女儿却选择书信这古老的单向沟通方式，而且只署名给她父亲，这让潘主任受了很大刺激。她一向看轻文科生，此次却为女儿平实犀利的文笔感到震荡。"有的家庭是港湾，有的则是万丈深渊，而咱们家，是万仞绝壁！"那信上说。不久潘主任将原来一周三次本院特需、一次外院出诊、一次学院讲座的工作量锐减为一周两次各半天的本院专家门诊，其余时间就在家看书休养。

在这种情况下，小大夫虽然也约略提过带女友回去见父母的话，但罗倩自己却迟疑不决，心中有胆怯，更有自卑，她去年才离婚，比小大夫大3岁，原生家庭的悲剧像郊外的远山，仍然会在晴朗的天气猝不及防地突然逼近。与潘伯母的会面，想必会是尴尬多于喜悦的。

罗倩不急去见潘主任，小大夫倒是先见了罗倩的母上任素心。说话间，任老太也在原单位的病房住了三个月了，现任护士长找到罗倩说，医院和区政府联合某房地产商的共建项目"承欢"高端养老公寓落成了，正在鼓励本院员工购买呢，位置在北五环，一户50平方米，一期连产权250万，每月交3000元的管理费。户型就是宽敞的新式一居室，小客厅和卧室全部朝南，二楼有阳台，一楼有小院儿。室内铺医院的防尘防静电地板，卫生间不设门，按残疾人标准装置了扶手和坐式淋浴，有简单的厨房，附赠电磁炉和微波炉及电水壶，但其实出门几步，在老人棋牌活动室旁边就是公共食堂，供应一日三餐。公寓有护工24小时值班，而且和医院是共享的。

罗倩动了心，跟着去看了一次，觉得护士长所言不虚，想周末再坐医院的班车，推着母亲也去看看。回来她跟小大夫提起这事，他说左右无事，想陪罗倩跑这一趟。罗倩起先还犹豫，让小大夫出现在母亲和她的老同事新病友面前，就等于是公开确定了恋爱关系。虽然两个人来往频密，但细想不过才结识四个月而已，固然一切都是甜蜜顺利的，"好像认识了一辈子"，但也许只是恋爱的错觉，是否要这样携手出双入对，真让人拿不定主意。

她一犹豫，小大夫立刻冷下来，她又后悔，忙说那敢情好，就是母亲脾气古怪，又在病中，万一到时有阴晴不定的表现，你可千万不要往心里去。小大夫转怒为喜，摸摸她的头，转身拧开音乐，瘫在坐熟的那张沙发上闭目养神。他最近又理短了头发，嘴角的一抹微笑更加稚气地令人怜爱。

他有一只小音箱，手掌那么大，装在裤兜里，随时扔在坐榻旁，将手机里私藏的歌曲更为浑厚地播放出来。罗倩觉得这些音乐是小大夫拿来与她分享的另一种呢喃。他们现在从容得多了，所以她会有时间去分辨屋子里的另一个声音在诉说着什么，发现他的歌单以英文为主，此外颇多粤语，还有几首日文，一首法文。

她英文还可以，但对于歌词只能零星捕捉含义，歌单的其他部分就都是外语了。她想他真是个有意思的人，如果是国语歌，听得字字真切，难免会分心，现在这样倒很好。

她觉得自己在这些方面跟他还是很不一样的，要粗糙得多。有时候她说话，他并不接话，像冬天在河边散步，说太多话会冷似的，他只是会笑笑，是喜欢她在说，但对她说的内容并不感兴趣那样。

周日上午罗倩和小大夫一起去医院，任素心这天特别高兴，早早地就让护工帮她梳洗妥当了。她本来想让护工陪着她和女儿一起去看房，护工因为晕车心里一直嘀咕，也不敢说，正为难着，就看见罗倩和一个高瘦的男子一起进来了。任素心定睛看着小大夫，她已经在轮椅上坐好了，没想到那青年过来就径直蹲下，问伯母好。

她老了，这次又经过手术，现在虽然恢复些元气，仍瘦得只剩下一点点了，这孩子倒是高大，蹲下来跟坐在轮椅上的她正好对面。她定睛看着他，知道他是罗倩的未婚夫。男青年的面貌到了30岁就会定格很长一段时间，她看出这孩子年纪比罗倩要小，放在以前，她一定不知会说出什么讽刺女儿的刻薄话，可是今天她看着这孩子，只觉得亲切，护工听罗倩说不用自己辛苦跟着去了，心里一松，顺口就说："老太太看见这位大帅哥就跟看见亲儿子似的。"罗倩心里一紧，任素心脸上倒镇定，还握着小大夫放在她膝头的手。

开发商租了几辆能推进轮椅的商务车来接送看房者，小大夫说在车里坐轮椅跑长途既不安全也不舒服，跟开发商的销售代表将任素心好歹挪到了座椅上，系好安全带。老太太虽然瘦小，但因全身没有力气，反倒很沉，车里空间有限，腾挪不便，任素心起初哎哟连声，坐定后道谢不止。地产销售没干惯搬动病人的活儿，不免有点气喘，他顺势坐在小大夫身边，一路跟他介绍着。

小大夫虽然屡屡在大事上违抗母亲，但小事上十分知道怎么与老太太们周旋，总的原则就是任何时候都沉稳和悦，情愿哭也万万不要沉脸不语，要嘴甜风趣又不能失于油滑，还有就是只拣不重要的小事说不，略重要的事就交予老太太定夺。

他们一家看了房，都觉得虽然销售有所夸张，但养老公寓的设施与周边环境实在是非常理想。销售介绍购买及产权细则，小大夫的高智商计算本领立刻展现无余，屡屡将销售揶揄得面红耳赤，直叫大哥饶命，罗倩和老太太忍俊不禁。

中午他们一家人在食堂用餐，小大夫从小吃大院食堂长大，大学毕业后又吃医院食堂，从来不挑嘴，忙乎了一上午，此时宾至如归，风卷残云般吃了两份套餐。因为是老年菜，不免味淡，他放下碗就撒娇埋怨，逗得任素心哈哈大笑，他顺势将罗倩从银耳汤中挑出的三颗红枣也吃了，罗倩抿嘴看着他，递给他餐巾纸的时候，小手指在他的指根蹭蹭，小大夫回握一下。

任素心着急签约，恨不能下周就搬过来，小大夫温言安慰她还有些技术细节回去要再看看，大事急不得。

这天晚上小大夫回医院值夜班，错过了姐姐给家里打的电话，她怀孕了。虽然二婚丈夫老年得子的反应很复杂，但她压抑不住雀跃的心情，跟三个闺蜜通报了之后，停了一天，意识到最想得到的祝福仍来自血亲,她拨通了给父母的报喜电话。父亲没有说太多,只是反复说:"加拿大那边雪化了没有,你可一定注意不要摔跤。"母亲潘主任却说了很多,还叫来大龄女婿嘱咐了几句,对方唯唯诺诺都答应了。挂电话前,父亲又补充道:"你们跟我们这里不一样,家里房子也是三层,上下台阶可一定倍加小心!"

潘主任很高兴,跟老伴商量,女儿这个怀孕的时间不算凑巧,加拿大是苦寒之地,明年生产时正是农历年前,那恐怕也还是得跑一趟,要是等暖和了再去倒更方便,但就怕落埋怨。又少不得奚落道:"我听女婿也不是那么高兴,他50多岁的人了,弄璋弄瓦要额外出钱使力,我看他也是不尴不尬的。"这样聊了大半夜才披衣去睡。

周一小大夫是在食堂吃早餐时接到了父亲的电话,老两口昨天休息得都晚,今天早上竟发现潘主任久眠不起,已在酣睡中去世。急救车到时即已宣告不治,但还是给送到了家门口潘主任的单位医院。

三天后医院组织了极备哀荣的告别仪式,因为潘主任在神经内科学的彪炳地位,连日来各种纪念文章出现在医界人士关注的各种媒体上,小大夫暂时搬回家住,陪父亲接待登门慰问的老领导和老同事。

然后他接到了倪小尚的电话。

两个人是大学时的恋人,都属于家境殷实、成绩一般、好行小惠的类型,是学校话剧社、天文社的忠实成员,没有参加的倒都是跟专业有关的社团组织。毕业后两人各回各家、各找各妈,小大夫曾经想追随小尚,接收小尚的医院也表示愿意接收他,但是潘主任一听说宝贝儿子要去杭州某二级医院供职,当下签发十二道金牌急令他回京。

小大夫本来想继续抗命,和小尚说好毕业就结婚,在杭州安家。意想不到的是,小尚父母对他十分冷淡,他登门的那天,对方父亲根本不在,母亲出来寒暄了两句就推说血压高回房休息了。

杭州的夏天流金铄石,小大夫默默穿过小尚家所在的军区医院宿舍,却一滴汗也没有出。小尚追上了他,年轻的恋人站在杨公堤边大声争吵哭泣着,第一次痛切地意识到,他们轻纱漫舞、无知无畏的象牙塔生活结束了。用潘主任的话说,他以为的脱俗,其实是脱轨,早晚需要回到世俗中。他后来都没有再去过杭州,以为自己已忘掉了小尚。

小尚说是在关注的公众号上看到悼念潘主任的文章的,就想无论如何要来慰问一下。她没说出口的话是在大学时他就知道他和母亲并不亲厚,只是说,近十年间,手机已经换了几代,电话号码也变了,结果还是她去母校学生会查了最新一期校友特刊,负责人告诉了她杨晓的新号码。

因为两个人都明了的原因,小大夫并没有热心参加过母校的各类毕业生联谊活动,最近登在校刊上的不过是他和几个旧友去青藏探险的游记和照片。小大夫说,照片是他拍的,文章是另一个人写的,投稿的反倒是旅途中因高原反应退出的那位,探险不成,却好事投稿,他不禁摇头爽朗地笑出来。小尚接上去说,倒要感谢好事者,不然想联系还要再费周折。他愣住了,半响才嗯的一声。

他突然想起在整个青藏之旅中,他记挂的是在火车上邂逅的十床家属罗倩,她的风姿和关于自己"要跟她那样一次"的决定。对啊,罗倩,他心中一紧,但是小尚数年未变的银铃般的声音开始叙述近况,拉回了他的思绪。

小尚的父母已相继去世,小大夫哎呀一声:"伯父伯母岁数并不算大。"小尚找补说,如果不是经历过丧亲之痛,这次她也不会想到要主动联系他,年轻时再与父母有罅隙,失去时也还是一样万分难过。"像我现在，就是个孤儿了。"听她悠悠地这么说，小大夫不觉将刚在他思绪中停留的罗倩推到了九霄云外。

两个人将充电线插在手机上，不知不觉从晚上9：30一直这样聊到凌晨4：00。小尚说两天后要来北京，一个朋友开了私人诊所，邀请她加盟，她反正无牵无挂，在单位开营养药无聊至极，此次也决定闯一闯，这次要来详谈细节。

虽然一直谨慎地没问对方的家庭近况，但由此他听出小尚现在是单身，他想了想说，母亲去世得突然，想必也是前一晚得知了大姐怀孕的喜讯，激动引发了心血管隐疾，欣慰的是她人生的最后一个消息是好消息，遗憾的是自己虽然在工作上渐渐取得了母亲的认可，但作为儿子，并没在生活上带给她这样的安慰。小尚沉吟半晌仍没有找到合适的话回应，但至此他也是单身无子的消息已经顺利传达。他们约好后天见面。

七

罗倩最近比较忙，小大夫家出了这样的事，她也觉得十分不舒服。之前因为各种纠结，没有正式去拜见对方父母,现在潘主任突然离世,她觉得于情于理,要上门慰问,小大夫却支支吾吾起来。他告诉罗倩,丧事有母亲的同事和学生们帮着操持,办得很顺利,自己已经销假上班,忙了两天门诊手术,马上要去外地参加一个会诊,这周都不太可能见面。也不必多礼去见父亲,现在家里访客盈门,老爷子也要抽空保证休息,过一段再说。罗倩听了后觉得有点闷闷不乐,问:"那你还好吗?"小大夫隔了一会儿才说:"有什么好不好的?还可以吧。"罗倩痛恨别人以反问句作答,她理解小大夫现在心情不好,只得不与他理论。

她提议是不是给老爷子找个保姆,因为观察到附近的熟人邻居,老年人丧偶后,男的会格外生活不便一些。小大夫笑笑,温柔地说谢谢,说她真好,慢慢再说,不着急,罗倩只好结束了谈话。回家反复琢磨他的忽远忽近,不得要领。

小大夫和小尚旧雨重逢,第一次见面是在她未来诊所的楼下,两个人促膝倾谈,从咖啡厅挪去餐厅,又从餐厅搬到街心花园,最后还是闪到了他的卧室。他们虽然都生于医生之家,但从小也经历了背诵唐诗宋词的童子功训练,在相会的第二天早晨看着窗外的杏雨梨云,相拥念着"时人不识余心乐,将谓偷闲学少年",这也的确是他们各自与其他爱人没有过的意趣。

小大夫问小尚归期,她说这次本来就没买回程票。他愣了一下,又问诊所的事情定了吗。她把目光从窗外转向他,轻轻说来之前就定了。他反倒静了下来,没有像年轻的豹子一样再扑向她,此时他开始认真地想到罗倩,是时候必须给罗倩一个交代了。

小大夫订了周末和小尚一起回杭州的机票,她现在人虽然搬进来了,但要彻底安家北京,还是有很多细软及家当要收拾运送。小尚娇嗔说自己离婚后,万事独自打理,不在话下,可是现在有了他,忽然全身被抽了筋一般软了下来,就想事事和他商量,再也不操一点心。小大夫拥吻着她,心里百味杂陈。

和罗倩的谈判也很顺利,意想不到的顺利。走出罗倩家门那一刻,他说不上是轻松还是后悔,他确定的只有昏乱和难过。他想向罗倩证明这一点,他是爱她的,罗倩点头表示明白。他错愕中问罗倩:"你真的相信我?"罗倩说相信。

她相信他爱着她。年轻的时候,她是不去会招惹这样的男孩子的,就因为他们总是爱得太多太容易。已近中年,招惹一次,也谈不上是杀身之祸,她惨笑着。她想,他当然爱她,但那是为了爱他自己。他就像个小孩儿似的,爱红气球,也爱蓝气球。宝宝喜欢抹茶冰激凌还是白桃的?都喜欢,都不常见,都是快乐的星期天的一部分,他爱的是他自己。

"我不会忘记你的,你的一切,你的真诚,你的温柔,以后都不会有那么好的。"罗倩听到这里,只好说了"滚"。

她知道在小大夫那里,有那么一块拼图是自己永远缺失的,不然他不会话那么少,有时还会对她所说的轻轻皱眉,这种客气的不耐烦,她在刻苦学英语时在外教那里领教过——虽然彼此在交流着,但是她的语速和语感达不到对方要求的高度。也许他的旧女友,不,肯定他的旧女友在这方面是没有问题的,是不会词不达意的。

她以前觉得小大夫和正钧在各个方面都是两个完全不同的人,但现在意识到他们有一点相像,就是他们那16岁少年一般的浪漫情怀。正钧的书架,小大夫的歌单,都是她不够了解也很难亲近的一部分。既然他们这么爱文学,爱艺术,又为什么非要来打扰严肃无聊而心事重重的她呢,祝他们都和自己的灵魂伴侣永结同心吧,想到这里,想到心,罗倩哭了。

起初的惊怒愤恨过后，还是被惆怅占据了脑海。小大夫喜欢的"乡音"威士忌，她又续了一瓶，将半杯琥珀色端在手里轻摇，仿佛又在与他共饮似的，什么都没有改变似的。慢慢难过几次就不难过了，就算是后知后觉，很多事也会想通，也会慢慢浮现出它们本来真实的样子。现在她已经敢想起很多以前的事了，好像弟弟去世，爸爸去世，以前只是回忆，但都不敢往深处想，现在可以了，可见自己是接受了，与小大夫也是这样。他虽然在离开时有不舍有缠绵，还先于她落了泪，甚至说了不要脸的话，但他真的离开后，就没有再来联系过。他是下了决心的，他的决定是认真的，罗倩想，再难过，也要独自扛过去，幸亏大家认识的时日短，整个就像一场梦。

小大夫的父亲见了倪小尚，跟儿子表态："小尚年轻时我们就见过了，你们兜兜转转，再遇到一起也是缘分，大家又都没有子女，女方的长辈也不在了，小尚现在搬到北京来工作定居，咱们家并没有什么了不起的规矩，不必介意你妈妈去世不久，择期去完成婚姻登记，真正互相照应起来，如果妈妈在，小尚父母在，相信也都会感到欣慰的。"

两个人于是商量，婚礼肯定是不必办了，女方在北京本来也没有亲朋,就去通知小大夫几个相熟常走动的朋友,少不得一起吃个饭,温馨平实地把这件事周知了就是。

老板跟罗倩约谈,集团在成都那边有第二家新酒店开业,当地的人力行政总监有意兼顾,但公司这边还是想委派另一专人负责为妥,罗倩想起上次去参加行业大会时,是约略听同僚议论过这么一耳朵,不禁沉心静思。

自己原来的中期目标是三五年内从现在的人力资源及行政高级经理升至总监,老板的这个提议将她的事业发展时间表大幅提前了。更巧的是,这次升职的工作地点在外地,早一年,母亲没有合适的地方养老,她不便远行,早半年,和小大夫的感情正炽,她也不舍得脱身,而现在,母亲已入住各方面条件都完备的养老院,小大夫也和她分了手,哪怕就是为疗情伤,远避出去也是良策,更何况借此机会,事业上到一个新台阶,求之不得。

老板看罗倩一口答应下来,也是松一口气。其实罗倩不是第一候选人,这个职位也秘密地放出去给猎头筹措多时,可惜各方推荐的人选谈了几轮都不满意,以前单知道罗倩离异,又有麻烦的母亲要照料,家庭负担重，没想到信息没有及时更新，此时罗倩去上岗，是天时地利人和兼备。

罗倩用一周时间将手里的工作交接给副手。副手小她2岁，是毕业于复旦大学的青年才俊，罗总这次升职，副手虽然是她的"代办"，但再进一步也指日可待。罗倩在心里感慨，正钧总笑她做事"拉屎攥拳头"不遗余力，他那个名士派头不知什么时候才会意识到，运气好的时候，有人相助，运气不好的时候，就是去要饭，也得把碗擦干净才能多得些。看这位副手，就是时刻在准备着，像是课堂里的小学生，不管是抢功劳还是面对难题，都勇于举手："我我我！"。

罗倩摇摇头，还花时间数落前夫这些做什么，她打开笔记本，将行前要料理的事进行每日的例行梳理，最后只剩下两件：一是母亲去了别处安置，自己要去外地，家里的房子是否出租，仓促间还是决定暂缓；二是整理头发，她一头重发层层叠叠，梳起来似鬓挽乌云，后来图省事剪成短的，又衬得她一张脸长眉横玉，然而她随母亲，近年来已经在发根处出现了不少白发，她到相熟的师傅那儿，对方跟她一样是话少的人，找出和他们一样沉默的黑色，替她细细补染了发根。罗倩不喜欢其他颜色的染发剂，总觉得那是欲盖弥彰，是公开了已有白发的秘密。在镜中与理发师简单致谢道别，她回家收拾了行装，比原定的时间早了一周出发履新。

才开业的酒店坐落在高新区，是专为接待到埠后要以最快速度投入工作的商旅人士而设的。罗倩提前到岗，暂居酒店附设的高级公寓。殷勤多礼的行政助理取了钥匙，执意陪罗倩一起过去。她推脱不过，两人一路步行，一人拉着一个箱子，有说有笑地穿过酒店长达百米的玻璃回廊。依着地势，回廊两侧未摆绿植，而是以蜀地盛产的竹子代替。北方人罗倩第一次看到室内种竹子，不由得啧啧称奇，不过没走多远，就看到酒店拉开着维修横幅，一队工人在那里，正忙着把大捆的开了花的死竹子砍断。

两人放慢脚步，助理跟罗倩解释："大老板特别喜欢香港设计师在室内种竹子的创意，不过呢，就是比种在外边难维护些，这个月种上，下个月开花，好几轮了，我们都习惯了……哟，莫工，你也亲自过来了。"一名高大、发色参差、穿工作服的男子转过头来，助理给两人介绍："这位是我们新到的人力行政总监罗总，这位是物业设施部的莫工。"

男子匆匆点头致意，回过头去继续跟一矮小的满脸涨红的金丝眼镜男人交涉。助理跟罗倩耳语:"那位是负责公寓那边的财务总经理,手紧难说话,平时不怎么理人。"罗倩没有作声,只听得莫工在跟质疑老要换竹子费用高的财务经理解释:"竹子开花就死,但事先没有预兆,为什么?有位作家解释过,如果定期开花,就会有一种生物来依赖它生存,以它的生长规律去调整自身的规律。那它不定期开花呢,就不会有生物依赖它生存,它就可能保持安全,延续生命。所以我们也没办法提前知道什么时候这些竹子会突然开花,然后死掉。"大家都是第一次听到这个理论,不禁侧头沉思,财务经理突然高声发话,尖厉的声音像砍竹子的刀:"说得跟真的一样,大熊猫还不是依赖它生存,它怎么不开花躲着熊猫,整天在我这里开花,我一笔笔钱就这么浪费掉!你要么组织人解决这个问题,要么找花木公司给我全换成发财树!开什么玩笑……"

罗倩不禁替莫工摇头苦笑。她继续往前走,暂居地在公寓三楼,房间宽敞明亮,助理放下箱子,略客气一下就走了。罗倩拉开玻璃门走到阳台上,只见落日正如火山爆发一样,将炽热的岩浆在天空肆意吞吐着。远山上的树不再像白天似的随风翻滚,而好像归隐了。群山退成灰蓝色的金属薄片,仿佛天空的倒影。阳台外的翠竹并未听到玻璃走廊中同类的挽歌,兀自郁郁葱葱地生长摇曳着。

　　罗倩回味着莫工引用的话,忽然感觉找到了自己这半生不如意的原因,父母吝惜给出的爱,几次罗曼史的消散,其实都跟那竹子一样——不肯定期开花,以免让你产生可以依赖他们生存的错觉。

## 艳菁的孕事

一

　　心血管内科的护士刘艳菁，知道自己一直是别人茶余饭后的谈资。

　　起初，她觉得这是身为美女的小烦恼，后来，她觉得这是作为业务骨干的负累。现在，她在被生活严厉地教训和羞辱后，她知道，自己的抗争与动作的变形，仍然是别人的谈资。不过，像以往一样，她不容许自己为旁人的白眼儿浪费精力。几经折腾，她现在又怀了孕。护士站这个是非窝，有议论她对前夫和女儿无情无义的，也有笑话她美人脱相的，她都知道，但这些与她的生活大计相比，不值一提，所以她只是报之以不动声色的轻蔑。

　　竟然是五年前了，心理医生姜信陪母亲来住院做心脏搭桥手术，刘艳菁一眼就认出了他，但她没有说破，觉得不必急于相认。她当年在医科大学成人教育学院上护理本科，是礼堂男生姜信的歌迷，曾经站在乐池向他挥舞荧光棒、丢花朵、尖叫合唱，不过他又怎么会注意到自己呢。

姜信第一眼见到艳菁，并不觉得她亲近。可能因为长得十分标致，艳菁有一种对别人的嬉皮笑脸十分厌烦的警惕，总将一个小脸儿绷得紧紧的，让人怀疑她在生谁的气。

一次姜信到医院看完母亲回家，正赶上艳菁下班，两个人一起敢电梯。她刚洗完澡，一头短卷发湿淋淋地贴着头皮，像刚落过水的小狗儿。她好像仍没有穿腻白色的衣服，工余穿的也是白色，那是一件真丝连衣裙，有领有袖，裙摆长及小腿，哪儿也没有露，但不知为什么，衣服和皮肤之间透着一层光，哪里紧张哪里空出，扫一眼都清清楚楚。

姜信问她去哪个方向，可以送刘护士一程。在车里两个人有一搭没一搭地聊天，得知艳菁其实算他半个校友，连在校时间也对得上，姜信大吃一惊，心想姿容这么出挑的女生，以自己在大学里的荒唐，怎么从来不晓得。艳菁解释说可能是因为自己是成教学院的走读生，没课的时候也不会流连在校园里，她决定不说自己曾是在学校礼堂中仰慕他的歌迷。

姜信等了一会儿，不禁轻咳一声说："我以前在学校也荒废了不少时间。"艳菁心里暗笑，知道他想借故提起自己曾是叱咤风云的校园歌手，脸上却装作不明所以，问："怎么说呢？后来分配的单位不好吗？"姜信又自觉轻狂，荡开了题意。

姜母对这门亲事不算满意，觉得艳菁高攀。姜家虽然出身胡同大杂院，原来工作的钢铁厂也已搬出北京，虽然工厂拆了，但在原址建的130平方米新房，他家有份。家产还包括一间小平房，虽然只有20平方米，但位于京城最好的中学隔壁，未来孙辈的户口就可以上在那儿，要是孩子像姜信那么争气，不必家长提供什么考学的便利，也随时可以跟邻居似的，以不可思议的高价将这间平房卖出，换得近郊一套推窗见景的养老房，现在就当学区房出租着，每月也有一笔不小的收入。艳菁幼年丧母，父亲再婚，不过继母也在两年前去世了。这位亲家原来是某国企后勤的干部，家里只有一套60平方米的"老破小"，他以全部的储蓄供小儿子在日本留学，这半年，老头儿和一位老中医又谈上了恋爱，总之是沾不上什么光的。

艳菁却不把姜家的胖老太太看在眼里。姜信是绩优股，事业正如日中天地发展着，小日子不愁现金流。早就跟他说好以后有了孩子就找住家保姆带，因此自己不必跟婆婆同住，维持表面的客气是最容易不过的。宠儿子的没体统老太太遍地都是，艳菁觉得没有必要在这上面花十二分力气得三分成绩。

姜信的罗曼史她也早审讯清楚了，就一个初中白月光，后面的人都只是个序号，排得再长也不值当担心。她自己是早下了决心，找配偶只在医院找。妇产科冉冉上升的主治医生严浩然曾是她梦寐以求的白马王子，她与他偷偷恋爱，可惜严浩然出国学习一年，回来就娶了同去的呼吸科女大夫。想不到能在病人家属中重逢并掳获姜信，虽然严格意义上他现在不能算医生，而是在一个和朋友合作的心理诊所就职，但胜在工作环境单纯，压力小，收入也强于医院。和严浩然的过往，既然以前能瞒住其他四千名同事和领导，现在也能瞒住姜信，未来怀孕，去妇产医院生产就得，就算都是医务工作者，也没有再在前男友面前裸露的道理。

艳菁嫁得好，婚礼却很低调。婚宴是姜家出钱，她父亲跟亲家说他这边会包圆儿小两口去日本蜜月旅行的费用，姜母回来跟老头儿嘀咕，又不是逢年过节，去日本的机票、住宿能有几个钱，老头儿不耐烦，讽刺她"素质低"，嘱咐千万不要在儿子面前添堵。

婚宴开了六桌，艳菁只请了顶头上司护士长。护士长本来就喜欢艳菁,这女孩子业务能力强,办事麻利,让人放心。为人是冷淡一点,她听见过别人笑她人生哲学就两句话:"凭什么"和"多少钱"。不过当领导的也从来不希望下属们太抱团儿不是吗?护士长包了2800元的红包,宾主尽欢。

艳菁的父亲确实给了他们2万块钱作为去日本的旅资。艳菁没有什么谈得来的闺蜜,从小亲厚的就是这个在日本上学的弟弟,自己尚拥有过母亲的怀抱,弟弟是生下来就没有了妈妈,她这个姐姐就是他的妈。新婚夫妇到了地方,住在一个温泉旅舍,弟弟打电话来说,自己给一个华人旅行社打工当导游,不如姐姐姐夫今天一起跟着车去逛逛。姜信在旁边迟疑道:"不好吧,别让老板知道了给你添麻烦。"弟弟一直说不要紧。

两个人跟着弟弟公司的旅行车在京都绕了一天,弟弟爱好历史,把沿途景点的来历掌故讲得头头是道,引人入胜,全车掌声不断,艳菁却在回旅舍的路上心疼地落了泪。弟弟从小是个哭宝宝,耳中的平衡器官迟迟发育不好,坐一次车就要吐个昏天黑地,现在看他站在旅行车前边,背对着车头,一讲讲一程,不知是怎么习惯下来的,到地方后又被前呼后拥地走街串巷,根本连上厕所的工夫也没有。行前她父亲给的2

万块钱红包，艳菁早就折换了日元，用红信封装好了，给弟弟放在手中才些许放心。姜信看在眼里，跟弟弟说等毕了业，如果此地待不习惯就回国去，姐夫朋友多，可以帮着探路找工作，弟弟这么聪明靠谱不惜力，做什么都能出头的。弟弟笑笑说再看，将路边摘的几个柚子放下，就骑上车走了。

温泉旅舍面海背山，由几位老妇人打理，潮涨潮落，山花烂漫，让人想就在此地老天荒地温存下去，艳菁有点担心自己会在旅途中怀孕，不过那也没什么不好，她想。

两人只在旅程最后一天，由弟弟陪着去商场做了些采买。艳菁给护士长买了与其所赠红包几乎等价的电饭煲，给婆婆买了珍珠项链，帮两位父亲买了防蓝光老花镜，几盒抹茶巧克力分别给各自同事意思意思，反倒是姜信觉得那些可爱的小摆设她都皱眉让他放下了，"多少钱？干吗用？放哪儿？没法带容易碎"。最后他申请要给单反相机多配一只镜头，艳菁点点头没再为难他。

因为成天在温泉旅馆吸足了山川河海的精华，小两口儿在回程飞机上也不觉得困倦，中间艳菁接连往返厕所两次，姜信问她是不是肚子不舒服，艳菁说："不是，看来没有怀孕。"两人都笑笑，没当一回事，没想到这一下就过去了,虽然两人已经一年多没有采取什么措施了,但一直"看来没有"。

姜母心里很着急,不过儿媳妇除了春节平时轻易不上门,来了也都很冷淡,不怎么接话,这几年相处,姜母已经大体摸出了艳菁的脾气套路,"可以很负责任地说,她就是一个冷淡的泼妇"。几轮比试过后,姜母已渐渐不敢太折腾。护士长却没有这个忌讳,一天带队查完房,她留下艳菁问:"怎么了,小脸儿又黄了?我后来让你去找姚大夫你去了吗?"

"哎哟,还没有呢。"

"等什么呢?"

"我去有什么用啊,我们家那口子又不来。"

"你拎着他来啊!他自己也是学医的,有什么不好意思的啊,倒好像不明白事理似的?"

"他说他没事儿。"

"有没有事儿自己说了不算,没事儿干吗不敢来!长得倒是大明星似的,中看不中用!"

"干吗啊,老说这个,好像我高攀他似的。"

"你反正也没吃亏吧?人家要钱有钱,要人有人。我跟你说啊,你赶紧着点儿,咱们医院是姚大夫刚牵头做的这个辅助生殖项目,要是做得好,咱们医院就成立生殖中心,到时候就算你是本院职工,也得挂号,也得花钱，那可都是自费，你现在去，算是志愿者，成不成的，你都省十万块钱知道吗？"

"噢。"

"麻利儿的！我都跟老姚打过招呼了。"

"姚大夫怎么这么听您的，当初是不是您的粉丝来着？"

"快滚蛋。我又给你好脸儿了是不是？"

艳菁回来跟姜信学舌，姜信白天刚接了母亲的电话，他现在简直怕接老太太电话，只推搪说"哎哟我上着班呢，对面坐着学生呢"。老太太可不管，在电话那边说她又刚得了一个偏方，然后就开始荤的素的介绍，姜信哭笑不得。他跟艳菁说："今晚让我好好睡一觉，明天就去姚大夫那儿走一趟。"

隔了几天姚大夫来电话说，姜信的检查结果非常完美，数量和活性都一级。艳菁那边从目前已经做过的检查看，也都十分健康。不过最新的结论是全世界有10%的夫妻是因无法查明的原因不孕，建议先让艳菁记录基础体温，两人如常生活，加强营养，过两个月再来问诊。

姜信传达给了艳菁，艳菁听了，却并不怎么觉得欣喜。她是急性子，反倒希望自己和姜信哪里能查出一点点的"残缺美"，这样就可以尽快搭上医学的快车，请姚大夫因地制宜地开点对症小药，或是采取不疼的人工措施，说不定倒能早一点达成愿望。现在忙了半天，检查单开了一二十张，她连很疼的子宫内膜取样和输卵管通液都做了，虽然结果无恙，却更让人觉得像被蒙在鼓里。再见姚大夫的日子，就又一下给支到两个月后了，真是茫然无措。姜信听了说，姚大夫不必出马，他这个专业心理医生倒应该替艳菁诊治一下，别因备孕不顺得了焦虑症，他虽然是正色说的这些话，却被艳菁回以"切"。

姚大夫主持的辅助医学项目很成功，院长在内部会议上给予了高度评价，宣布正式从妇产科抽调人手，成立生殖医学中心。院长说，本院在研究医治不孕不育课题上的起步远远迟于其他三甲兄弟医院，但有了姚大夫这样的专家带领，起点高，团队技术过硬，未来一定能在这个领域为广大患者带去更多福音，希望科室同志再接再厉，不断攻关，取得长足进步。

生殖医学中心设置在医院住院部附近的一个三层小楼，自挂牌后就人满为患，凌晨3点就有各地患者开始排队。姚大夫本人的专家门诊更是一号难求，不过他特许艳菁夫妇逢周四在他出特需的时候面诊，"普通号时病人太多，特需时间充裕一点，可以多讲几句"。姚大夫的特需号一个要500元，幸运挂上普通号的患者全靠他当日诊治完直接在电脑系统中约下次的号，非如此而是想自己挂上号那比登天还难。

感怀姚医生的特殊照顾，姜信想方设法地报答，送现金人家不收，送手机也不可能每月换新款，后来还是了解到姚大夫的女儿因中考差两分上不了市重点。姜信来了精神，他刚在本市最好的中学也设了心理工作室，与校长熟口熟面，于是他使出浑身解数将姚大夫的女儿收进了实验二班。姚大夫推心置腹地跟他说："这次小女上学，你真是帮了大忙，不知怎么感谢你，咱们都熟得很了，其实我也不是专门对你们好，主要还是不甘心，想要攻克你们这个难题，看看问题到底出在哪里。在这件事上，我不敢说比你们还着急，但成功后我肯定比你们还高兴。以后那些生分的话咱们都不说了，一起努力，守得云开见月明！"

姜信跟着微笑点头附和，心中五味杂陈。他是医科毕业，业余也看了很多文献，从理论层面讲，现在把他直接调到姚大夫这个生殖中心他都能出门诊了。怎么会这么难呢，问题到底出在哪里呢，他和艳菁已经试了十次人工授精，姚大夫还大笔一挥送了他们一次，可是都没有受孕成功，问题是术前观测到艳菁两侧输卵管都有健康达标的卵子"就绪"啊，自己的小战士们也都检测正常，更不用说在人工授精的过程中还经过了机器的一轮筛选,可谓上场的都是精兵强将,但怎么都是铩羽而归呢?

两人一筹莫展,每月除了去姚大夫那里仰仗科技做人工授精,还择时在家进行自我建设,不过都是一无所获。艳菁的话越来越少,姜信的脾气也不如从前,偶尔因项目需要出个短差,或逢艳菁值夜班,双方反倒都偷偷松口气。

第十一次无痛苦但成功率较低的人工授精失败后,姚大夫建议他们尝试一下试管婴儿,两人二话没说同意了。"都是医务工作者,你们也做了很多研究,流程我不详细介绍了",姚大夫说。姜信点头,侧头看看艳菁,后者的脸像多数时候一样绷得紧紧的,好像在生着谁的气。再怎么说,这种手术,对女方的身体考验更大,艳菁需要打排卵针,十天后再经过痛苦的穿刺取出卵子,三天后还要通过手术将发育成的胚胎放入宫腔,姜信去握握艳菁放在膝盖上的手,不过被艳菁轻轻推开了。

两人从姚大夫的诊室出来,呼出一口气,艳菁这时的神色倒放缓了,觉得自己刚才在诊室里拨开姜信的手过于生硬了,他不要为此生气才好。刘艳菁心想,姜信脾气够好的了,不仅是懂行的医生,还是开明讲理的伴侣,放在其他人身上,同样的情况,她刘艳菁指不定被夫家欺负成什么样,最后被害得投河自尽都说不定。

艳菁将手放在姜信臂弯中,两人并肩走到院子里。天气热,早上过来又因为要验血,所以没有吃早饭,这会儿却又饿得过劲了,只觉得渴。在小卖部艳菁指指瓷瓶酸奶,姜信又买了一个维生素面包,两人捧着胖胖的瓷瓶子,站在树荫下滋滋地吸吮着,然后同时离开吸管说:"不凉。"他们都笑了起来。姜信打开面包的包装纸,觉得自己和艳菁像是在春游的一对小学生,还谈不到相濡以沫,但有一种淡淡清甜的友谊在婚姻中滋生了出来。

艳菁的身体对排卵针的反应很敏感,一下取了12个卵子,后遗症就是出现了腹水和严重的肚胀,姜信根据医生的嘱咐煮了大锅的薏米水给她喝,又准备了蛋白粉。他觉得艳菁是"好样儿的",一声不吭,手捂着鼓胀的小腹,把这些"石灰水泥"都咽了下去,连带着囫囵吞枣时因恶心泛起的泪花儿也一样咽了下去。

姚大夫告诉他们虽然取的卵子多,但实验室培育成活的胚胎只有两个,准备植入子宫,提高成功率。艳菁请了十天假,腹水仍然有,她除了每天照样喝薏米水,吃蛋白粉和大量的水果、鸡蛋,其他时间就是在床上平躺着。身体发热,肚子胀痛,大腿疼,小腿抽筋，小腹里好像住着一只肥白的鸽子，时不时展翅一下，提醒那里此刻是承载了祝福和希望的神殿。

肉体经历了这样的痛苦，却仍然没有带来好消息。

姜信开始考虑去国外找非法代孕，不过不敢跟艳菁说，现在也没有科学的数据证明是艳菁的子宫或卵巢有不称职之处，所以找这种法律和伦理都不支持的渠道也让他难以启齿。他又提议领养，不过马上被艳菁一票否决了，她强调自己不是博爱的人，目前只能做到喜欢自己的孩子，"退一万步说，也得是有自己血缘的孩子，如果就是得不到，那将来过继弟弟的孩子过来养也可以"。

姜信苦笑，感觉自己这两三年被推上了一个跑道，终点遥遥不可期，锦标的样子也模糊得不知是否真的存在。可以确定的是，两个人都没有做好准备去养育一个完全没有自己的基因哪怕是带有对方骨血的孩子。

艳菁的身体被这轮不成功的试管婴儿手术摧残得很厉害，植入的胚胎流产后，她流血不止，体重直降十多斤，小腹却一直凸着。因为体重下降得多，所以不易察觉，但形容枯槁，抵抗力差，是众所周知了。不得已，姚大夫建议她暂停备孕计划，甚至做了西医最不屑于做的事——推荐了一位中医大夫，让她去服药调养。

艳菁元气大伤，连带对姚大夫的医术也有了怀疑，她不肯去找姚大夫介绍的中医，后者问起，姜信替她答道："我岳母就是中医院的大夫，现在返聘了开专家门诊，艳菁找她抓几服药先试试，回头再找您的朋友。"姚大夫点头道："那就好，休养好了咱们再看看。"

艳菁的新继母给艳菁把了脉，听说了姚大夫的治疗方案，大叹荒唐，说中医院也有送子专家，哪天亲自带艳菁去看。艳菁有气无力地说，还是先把血止了，后边的事再说。继母给开了七服药，直接从药房选了纯净水煎药，十四袋巴掌大的药汤用布袋包着，当晚就有专人给送到了家。

七服药吃下去，血神奇地止住了，夫妻俩都十分高兴。经继母略微调整药方，又吃了七服后，艳菁觉得小腹也不胀了，之前因卵巢刺激过度仿佛真的有孕的肚子也恢复了平坦。又吃了两个月中药，月事也恢复了。隔了一个月姚大夫的助手打电话过来询问，听说后也很高兴，嘱咐她过两个月再来应诊，没想到两周之后，艳菁发现怀了孕。

这一惊非同小可。就算身为医务工作者，姜信原也以为妻子一年的卵子都被抽取掉了，恐怕近期无望，没想到人体有着莫大的坚韧与弹性，不仅在被摧残后复原了，还自然地孕育了久盼不来的新生命。两个人喜极而泣，抱头痛哭。

在惊喜之余，他们没敢通知更多的人，除了姚大夫、护士长、艳菁的中医继母，连姜信的母亲都没有告知，生怕是一场空欢喜。怀孕的过程也颇不顺利，最初的三个月内，多次有流产征兆，艳菁去妇产科保胎数次。她心里苦笑，以前还计划着怀了孕去妇产医院检查及生产呢，就为躲开在这里的前男友严浩然，哪里知道此次的征程如此坎坷，以至于从前的担心现在变成了最不值得关注的事。

虽然生殖医学中心从产科独立了出来，连办公的地方都在两个院区，不过姚大夫嘱咐助手要不时去产科追踪了解艳菁腹中这名"珍贵儿"的孕育状态，每次有先兆流产症状的时候，都要把她的相关检查数据调过来看看。他跟助手说："艳菁的激素水平一直正常，她的卵巢功能好，子宫内膜也跟花盆一样肥沃，整个宫腔干净极了，一粒肌瘤一块息肉都没有，所以有流产迹象时，不是补一补黄体酮那么简单，一定要严密监测胎儿发育情况，力求有不妥要及早发现。"助手快人快语地问："您还是怀疑她怀孕困难是由于器质性疾病之外的原因？"姚大夫慨叹道："人体太神秘，在生殖这块儿，医学的努力与种种疑难杂症相比，每年的进步连一毫米都没有。"

让所有人欣慰的是，艳菁的状况在第五个月稳定了下来。姜母最高兴，前边的困苦她不知晓。姚大夫那样谨慎的人看到的是曙光，姜信看到的是霞光，而姜母看到的是太阳初升。婆媳关系像艳菁的身形一般有了飞速的变化。艳菁自学校毕业后就一直习惯性减肥，艰苦备孕的这两年多，没有再刻意节食，而因为治疗和精神的压力，加上营养与激素的作用，她忽胖忽瘦，背部和臀部都长出了脂肪层断裂的纹路。现在到了孕中期，她犒劳自己的唯一方式就是荤素不忌、零食不拒，全面笑纳婆婆端来的汤水补品。姜信说艳菁现在可以改名为艳鲸，鲸鱼的鲸，艳菁捧着一袋栗子仁儿傻笑，懒得站起来打他，胖人都是好脾气的。

预产期是7月8日，众人都说这个月子上蒸下煮地不好过。艳菁已经胖得生活几乎无法自理，她想的倒是，幸亏不是冬天，不然以现在190斤的体重，她将无法顺利如厕，至于说产后天气炎热，她想，比起之前受过的罪，那又算得了什么。

最后一次产检，医生说艳菁的骨盆出口为7厘米，在自然生产与剖宫产之间，可以努力一下自然生产。姚大夫来看过艳菁，笑呵呵地说了几句关于她体重的玩笑话，大家的心情都愉快而紧张。姚大夫最后正色说，知道艳菁不怕疼，不过因怀的是珍贵儿，又因为她没有控制饮食得了孕期高血压,这个可是最不好的,建议剖宫产吧。艳菁问姜信意见,姜信说都听艳菁的,艳菁说那听姚大夫的。

产科主治医生说那就在预产期的前一周手术,免得最后胎儿下降位置太多,剖宫产就来不及了。

手术过程很平顺,但孩子生下来,被抱走的时间过长,起初艳菁能从帘子一侧看到护士给婴儿量身高体重,检查心肺功能,但很快就听见接生的医生让护士去找主任过来。艳菁慌了,她的身体仍然在被缝线来回地拉扯着,她的腿如两条没有知觉的木桩,她问孩子怎么回事,周围的人却支吾着,她不由大声尖叫起来。

二

直到产后第七天的下午,刘艳菁因乳腺炎导致的高烧才开始消退,她感觉自己三天没睡,又好像睡了三天。她睁开眼睛,盛夏的阳光倾泻进来,但被室内的中央空调降伏了,只投下了没有热度的光影。

"你醒啦?冲杯藕粉吃吧?"月嫂管姐走过来亲切地问她。"我妈呢?"艳菁问道,管姐愣了一下。

"奶奶去儿童医院啦。"管姐说。

"姜信呢?"

"孩子爸爸中午刚回家,下午他也是先去儿童医院,然后再过来。"

艳菁点点头,巨大的,与乳腺炎和高烧都无关的痛楚,像一个跟她一起醒来的怪兽,刚才还在不远处窥视,此刻大摇大摆地走过来,像拉开一件夹克的拉锁似的将她的身体从正中间拉开,又将她整个人穿在身上。她变成了一件紧紧裹着痛楚的皮肤衣。

护士进来了,眼睛并不看任何人,只盯着输液的袋子,问管姐:"吸奶了吗?"

"吸了"

"多少?"

"两次,共500毫升。"

"体温?"

"37度5"

"家属什么时候过来?来了去找医生,有话说。"管姐连忙答应了。

护士走了出去,管姐端着藕粉过来,一边拿小勺喂给艳菁吃,一边说:"上午你们科的护士长也过来了,问了情况,说一会儿晚上再来看你。"

艳菁闭上双眼,困意并没有像高烧时那样袭来,但是唯有如此她才能让那痛楚的怪兽扔下她回到洞穴中。

姜信提着汤煲来探视的时候,看见严浩然大夫正站在艳菁床前,严大夫对他点点头,又说了几句病情,嘱咐了管姐才走,白大褂像风衣般甩出一个优美的弧度。艳菁将自己和严大夫的罗曼史瞒得如铁桶一般,没一个人知道,姜信自然也不知情。看见艳菁又在落泪,他也只能叹口气过去握着她的手。

管姐近前来打招呼:"姜信过来啦!"她年纪比他们都长10多岁,所以只管亲热地直呼其名,本来是从家政公司请的金牌月嫂,但现在因为证实孩子有遗传病,被送到儿童医院监护着,她既然已经上岗,就过来先充当护工,照顾产妇艳菁。姜信每天两边跑,今天带来了好消息,孩子还有三天就可以出院了。

"噢!那敢情好!"管姐瞄瞄艳菁,后者从姜信来后就侧过身背对着他们,听见这个消息,也纹丝不动。管姐问道:"那出院是直接回家吗?还是抱到这儿来我一块儿照顾着?……"

姜信道:"我也没拿定主意。先回家也行,您就先跟孩子回去,艳菁这边,我们再找别的大姐帮忙几天。"

"好!"管姐热诚地答应着,"孩子回家了就放心了,艳菁今天也退烧了,过不了几天就团聚了,啊,艳菁?"

艳菁没有答话,管姐自顾自答道:"好着呢。这带的什么汤啊?医生还是说乳腺炎没完全好之前先不给催奶的汤。"

姜信答:"我知道,是姥姥给煮的蒲公英水,说一块儿过来看她呢,我说天太热,过两天下了雨凉快些再来吧。"

"可说呢!"管姐探身打开汤煲的盖,没留神一回头看见艳菁不知什么时候已转过身坐了起来,她产后浮肿的脸被高热和精神的极端痛苦折磨着,此刻呈现着一种焦黄色,她盯着姜信,喘息着却坚定地说:"姥姥没让来,奶奶什么时候过来?来了咱们好好说道说道。"

"小菁⋯⋯"姜信以求饶的语气哀恳道,"我知道你在痛苦中,我虽然也在痛苦中,我妈妈也在痛苦中,可是我们的痛苦都无法与你相比较,毕竟⋯⋯"姜信停顿下来,他这几天一直在试图与艳菁谈这件事,但这个话题是如此复杂和惨烈,每一次都将在场不在场的所有人卷入对峙的情绪中,他觉得自己也没有将心绪梳理清晰,对话只是为了填补空气中巨大的哀伤,但它们是剂量不对的止痛药,每次都半途而废地停在那里。这次艳菁却在那厢定定地看着他，也许是连日的高烧终于减退，使她的精力有所恢复，"毕竟怎么样，接着说"。

"毕竟从始至终，你为了我们能有这个孩子，受了那么多罪，可现在结果是这样。"

"结果是哪样？我受了哪些罪？"

"小菁……"

"说啊，我受了哪些罪？嗯？"艳菁半喘着，声音很轻，脸上竟带着一丝温柔的神气。管姐叹一口气，赔笑道："慢慢再说吧，你看，唉！"艳菁握住管姐的一只手，那只手的无名指上戴着一个老式的金戒指，刻着一个"福"字，旧了，泛着疲倦的、被岁月与劳作磨蚀的一点淡淡的光。艳菁抚摸着那只戒指，喃喃道："慢慢说，我受了哪些罪？啊？"

姜信的眼里涌上了泪，他一生中从未准备面对这样的狼狈与痛苦，就算是当初在医生办公室里被无良的病人和家属殴打，一头血地被人用担架抬走，他也没有感到这样狼狈与痛苦，他一生中没有被人这样质询过，他心里也重压着莫大的委屈与不甘，巴不得能向谁去告解，去痛诉。他抿抿嘴角，旁人看去，几乎像是在演讲前礼貌地向观众微笑致意，泪水却从眼镜后面不受控制地滑落下来，开始是一滴滴的，很快像夏日老房子的屋檐，雨水连成了串，眼镜片模糊了，看出去的世界变成了暴雨中的海面。艳菁的面容变形了，忽远忽近地摇曳着，像在呼救的人，又像来索命的鬼魅。

"说！我受了什么罪！"

"你，经历了十一次的人工授精治疗。这需要你在之前，完成一系列复杂的、包括疼痛性的介入性检查；你，经历了一次完整的试管婴儿移植手术，你需要打排卵针，接受穿刺取卵，你的卵巢位置较高，穿刺取卵困难，术后你有轻度腹腔内出血；胚胎移植失败了，你经历了流产，你因卵巢过度刺激，出现了腹痛和腹水，流产后你的子宫出血不止，吃了很长时间的中药才缓解。"

管姐以随时站起来要走的姿势别扭地挨在床边，穿着布鞋的脚在地板上蹭来蹭去。艳菁的手仍然握着她的手，手和艳菁身体的其他部分一样，在不断地出汗，部分是因为身体在产后代谢孕期积存的水分，部分是因为退烧药的作用。管姐想站起来拿毛巾给艳菁无论哪里地擦一擦，但艳菁无声地制止了她，她只好如坐针毡地继续旁观，见证这对新客户一生中最惨烈的一幕。

"还有呢？"

姜信将眼镜摘下来,胡乱抹一下脸,带着一种几乎是视死如归的表情,继续陈述道:"你自然怀孕后,在孕期前五个月,多次出现先兆流产症状,输液、打保胎针、卧床,其中有三个月,几乎不能下地。你有洁癖,但是你,学会了在床上大小便,后来还是姚大夫说,不必如此小心,他说,除非是,除非是胚胎有问题……不必,如此受苦。"

"是吗?姚大夫是这么说的吗?"艳菁喃喃道,脸上依旧带着梦呓似的温柔表情。

"是。你受苦了,小菁。都怨我。"

艳菁的眼泪直流下来,为了在泪水中看清姜信,她拼命地瞪大着眼睛,她产后的胖脸因着哀怨、不平,还有愤怒等复杂的情绪扭曲着。管姐再也忍不住,自己也呜咽起来:"别说了,小刘儿,咱们先歇歇,小姜也累了,儿童医院、姥姥家奶奶家地跑了一天了,要不先让他回去,啊?都是好人,都是苦命人,谁也不怨,就怨这个命!不公平啊,你们都是好人,你们不应该受这个,谁也不应该受这个,咱不说了,姐姐我真的受不了了,别说了!啊?"

"谁也不怨?谁,也,不,怨?"

"那你说怨谁呢小刘儿,啊?姚主任和咱不是说了,这孩子的这个什么,大个子病啊,说不好是哪里出了问题，你看，这些天你们俩念叨的，我也都听明白了，你说是奶奶家带来的遗传，不是连姚主任也说，它都只是猜测吗，那小姜前边的小哥哥，他都没见过面呀，这样的事，谁也不忍心去问自己的母亲，是不是小哥哥那会儿早夭了就是因为这个病，现在影响到咱们孩子就是因为他，因为小姜，因为奶奶，带着，带着这个坏因子，姚主任说了，原话啊——你这都是未经证实的猜测。"

"姜信。"

"欸。"

"你让你妈过来，咱们当面锣对面鼓地讲清楚，我孩子的，我孩子的马凡综合征，是哪边带的基因。你那活到3岁没了的哥哥，是不是这个病。说清楚，是你们家的事，就你带着孩子过，不是你们家的事，那就是我的，我就带着孩子走。"

"小菁……"

"这个婚我是离定了，就看孩子跟谁。你父母一句话。你让他们过来说清楚。"

天气热，艳菁的继母觉得常去医院探望力不从心，就差遣老伴和姜信替换着去给艳菁送汤水，得知艳菁在医院里"可劲儿闹"，还要离婚，她觉得很麻烦。身为医务工作者，之前还给艳菁开过中药调养身体，她也深深心疼艳菁"白受的罪"。她跟艳菁父亲结婚不到一年，新老伴儿脾气好，但家底薄，奔了一辈子只有一个60平方米的小房，自己家房子倒是大，比老伴儿家多100平方米，但是容纳了儿子一家三口和看孩子的保姆，越住越不是自己的地方了。

她乐得搬进新老伴的家求个安静自在，房子虽然面积小，但户型紧凑，两个房间都朝南，在二层也有电梯，左边窗外一棵槐树，右边窗外两棵海棠树，倒也有朴素的清幽。现在艳菁要是离了婚，虽然姜信"有钱"，但拖着个病孩子在这关头一拍两散，是无论如何不会资助她在别处租房的，这位姑奶奶要是在产后抑郁中搬回来，以后两代人的日子可有得消磨了，就是亲妈，都要一筹莫展，更何况自己是继母之后的继母。本来退休后返聘着，有钱有闲，但形势要是由着艳菁这么闹地发展下去，那她这个新家庭就组建得不划算了。

她跟老伴念叨了一晚，当然主要是表达对艳菁本身的担忧，老伴只是叹气，她意识到老伴木讷寡言，做不了艳菁的主，也无法将她的话正确地传达给艳菁，决定自己跑一趟。

第二天继母带着白萝卜汤去产科病房看艳菁，管姐亲热地招呼她，说今天她来得早，姜信这会儿在儿童医院呢，一会儿可能去接爷爷奶奶一块儿过来。继母笑着坐下，艳菁今天专门洗了头洗了澡，换了干净的病号服，正襟危坐着，由着管姐嗡嗡地在她头顶舞动着吹风机。

继母在吹风机声中扬声说："这单间病房条件好，有独立卫生间，能洗头洗澡，现在社会进步了，以前产妇坐月子可是特别受罪。"没留意管姐咔嗒一声关了吹风机，继母扯着嗓子说的后四个字在房间中飘荡着："特别受罪！"

管姐知道艳菁听不得这个，紧张地看看她，虽然头发已经吹干了，连头皮也像被烙铁烤过一般，管姐还是用一个大浴巾将艳菁的头部紧紧地包起来。她的眉梢眼角因此被吊上去了一点，整个脸一下显得年轻和严厉了几分。好像在回答管姐的担心，艳菁叹了口气。她跟继母不亲近，如果是换了护士长、她弟弟、她爸爸说这句"特别受罪"，她又要哭个不停。此刻她觉得很困，但是自听说了姜信的父母要过来，她就一直以备战的姿态等待着，她知道每天打的点滴里有专门开给她的镇静剂，她抬眼看看吊着的玻璃瓶子，心想"不能睡着，要等他们来说清楚"。

管姐与继母闲聊着，讨教些中医知识，继母将这些天和老伴儿念叨的话反复打了腹稿，但是看着艳菁的表情，苦于无从开口。

直坐了快一个小时，继母正在犹豫要不先回去，改天再来，一声门响，姜信扶着母亲进来了。仿佛在夏日走了很长的路，姜母原本肤色很浅的脸涨红着，像隐藏着委屈，却平添了怒气。

听管姐介绍，"这位阿姨是艳菁的妈妈"，姜母脸上一松，亲热地招呼道："噢亲家！早就听说了……艳菁前一阵身子不方便，我们也没专门去拜访您和刘大哥。"

"您别客气，姜信带过来的您手包的粽子和腌的咸鸭蛋我们都可爱吃了！您真是太能干了！我就手笨得要命，这还天天得去医院上半天班，天热了啊，下午回去睡个囫囵觉就一大天过去了，真是不中用，早就说过去看看您，过来看看艳菁，今天才遇上。"

"噢，可说的呢，这不是小孙女儿明天就出院了嘛，我们一大早就去姜信家了，老头子把小床给安上了，一弄好我们就赶紧过来，老头子在门外呢，怕突然进来，艳菁不方便。"这时姜母才转向艳菁道："上不上个厕所？完了我让你爸爸进来？"艳菁胸脯一起一伏地，整了整衣襟，略缓了缓道："进来吧，等着您二位呢。"

没一会儿，姜父随着姜信进来了，跟一屋子的女人打了招呼，很不自在，姜母招呼他坐在窗边跟自己一溜儿的沙发上。继母在床边的板凳上微侧过身子来，让自己右边肩膀对着艳菁，左边肩膀对着姜信的父母，干笑着。

姜信默默地把带来的几样营养品一一摆在小柜子上。艳菁胸脯起伏几次，要开口说话却突然开始呕吐，屋里乱作一团，管姐来不及拿合适的器具，只将薄被子围住艳菁的脸，一边揉着她的后背。艳菁吐了半床，闻讯赶来的护士皱眉把脏被单利落地一卷，指示管姐把艳菁脏污的病号服脱下来，姜父连忙避了出去。

好不容易处理干净了，艳菁仍然一噎一噎地，说不清是胆汁的刺激还是难过，眼泪在她脸上横流着。管姐立在床脚，将病床一下下摇平，艳菁慢慢侧躺下去。两位各怀心事的老太太一人一边儿坐在床沿儿上，一胖一瘦两只手分别在艳菁后背和前胸摩挲着，看着被单下这个庞大又病弱的身躯，她们不约而同地想到了自己生命中某个狂躁不安的无助时刻，她们都落了泪，为这个并不亲近的女子，也为自己。

医生进来看了看，说探视时间到了，让几位家属先回去，并招呼姜信去办公室等他。姜母看了一眼亲家，继母低下头用亲切的声音跟艳菁说："大夫让我们先回去呢，你先歇歇，啊？"

艳菁闭着眼点点头，两个老太太暗自长舒一口气，赶紧脚不点地地离开了病房。路过医生办公室，看到姜信低头坐在主治医生桌前，她们也赔着笑进去，医生点点头道："噢，二位是艳菁的母亲和婆婆啊，我刚才跟姜信说了，艳菁的情况比较特殊，也是我们本院的同事，大家都挺关心她的，她自己科的护士长也来看了好多次。现在是这样，我们觉得她产后抑郁的症状很明显，我们医院没有心理科，上午找了神经内科的安主任过来会诊了，这部分业务姜信比我精通。安主任给艳菁开了几种药，都是抗抑郁和助眠的。艳菁在病房也住了一阵子了，产科这边她其实没有什么需要处理的指征了，我听说孩子明天也能从儿童医院回家了是吧，好事情。我想呢，艳菁再观察一下，但最晚后天我也要开出院单了，不是轰你们走啊，是她的情况现在回到家里，尤其是和孩子在一起，对康复更为有利一点。"

"大夫，刚才她又吐了这一场，没有什么事儿吧？"姜母问。"没事儿，可能是新开的药有些肠胃反应。也可能是她这阵子情绪容易激动，迷走神经失调引起的，这些姜信都了解的，没关系的。"

"大夫啊，您刚才说神经科的主任也来看了，我觉得您二位说得对，小刘儿这个孩子啊，现在是心病，唉！您也知道了，我的这个小孙女儿啊，生下来有点不正常，小刘儿这心里啊，她怀疑是我们家这枝儿带的病根儿，觉得我们没跟她说清楚，是有意害她。我们家亲戚不多，您看今天她全叫来了，这是要搞三堂会审，屈打成招呢。您评评理大夫。"

"阿姨，咱们先不说那个了，孩子是我接生的，确实很遗憾，孩子患有马凡综合征，这个病的主要症状就是肢体明显比正常婴儿的肢体细长，此外可能有心血管、骨骼及眼部三大系统的症状，目前没有特殊的治疗方式，预后不良，好消息是今天我们从儿童医院那边了解到，孩子没有主动脉扩张或主动脉瓣关闭不全的情况，这就已经比此病八成的患者幸运啦。不幸中的万幸啊！反正今后这个孩子和艳菁的情况，是格外需要家人支持的，孩子待观察，艳菁现在面临的心理和情绪上的问题，姜信是专家，在我们这儿艳菁是病人，出了我们这儿艳菁是同事，我们都会一直关心她的。啊，就这样。"

姜母低头片刻，眼看主治医生对一众家属点点头，眼睛回到电脑屏幕上，知道是下逐客令的意思，她仰脖问道："大夫，小刘儿她有这个疑心病，我不瞒您说，我是在姜信前边还有过一个男孩子，3岁时没了，那时候医疗条件有限，谁也不知道怎么一回事。今天没有外人,您见多识广,我问问您,我那个没有了的孩子,他有可能是这个病吗?"

"这个……阿姨,年代久远,实在不好判断。不瞒您说,艳菁这次的这个病例,我都是上班这么多年第一次遇到,这些天现查的文献,实在不好妄下评语。这个……唉,还是家属们同心协力,共渡难关,孩子继续随诊,加强营养,注意观察。"

姜信扶着父亲走出医生办公室,两位老太太紧随其后。姜母半靠在亲家身上,低声倾诉着,不断喊冤,继母将对方的小臂紧紧拢在自己肚腹处,另一只手轻轻拍着她的手反复安慰着。

外面刚下了一场暴雨,住院部大楼的玻璃幕墙反射着的城市倒影,乍看上去,像独立于世外的一个不愉快的青蓝色的梦。

姜信开着车先把继母送回岳父那里,三位老人在短暂的见面后建立了和雷雨一样迅速而特殊的友谊,相约过几天一起去姜信家看孩子,姜母还又拉着下车的艳菁继母的手啰唆个没完,姜信坐在驾驶座上默默等着,侧头问父亲:"累了吧?"老人回道:"不累,你累吧?"叹一口气。

他现在每天如陀螺般在儿童医院、产科病房、家,间或还有单位之间来回奔忙,每天一睁眼就焦急地往其中一个地方跑去,像一列地铁,哪站都要去,哪站又都停不长。两位老太太耽误的这一小会儿工夫,对他来说反倒是难得的片刻喘息,令思绪得以放空一刹那。

阵雨又至,两位老太太互相催促着彼此"快走快走",一位进了单元门,一位弯腰钻进车里,姜信重新发动车子,雨刷挑起了挡风玻璃上的珠帘,姜信轻轻叹口气将车子滑入雨幕,姜母心疼了,自言自语道:"这闹的,什么时候是个头儿啊!"她刚才说了很多话,这会儿口干舌燥,上唇不时粘在牙龈上,令她急促的话仿佛带着咝咝的哨音:"明天孩子就回家了吧,我们还是过些天出了月子再去看,要不你单独抱过来也行。"姜信点点头,想说什么,又懒得开口而作罢。

将父母送到家后,姜信犹豫着是不是还回医院,虽然艳菁住的是单间病房,但医院规定只能有一位陪床家属过夜,管姐在,他这时去了没一会儿也得被护士请走,不去的话,明天孩子出院,也要一大早来接管姐,这将是艳菁住院三周以来的一个不小的变化,虽然已事先打了招呼,也安排了接替管姐临时照顾她的护工,但她现在的情绪一直都在悬崖边,还是今晚再过去安抚一下为好。

下班晚高峰被雨势延长了,六七公里的路竟开了一个半小时,待姜信到了产科病房,发现艳菁和管姐都在各自的床上睡着了。他静静退出来，感觉像是暂时没有被抽查背书的中学生一样，心里一松。

护士长点手叫他，他忙点点头挂上笑上前，护士长将一张写着《出生医学记录》的表格在台子上推过来，说道："后天艳菁就出院啦，你们名字起好了吗？我等着你填表呢，就明天一天能盖章了。"

"噢！"姜信咬着嘴唇低头片刻，"就叫姜子菁了。"

护士长想了想说道："艳菁的菁啊？欸，好，姜信和艳菁的孩子，好，简朴大方。就这么定了。你照样儿填上就忙去吧。"

第二天，姜信比平时早一小时到了医院，远远地看见管姐在向他来的方向张望着，一看见他，赶紧过来攥住手，神秘又不安地说："早上小刘儿跟护士长吵起来啦。她说告诉护士孩子名字起好了，去办出生证。护士长说你昨天告诉了，叫子菁，小刘儿不答应，说要叫姜小凡，就是，就是孩子那个马凡综合征的凡，护士长就说叫这个名字意头不好，小刘儿说生都生了，意头不好也只能忍着，谁让奶奶家缺……唉，护士长也没说什么，拉脸走了，我追出去，还嘟囔了我几句呢。唉，小姜你看这个事真是不好办，说等你来了告诉你，要是你同意，去护士站找她改那个申请表，说本来昨天都填好了的,你看,我就怕这个,昨晚都没睡好,就怕临走又闹不高兴。"

姜信皱紧眉头,心里又气又禁不住地厌烦,感觉自己每天在鸡蛋上走路,不管怎么小心,区别都不过是每天踩碎的鸡蛋个数不同而已。他一挥手,说道:"听她的。"他转身去了护士站,在门口正听到护士长在跟手下嘀咕:"什么呀,早听说这姑奶奶在她们科是个愣头青,处处不饶人了……"转头看见姜信,将昨晚的表格拿出来一拍道:"划了改吧,旁边签上字,你们俩都签!"姜信只是赔笑。护士长看着他的可怜样儿又叹口气:"你这个媳妇啊,因为这个火暴脾气,逮谁和谁来,不知吃了多少亏,全院护士就数她最出名了,也就她那个头头儿愿意哄着她,要是在我们科啊,哼!"姜信忙道:"那可说不准,以后轮转过来,跟着您进步更快。"护士长白他一眼:"受用不起!我多活几年吧。"

改好了表格,姜信到病房,艳菁看见他,径自招呼管姐:"您问问小凡她爸,接替您陪我的人几点过来,姓什么,哪儿人。"姜信笑道:"噢,早定好了的,我从咱们医院自己的护工公司找的一位大姐,这两个月一直在产科呢,刚才问护士长了,就在隔壁病房,办完出院手续就过来了。姓李,四川人,楼道里常碰见,又干净又麻利。"艳菁没说话,停一停才轻声问:"你们什么时候去儿童医院?""管姐收拾好我们就去接小凡,我跟那边的大夫说好了,10点前到。"

艳菁将脸偏到一边去,姜信近前去在她床沿坐下,艳菁缩下身子,好像要在被单下将自己变得更小一点儿。姜信轻轻摸着她的头,于是她真的缩得更小了点儿。产前为了应对在酷暑中坐月子的挑战,她已经将头发剪得短得不能再短,因为头发很软,最近又掉了很多,她的头皮摸上去像某种缎子,又像渐渐放弃了敌意的猫的后背。

姜信带着管姐一起去儿童医院,从新生儿监护室接出了小凡。昨天父亲帮着安装的婴儿床就放在他和艳菁的双人床边,管姐带来一个巴掌大的小灯,插在离地板10厘米的插座上。虽有淡月般的小灯相伴,这一夜小凡仍不时惊声地哭泣,姜信将她从小床抱出来,放在自己的臂弯里,她是那么小,虽然有着明显比普通婴儿细长的四肢,可她到底还是那么小啊!肩上有长长的绒毛,手像鸟类的爪,眼睛像泡在冰酒里的黑葡萄,鼻子像现安上去的蘑菇,脚丫和脸的表情一样多,总是一惊一乍的。半夜管姐给小凡喂了两次奶,换了一次尿布,姜信不离左右地看着,惊奇,惊喜,惊疑不定,他想,小凡不是个坏名字,不过她更像个

"小惊"。

喂了第二次奶后，管姐将小夜灯关了。在黎明的黑暗中，姜信抱着他得之不易的"小惊"，哭了起来。自从这个孩子降生，他们每个人都哭了好多次，但他这次不一样，软软地抱着这个婴儿在怀里，姜信觉得自己从此再也不怕死了。

众人都没想到艳菁一直拖了五天，到下一个周一才同意出院回家。姜信每天将小凡的新照片及自己与她的合影带到艳菁的床前给她看，她时喜时悲。主治医生已来说了几次随时可以出院，护士长言语间也越来越不客气了，姜信试着用心理医生的一套话术安抚并鼓励艳菁，但都被她"少拿你精神病院那一套唬人"粗暴地回绝了。

姜母这些天冒着酷暑天天自己坐公共汽车来看孩子。小凡在儿童医院住新生儿监护室的时候，她只隔着玻璃去看过一次，个头眉眼都没看真，所以她可以宣称："孩子好好的，哪有病，他们才有病，小刘儿才有病！"现在孩子接回家来了，看仔细了，她心里承认这孩子有问题，得的是跟她早夭的长子一样的病，两个孩子在出生时肢体明显比正常婴儿细长的特征一致，这让她心乱如麻。她觉得对不起姜信，对艳菁则添了畏惧和忌惮，不过要是艳菁走了离婚这一步棋，她则又觉得自己重新站回了道德高地——怎么可以这样，夫妻本是同林鸟，遇到大难各自飞，那成了什么了。

她每天都给艳菁的继母打电话，希望对方也出面劝劝。继母也来看过一次小凡，身为退休仍返聘工作在一线的老中医，她本来对传宗接代就看得不如事业重，现在更是对含饴弄孙的生活唯恐避之不及，情愿拿出返聘收入给亲孙子雇保姆，但想到未来小凡这孩子大概率无法活到中年的一生，她不免暗自叹息不已，觉得也很难说服艳菁死守住和姜信的这个家，尽管不这样做似乎有违良心，也会直接带给她自己和老伴切实的麻烦。

艳菁回家这天，两边的老人都知趣地没有过来。新生婴儿遵从的是一天十六个小时的睡眠法则，趁孩子睡，管姐也在一旁打盹。姜信去放置从医院带回的一些杂物，他轻手轻脚地，不像以前走路总是趿拉着拖鞋。艳菁环视四周，主卧里多了一张婴儿床，长餐桌上添了矮胖透明的瓶瓶罐罐，阳台上旗语似的飘着淡粉色的小小衣物和白色的纱布巾，多了一个大活人管姐和一个婴儿，家里却仿佛比她离开那天更静了似的。

她深吸了一口气，一切都会变好的豪情刹那间涌上心头，她要放下失望、恐惧和焦虑，她要勇敢！她要停止服用各种抗抑郁的药物，用自己的奶水哺育小凡，给她改名字！不叫小凡了，当初起这个名字是赌气，这不等于给自己的孩子起名叫"小病病"吗？还是叫"姜子菁"，他们三个人就像这名字里的三个字一样永远在一起，一切困难都是可以战胜的！

她站在婴儿床前久久地看着她的小女儿，用"子菁"的名字呼唤着她，姜信和从打盹中惊醒过来的管姐都愣了一下，姜信随即笑了，告诉她这些天已经给宝宝起了好多名字：小惊，小布人儿，小娇娇，小躲躲，小睡迷，当然宝宝呼应最多的还是"小凡"。

艳菁急急地走开去，说要先洗一个澡，姜信笑着说好。管姐忙抢上去，念叨着艳菁还太虚弱，毕竟在月子中，必得"等我先把水弄热了你再进去"。花洒喷出温热的水，管姐也就此等在浴室里，表示洗完了要帮艳菁把头发都吹干才能让她出来。

艳菁有洁癖，往常在这样的暑热天气中，她每天要洗三到五次澡，一年四季每次洗澡都像要蜕掉一层皮才肯出来。今天她也比常人洗得久，但用的时间只有自己平时的一半。管姐照例将她的头发都犁田一般仔细吹干了，又用毛巾将头包起来，还让她穿上包住脚跟的一双粉色软底鞋。艳菁一路催促着管姐："快点儿快点儿。"

艳菁奔回小床边，将孩子抱在胸前，啊，她是多么柔软啊，这个小小的人儿啊，包在松松的纱布襁褓中，像一个软软的又会朝四面八方动的袋子，她正像孕后期在她的肚子里那样伸展着四肢还打着哈欠。"嘿哟！"艳菁扬声笑出来，每个人，连同她自己，都觉得近一个月来被不断捶打的心终于归了位。每一个人都在微笑着，以至于他们多年后回想起来，都觉得这是他们在一起时最幸福的一天。

前几晚都是管姐和姜信各管半夜，今天下午艳菁睡了三四个小时，表示晚上由她来带孩子，管姐跟她反复确认后，又抬眼看看姜信。艳菁笑道："放心吧，我在医院经常值夜班，自己的孩子就更难不倒我。"看姜信轻轻点点头，管姐才又对艳菁说："那有事儿可叫我，我睡觉轻，站起来不用醒迷糊，直接就能干活儿。"嘴里说着话，手也没停，她给孩子换了纸尿裤，又把艳菁和姜信的毛巾被朝半空扬起一个弧线展开，接着嘱咐艳菁："现在啊趁她睡你也先睡，不着急，以后可有得熬呢，新手妈妈可别凭着新鲜劲儿把力气用尽了，这才哪儿到哪儿呢。"艳菁道："您放心吧。"

艳菁侧躺下，把孩子拢在臂弯里，姜信轻轻说："你娘儿俩先睡，我去书房改个稿。"

艳菁点头道："我看要不给你在书房添个床，现在咱们三个睡大床也有点挤。"

姜信愣一下,笑答:"再说吧。"

艳菁说:"有了孩子,真是嫌你多余。"

姜信伸出食指点点说:"找我咨询的夫妇有不少这样的言论,可提防啊,不是好想头儿。"

自从孩子降生后,他们夫妇这几乎是第一次正常友好地谈话,姜信很珍惜这个气氛,不过他知道艳菁的脾气,有时跟她在一起不免要像对待小孩子一样,以温和的态度,但也要小心地画出一个有弹性的带着规则的框框。

姜信走到门口又回过头来问:"要不要把空调打开?"艳菁摇摇头说不用,并让姜信把小夜灯也关了:"我搂着她呢,她醒了也不会害怕的。"姜信依言把灯关了,黑暗如一床软被覆盖下来,艳菁又从枕头上抬起头来想让姜信再把夜灯打开,但这时姜信已走出去并拧开了书房的灯,有光亮从小小的走廊淡淡地透过来。艳菁重新躺下,她合上眼,被睡神带进了一个梦。

她梦见姜信推门出去,自己却为着什么只顾叫他,但他没有回应,她站起来开门去找他,没想到打开一扇门,外边还有一扇,她再打开,后面又是一扇门,如此打开了十多扇门,她又累又害怕,生气地回到床边，却是管姐站在那儿抱着孩子，看见她回来，一改白天温言讨好的面容。小夜灯是灭了吗？只有青蓝色的月光打在管姐脸上，像小时候看了害怕的谋杀案电影，又听她冷冷地说："以后可有得熬呢，新手妈妈可别凭着新鲜瞎使劲，这才哪儿到哪儿。何况这孩子有病，指不定什么时候就不行，我看呐都是一场空欢喜。"

姜信的稿子写得很慢。艳菁今天回家，安顿得很顺利，他连日来的紧张情绪得到了疏解，这会儿突然觉得很累，脑子里文思泉涌，无奈身体的力量却跟不上。他感觉自己在跑过一个特别长的跑道，左边好像体育馆一样竖着巨型的四个大字，一个个地跑过去，才看全了，写的是"力不从心"。他笑笑，想再写完一段就去睡觉，这时他听见艳菁的脚步声经过门口，并没有停，接着是家里的大门开锁又关门的一响。

他愣了一下，继而飞快地站起来跑到卧室，灯开着，大床上只有小不点的孩子在，他过去把小凡挪到四面有围栏的婴儿床里，叫了一声"管姐！"没等答应就也跟着开门关门地冲下楼去。

他们住在二楼，所以不用考虑是不是坐电梯，他的身体在紧张地飞奔着，心却重重地跌到了谷底，就像这近一个月的每一天，每一天都有这样一口气呼出却被艳菁一句话一个举动憋回去的时候，那种像水泥般郁结在胸中的委屈此刻在向愤怒与绝望转变。

"我就容易吗？我就不难过吗？我就有什么好办法吗？我就不是受害者吗？"

他一路奔跑着到了小区门口，先往左看看，那是艳菁去医院上班的方向，再往右看看，那是去艳菁父亲家的方向。这回他看到了艳菁的背影，她仍穿着那条淡绿色的孕妇裙，拎着一只蓝灰色的旅行包，里面装的是从医院拿回的还没来得及收拾的日用品。

姜信在后边叫她："刘艳菁！"艳菁头也不回地往前走着，脊背挺得直直的。经过漫长的孕期，姜信已经几乎忘了，她是一个行动走路都飞快的人。从数十米外注视着自己熟悉又陌生的妻子，他刚才心中的愤懑已被夏夜的风吹散，姜信重新阔步跑起来，一路喊着："艳菁！刘艳菁！"

他追上了她，像小朋友的游戏一样，在她的后背一拍，然后攥住她的手腕，两个人定定地站着，喘着气，然后突然之间，艳菁放声大哭起来。她刚才以为有人在远处呼叫出租车，只不过声音失于凄厉；继而她听出那是姜信在追赶中呼叫着自己的名字，她不屑回头，她已经看不起他了，不能再看不起自己。

姜信呆呆地看着痛哭的艳菁，小路上只有一两个在夜跑的人，惊疑之中，跑者迅速调整了呼吸与步速，知趣地避开了。姜信想接过那只旅行包，但艳菁牢牢地攥着，她的悲愤像雷电那样狂暴而剧烈，两人之间数年的夫妻岁月正如一辆在原野上躲避着雷电的列车，跌跌撞撞地开远了，由一只庞然大物变成不能目见的一个小黑点儿。

我明白，的确是太难了，别急，有我——这千言万语充塞在姜信的喉头，但他却不能发一言，不知过了多久，艳菁停止了号哭，因为姜信的沉默，她渐渐连抽噎也停止了，她意识到，姜信也不想再努力了，太难了！即使有他陪着她也坚持不下去了！她无法再要求自己放下失望，放下恐惧和焦虑，她的勇敢已经用尽了，在之前那漫长而令人沮丧的各种治疗过程中，在姚大夫的皱眉和笑脸中，她的耐心与恒心已经消磨殆尽了！

她今天没有吃任何药，乳腺炎得到控制的胸部在下午看到小凡后又开始了不明显的胀痛，起初这胀奶令她喜悦，继而是熟悉的让人战栗的恐惧，她无法用自己的奶水哺育小凡，也不想再给名字中带有遗传病名称的女儿改名字了，她坚持不下去了，但凡她还有一点勇气和信心或者对这个家的爱念与慈悲，她都可以再努力，再试试。但是她恨。

她恨姜信，恨他的母亲和父亲。他们忽视了，也许是隐瞒了重大事实，害她到这步田地，他们让一个好好的女人，数年来背负着不孕症的羞耻和内疚，一次又一次地，将自己原本娇气的肉体全无怨言地献祭给生殖科中心。她自己是护士，她清楚知道那些手术器具的尺寸、用途和名字，她以前不能理解为什么有人会主动让那些器具进入自己的身体。

她应许进入自己领地的，是她的丈夫，然后他带给了她小凡，这个患有马凡综合征的女儿。从难以成胎到先兆流产，是有一种巨大的力量在提醒她，他们的结合存在着某种缺陷，但是她太无知了，她"被蒙在鼓里了"，现在闯下这么大的祸，诞生的不是婴儿，而是悲剧。所有人却都在希望、暗示、"帮助"她接受这个命运，适应这种生活，继续与"爱人"一起，没事儿人似的养育这个孩子，她真想骂脏话：他妈的你们怎么不来试试！无数的脏话在她喉头郁积着，于是她选了最脏的一句："我还是要离婚。"

一只流浪狗正从远处过来，它跃上一只垃圾桶，翻找片刻，跳下来，继续迎头朝他们走来，姜信警惕地观望着。狗从他们身侧走过，发出沉重的呼吸声，脚爪落在地上，发出好像冬天树枝折断的声音，它走远了。姜信将目光调回来，沉声说："好，我同意。"

他比艳菁高20厘米，要注视着她，姜信本来就需低着头，但说出这个话以后，他的头不能更低了，只好向侧边转去。比起全身在发着抖、满面泪痕，因为激动嘴角甚至还挂着白沫的艳菁，姜信显得镇静多了，他的痛苦跟她不一样，她被痛苦整个地笼罩和绞杀着，而他则仿佛站在痛苦之外，与痛苦彼此凝视，连痛苦都不愿接近他，他感到的是连痛苦都要与他告别的寂寞和惨然。他听见自己说："咱们先上楼去，这么晚了，你衣冠不整地回到父亲那儿，吓着老人不好。"

这倒提醒了艳菁，她突然想起还有继母这回事，她明白在未来劝和不劝离的队伍中，继母将是最为坚定的一个人，而她刘艳菁是医学院护理科毕业，是在闻名遐迩的大医院工作的模范护士，有一天会是未来护士长的合格接班人，她从父亲的家出走，嫁的是一路重点学校的学霸，英俊多金的心理医生，幽默热诚的青年才俊，她不会这么灰溜溜地回到父亲那60平方米的小房子中寻求一席安身之地，她已经跟一位继母周旋了整个的青少年时期，她不会再跟第二任继母磨心。她听见自己冷静的声音对姜信说："孩子归你。房子我也不跟你分了，我不回我爸家，我自己出去租房住，租金你管。我单身一天，你管我租一天房，别的钱我不跟你要。我周末回来看孩子，你别拦着。别让我看见你妈。"

最后一句让姜信狠狠地皱了一下眉头，过了好一会儿，他才简短答道："行。"

艳菁心中一松，"他其实算是个好人"。她仰头看他，姜信穿着居家的白色背心和蓝色短裤，全身上下唯一狼狈的是那双黄面蓝底的带洞塑料凉鞋，这是外科医生挚爱的邋遢舒适之选，是她从医院的团购中买回来给他的。他是个好人，以他拥有的种种优越条件，却从未被宠坏。他曾经非常英俊，眼睛像儿童一样黑白分明，须眉堂堂，有东亚男子少有的绵延双颊的胡茬，从耳垂儿到脚趾，都是她所见过的发育最完善的男子。第一次在学校的礼堂看到他时就想，如果能被他抱着，死也愿意，在医院里不期与他重逢，在某次下班顺路坐他的车，想，如果能合法地这样一直与他并肩同行，少活五年也可以。生出了病孩子，想，如果是跟别人，自己就自杀或出逃了事，但是跟他，也许仍有希望，愿意试试。但现在，她还是挺不下去了。真糟糕啊，就是挺不下去了。她要出逃了。

"今晚就出去住吗？还是怎样？"姜信问。

艳菁觉得脚有千斤重，想了又想，还是决定："你送我去找个酒店……不，我自己也行。"

"你还在月子里，住酒店行吗？还是等天亮了再说吧?"

"不,不等天亮。"艳菁认真地说,带着一丝执拗。

姜信突然想笑,这不是在做梦吧?这难道不是在大学时的某一个夜晚,某一个女孩子在哭过后宣誓"不!我现在就走,你送我走!"姜信想笑,生活在开着一个玩笑吗?一切是谁的主意?

这是一个编排得非常精巧的玩笑,他想。

"你带着身份证呢吧?"他踢踢已经扔在地上的行李箱,语气前所未有的轻松。

"带着呢。"艳菁答道。

"好,我现在送你过去。"

天气转凉了,秋日的天空在白天很高,到了夜晚就很低很低,低得像一种温柔服输的姿态,像没有开灯的有着绘画穹顶的房子,整个世界是一座天文馆,令人想盘旋,姜信每天吃过晚饭,都推着婴儿车出去转一圈。

这天他回来得早,管姐让他去给小凡买水果,店员推销一种"国产啤梨",嘱咐要放软了吃,他买了青的和黄的各几只,回来管姐看了赞道:"这个好吃的。"她拿过去洗净削皮,用勺子刮了泥给小凡,把另一只削了皮递给姜信,姜信谢了一声,拿着汁水滴答的梨子到厨房,站在水槽前边吃了起来,管姐的笑声在后边轻扬着:"不碍事啊,弄脏了再收拾不就得了,还专门跑过去。"

姜信咬了一口梨,他愣了一下,这梨的味道,软熟过度,带着一点汗味的甜,与艳菁的气味一模一样,她脖子下边的地方,对,就是那里。恋爱的时候,艳菁也不能免俗地多次问过他:你真的爱我吗?你喜欢我什么啊?而姜信就从来没承认过,喜欢她,主要是因为她非常漂亮。无数次地,他将艳菁与记忆中最无法令他释怀的初恋凌消寒比较,觉得艳菁比消寒还要漂亮三分,他羞于承认,但就是这样,为了这三分,他曾愿意为她的自我中心与歇斯底里付出些许代价。作为心理医生,他知道人的性格是不会改变的(除非经过重大创伤事件),他知道艳菁老了后不会自动变成一个和蔼的老太太,而是多半会像自己的母亲那样,在各种事情上用一种近似无知的天真与执拗将人逼到墙角就范,他考虑过这些后,承认这是为了自己对异性的狭隘审美观付出的一点代价,他本来觉得自己能够处理好。

他真正爱上艳菁,是在这几年屡试屡败的备孕过程中。她是优秀的同盟军,如此坚韧,坚韧至不可置疑,如此顽强,顽强至不可摧毁。她又曾是那么绝望、灰心、自卑至无以复加,觉得她自己一无是处,一直担心原本对婚姻的憧憬会因不能孕育而成了泡影……谁料到，最终小凡的到来，却证实了她所有的担心，一切还是成了空。这一切！两个人在各自情窦初开慕少艾时的幻想，在所有失败的恋情中认为下一次会更好的乐观期望，新婚时为对方做出的承诺与迁就，遭遇重大挫折时肩并肩背靠背给予彼此的支持与努力，还是，全都成了空。

全都成了空！

姜信扔掉梨核，双手捂脸，站在水池旁，无声但哀拗地哭了起来。管姐听到不寻常的动静，放下孩子，跑过来不管不顾地把姜信拉走，好像走出厨房，他的悲恸就可以释然。管姐拼了命地把比她壮大很多的姜信拉扯着安置在白色沙发上，抱住他的头，拍着他的后背："不碍事的，不碍事的。"姜信将沾满了梨汁与泪痕的手掌撑在沙发上，想："对，不碍事的，不管了，去他妈的。"

## 三

无论文艺作品怎么一直美化初恋，姜信都坚持认为凌消寒是个叛徒，各种意义上的叛徒。她当然长得好看,从生物发展的角度看,学医出身的姜信知道,早开的花早谢,消寒那样的身形气度,到中年会格外显老,但当年,当年她真是卓尔不群。

他们是在少年业余体校中认识的。姜信练游泳,她在排球队,都凭体育特长进了市属最好的中学,分到一个班。追求凌消寒的校内学霸和体校混混太多了,但是凌消寒喜欢他。两人分手后,在翻江倒海般的痛苦中,姜信才意识到他曾有过的幸运,他后来承认,之前可能对凌消寒付出得更多,对这段感情的期望也更高吧。

但她仍是个叛徒,不是吗?

她长得倒不像电影里的叛徒,而是更像女特务,用男生宿舍的话简单描述就是"肤白貌美"。还有冷淡的脸,细眼尖鼻子,笑的时候最好看了,多数的时候不笑。行事却像叛徒,父母都是科研工作者,她则初中毕业去上幼儿师范。

他们两个人从初二起恋爱,班主任竺老师看在眼里,但不以为意。科任老师议论起来,竺老师说:"谈恋爱不影响学习,失恋才影响成绩。消寒不是考学的料,到时候有的是中专保送名额打发她。小姜信的脑袋瓜够用,清华的料,这点事拦不住他。"

不过她还是找到姜信家长,假装板着脸:"要是还想要本校高中的保送名额，就给我从体校退出来。但凡有办法的家长，不会让孩子去体校受那个苦，咱们学校是靠体育加分进来的，进来后要花多少时间去给学校打比赛？简直苦不堪言！僧多粥少，姜信和他们争什么？有时间准备下物理数学奥赛！"

姜信家长唯唯诺诺捧着圣旨直接就去体校找教练，说得恳切，对方也没办法，反正练游泳的好苗子有的是，也不强行挽留，当下办了退校手续。从此消寒独自去体校训练，这一路上来回，每周都被小流氓截住七回，不过后来这些人都被体校男排的队长喝退打散了，男排队长觉得自己才是凌消寒的保护者，凌消寒一笑，只是说不，什么甜头都没给他，她心里决定了，自己将来是姜信的人，他要考清华，要出国当大教授，她呢，她追随他，照顾他，给他生孩子，帮着回女学生的信。姜信粗心大意的，各科老师都为他接近她这个后进生担心着，不过她不怕，也不去拿这些小流氓的事烦他。

姜信虽然是保送生，但还是自愿参加了中考，成绩出来加上数学奥赛银牌的加分，比满分还超出12分，被本校实验班录取，学号为"1"。凌消寒上了市属幼儿师范学校，姜信不满意，觉得自己以后的妻子没有大学文凭，简直说不过去。

两个人的恋爱关系在家长那儿早就过了明路。凌消寒的父亲早逝，母亲一直没有再嫁，在实验室里早出晚归，乐得凌消寒去姜信家写作业看电视。女儿虽然在学业上没有鸿鹄之志，但母亲审视自己和周围同事的半生，觉得事业这条路也难走得很，随她去吧。

姜信父母是钢铁厂的工人，姜信之前有个小哥哥夭折，好不容易又得上的这个孩子，从小就聪明伶俐，学习成绩出众，简直就是小胡同里的蛟龙，未来恐怕这个家还要靠这个孩子主事，自己文化低，哪有替他物色媳妇的眼光，而且凌消寒又那么乖巧好看，家里是高级知识分子，也没有什么好挑剔的。

高中的三年两人过得并不总是顺意。姜信临时起意学吉他，没多久就达到了在学校艺术节独唱的水平。女生们不肯写情书，但常常借各种社团活动拉拢他，有些更激进点的，直接拿本书上家里来"讨论"。凌消寒碰上过几次，渐渐她不肯再去姜信家了。她的身高停在一米七二，已经不再是体校的重点培养对象了，师范学校没有什么功课可写，同学也不像当年重点中学的未来精英那么优秀有趣，她的自卑感一日重似一日，吵多了，姜信又烦，可他是真心喜欢她的呀！她不肯来自己家，自己只好多去她家陪她。凌消寒的母亲工作忙，常常不在家，两个人在高二的暑假偷食了禁果，在姜信看来，这就是自己的承诺，"还担心什么呢，不会甩下你的了"。他们在这方面的知识与对未来的职业选择一样成熟，从来没出过错，比太多成年人还注意卫生与保险。

但凌消寒还是常常生闷气，常常和姜信吵架，姜信无奈地想，可能这个幼儿师范的氛围还是不行，不像重点高中全是人中龙凤，谈论的都是《楚辞》与行星的轨迹。他生在胡同，也许是因为早慧，很早就认定庸俗市侩是人类的大敌，"你爱不爱我，有多爱我，会不会永远爱我"这种问题不仅不值一答，而且愚蠢该死。

姜信高三第一学期的时候，学校里发生一件大事，他初中的班主任竺老师自杀了，传说是因为评职称的事情。校长想把这件事压下来，明令禁止学生参加追悼会，姜信当年是竺老师的爱徒，才不管校长说什么，他自告奋勇地当起了竺老师告别仪式的学生联络人，实验班有一大半是原来的同班同学，大家都表示要去，散落在外校的学生，他和凌消寒分头骑着车挨家挨户去通知联系。姜信现在的班主任眼看拦不住，就把孩子们叫到一起，嘱咐了几句"我意思呢，竺老师这样走了，最好的记忆还是她生前的样子"，看小倔头们不说话，温言道："学校到时会派车送其他老师去,但不能带学生,你们自己组织好,一起坐地铁。不敢看就不要看,低眉鞠躬,意思到了就可以了。中午都给我回学校食堂吃饭,下午第一节课就是数学月考,班级平均分下了95我挨个儿敲你们的头,记住没有!"

告别仪式在一个初冬的周五,姜信他们班和竺老师撂下手的初二某班的同学几乎全去了,多数人都是第一次经历这个场面,有伤心哭的,也有吓哭的。在队伍中等待进去行礼的时候,几位亲属的议论传进姜信的耳中,竺老师是抑郁症,自杀的行为去年就有过一次,但这次成功了。

竺老师生前总说姜信是"清华的料",不过因为她的去世,姜信后来报考的是医学院,精神医学系。

本硕连读八年,说好上研究生的时候就和凌消寒结婚,从书店旁边的礼品小店买了银戒指送予她,凌消寒戴上没说什么。她已经开始工作,分配在全市最好的幼儿园,来往接送孩子的家长非富即贵,春节给凌老师送的礼物是去三亚避寒的机票。说到金银首饰,她母亲也有些珍存,年轻人通常嫌镶工过时,喜欢的是大开本杂志上的时新样式,但说来说去,以她走上社会的这些时日,一过手也大体知道什么货色,姜信送的这个,是一点不值钱的饰品,唯一的意义是让人感怀六年的交往,少男少女"中心藏之,何日忘之"的心意,想到这里,凌消寒也露出喜滋滋的神色。姜信瞟她一眼,转头去干别的。凌消寒的脸暗下来——姜信的一切,都得来的太容易,所以他总有一种理所应当的泰然,凌消寒叹口气。

医学院的功课紧,有时他一个月才从郊区回一次家,凌消寒坐长途汽车来看过他两回。她的一头重发烫过了,纠缠地衬托着晶莹的小脸,五官都被重新描过,穿着细高跟的鞋。她的腿细,灰黑色的丝袜既像钢笔似的勾出完美的腿形,又维持着半透明的质感,配束腰的及膝毛料连衣裙,她在郊区阔大的医学院校区内显得十分异类。学生里没有她那样的,青年教师里也没有。她打扮得似王妃,可是比起白鞋马尾的女同学们,又不知为什么显得粗鄙好笑。姜信不留情面地这样表态过,凌消寒气得连宿舍楼都没上就掉头走了,姜信也由她去,因为她这样出现,确实让自己有点难堪。气消了两人重归于好,不过到了大二夏天,某个星期三,姜信收到凌消寒寄来的一盒杏仁巧克力糖,即时拆开了放在宿舍给大家吃,突然有人叫了一声:"吃糖送戒指。"姜信过去一看,退回的就是他们的信物。

凌消寒告诉姜信,她也考虑了很久了,自己上了班后眼界大开，跟姜信这样的学生越来越感觉话不投机。姜信笑："眼界？就你们那个幼儿园，两层小楼儿？"凌消寒表示没必要跟他在这上争执，有一个29岁的人追求她，是妈妈的学生，他们准备结婚了。

姜信还是笑，因为不能哭，问她："结婚？21岁？你知道吗？人脑中负责决定与计划的前额叶在23至25岁才能发育完成。你现在还没有能力规划你的人生你知道吗？你不能这么听任自己胡来。"

凌消寒冷笑："那听你的？"

姜信努力："不，我们谁也不听谁的，我们听科学的。你妈妈的学生也是科研人士对吗？他会告诉你我没有胡说，关于前额叶。"

"我不能等了，姜信。"

"为什么不能？还有三年而已。"

"我很快就老了。"

"又在胡说什么？"

"从一开始，老师，你，你父母都觉得我高攀你，其实我哪里比你差了？你不就是个只会考试的幼稚小子？等你走上社会就知道，能人多着呢，聪明人多着呢。重点大学每年毕业上万人，还不是老板让站着死不敢坐着死。竺老师的哥哥是大作家，出了三十多本书，她自己当年也是北师大高才生，又怎么样，这些啊,都是暂时性的外部成功,跟一个人幸福不幸福,结不结得了婚,结了婚生不生得了孩子,生了孩子去得了去不了我们幼儿园都没关系。我等你到什么时候?你毕业就想结婚?你生日比我还小半年,你保证毕了业你的前额叶就长齐了?"

一个月后凌消寒就结了婚,姜信大病一场,就算是中年时回首人生,他也承认,他无忧无虑、心想事成的青春好时光就此结束了,他的人生是从那一刻开始走下坡路的。后来的每一步都很难,消寒的临别赠言有点像诅咒,关于就业、结婚、生子,啊对,包括生子后能去的幼儿园,他都曾付出过十分努力,所得却不过二三,甚至有时还是负数。

失恋后带着破碎的心,姜信仍然稳坐学校礼堂男歌手第一把交椅。每次联欢,视压轴曲目是国语歌还是英文歌,决定与他二重唱的女生是临床医学的小A还是儿科的小B。他外形高大俊朗,学习成绩斐然,唯一的污点就是有过一个"社会上的女朋友"。他失恋的消息传出去后,女生们额手称庆,谁也不知道他已暗地里决定:现在谁来说喜欢我,我就是谁的。

继任的第一位女友是外校外地的,瘦小黝黑,第二位是韩国留学生,第三位是民大藏族委培生,到这个时候,大家都看出姜信一时半会儿不会安定下来了,而且因为瘦小女友不许他再弹吉他唱歌，他一度也变得不那么有趣招人疼爱了，在"帅男录"上的排名一路走低。毕业时女生们出国的出国，考博士的考博士，姜信被市属第二精神病院抢走当住院医生，他在校园的传说也渐渐风消云散。

运气不好，他接诊了一个因马路上的口角把人扎伤的惹祸精，为逃脱法律制裁，家属不知托了怎样的关系开了免除刑事责任的精神鉴定，说是送来精神病院治疗，其实是非法避难。姜信当此人的主治医生半年，就跟领导反映，该病人可以出院，家属和"病人"听到风声，装疯卖傻把姜信打了一顿。这件事在媒体上被炒得沸沸扬扬，愤愤不平的同事和记者同仇敌忾，四处奔走，医院进驻了调查小组，拔起萝卜带起泥，受此牵连的中层领导纷纷落马。姜信在母校附属医院住院半个月，发现落下了重听的后遗症，不免意兴阑珊，交了辞呈。新的领导班子上任，对他的去留问题做了数次讨论，表面上说他是医德高尚，维护社会正义，私下却也怪他给医院惹了天大的麻烦。为避风头，先是准他半年的带薪病假，待事情渐渐不被人提起了，就顺水推舟同意了他的辞职。

及至后来跟刘艳菁离了婚，姜信听母亲无意中提起，他因伤医事件病休的时候，凌消寒曾经登门看望，被母亲拦下了，问候了几句便走了。距离他们在校园中的分手，已经过了十五年，猛然听到凌消寒的名字，心神竟还是荡了一下，姜信习惯性地用手拢住受过伤的耳朵，就像握着一只海螺。"消寒来过……又走了……不让她进门……还来干什么……真是的……以什么身份来……有什么好看……还说呢……小时候你们老师就都不喜欢她……你正倒霉着……我可是听说她跟老公都发了财……这种女人，你可没她心眼儿多……又没真心，又知道拿小钩子钓你……我可得对我儿子负责。"姜信想起年少时的天文课本老师说过，有些星云中的星，离地球有亿万光年的路程，当你看到它的光亮，并不知道，发过光的这颗星星，远在数亿年前就已经陨落了。

姜信放下手，叹息一声："怎么了嘛，什么呀，不是那么回事。"他安慰着母亲，老太太提起负过他儿子的人总是容易激动生气，他笑母亲的"愚忠"，可又暗怪她多事——他当年也是学校里的风云人物，可是出事的时候，没有一个喜欢过他的女生来探望，要是真的看到消寒来看他，那会儿他不知会有多么高兴，会扎到她怀里哭也说不定，重新得到她的爱也说不定，毕竟当时他也算是媒体口中的良知与医术兼备的英雄。不过也许母亲说得对，这一切都是自己的幻想，凌消寒从小就是个叛徒，叛徒都是贪生怕死、好逸恶劳的，而且这不是说她后来还发了财嘛，发财的小叛徒。

姜信从医院离职后，想过躲回学校读博士，也有老同学建议他转方向，去读神经内科。这时候在他们医院门诊心理科出诊的一位叫李玉的同事向他伸出了橄榄枝，说想了一阵子了，要离职去创业，建立自己的心理诊所。别的合作事项都谈得差不多了，现在独缺一个能在青少年领域负责项目的人，具体工作包括心理咨询、预防与干预校园欺凌、疗愈青春期抑郁、治疗网瘾、心理危机干预，问他有没有兴趣合作。姜信起初的态度比较敷衍，他对与未成年人打交道没有兴趣，又才在岗位上受了精神和身体的重创，他自己都需要心理医生，自顾不暇呢，恨不能此生都离这一行远远的。

又有熟人介绍他去世界500强的药业公司应聘销售代表，他想换换环境也好，但面试第一个问题就没有答好。"作为著名医学院的毕业生，你觉得你的最大特点是什么？"他随口答："就是常常觉得别人不够聪明。"熟人后来听说后顿足道："老大啊，你应聘的是客户代表啊！你简直对谋生一无所知。"姜信听了疑惑，谋生？他姜某一路快马轻车、英风豪气地走来,就算是挨打,在别人是治安管理事件,到他这儿都是上了市级电视台的英模事迹,哪里就落到"谋生"这个层面了?熟人撂下一句:"不是你要什么,而是社会要什么,你能提供什么,好了,我还有手术,先走了。"

还是李玉又来找他,问他去心理诊所负责青少年项目考虑得如何了。姜信刚被人奚落,心情不好,索性撒娇:"要说那谁说得也对哈,我是很少考虑谋生的问题,在学校时老有邻居和学生会介绍的家长找我当家教辅导,我就从来没去过,因为我受不了笨孩子,从小就躲得远远的。"

李玉温和地笑笑没说什么,隔几天又三顾茅庐,带来几本新闻周刊给姜信看,对他说:"山东有个畜生,是一个县级市精神卫生中心的主任,他在工作的医院建了一个所谓的戒网瘾中心,用电击处置被愚昧家长送到这里的所谓的问题少年,有打游戏上瘾的孩子,有同性恋者,有早恋者,也有仅仅是顶撞家长的所谓不服管教者。他们非法拘禁青少年,屈打成招,用的是因为患者无法耐受痛苦而早就停产的电休克治疗仪。从那个魔窟出来的孩子,有太恨家长而失踪的,有患上抑郁症的,有自杀多次未遂的。至今还有愚昧家长呼吁恢复他的治疗室,经他手摧残的孩子有上万名,我接诊过一个，可是那孩子人来了也已经失去了倾诉的欲望，我见过这么多病人，那几天却连续失眠。"

姜信起初歪坐着，这时愣愣地站起来给李玉倒了一杯水。李玉继续道："我平静下来想，也不能怪那些家长，他们受限于自己的知识水平和眼界，幻想找到救世主一次性解决他们的困惑和难题。宗教传说中的魔王路西法，对外的形象可是启明星，是最耀眼的晨星，咱们这个邪恶的山东同行，在那些家长眼里，就像路西法一样，是天界中具有光辉和勇气的一名天使呢！能够击败他的,难道不是只有你我这样的人吗？姜信，咱们是医生啊，是精神医学专家，斩妖除恶的米迦勒和加百列不往前进一步，恶魔就会前进啊老兄！"

姜信一目十行地看完周刊上的报道，再也没有推脱，他与李玉击掌为盟，以合伙创始人的身份加入了心理咨询机构，周末在诊所接诊，平时分别在一个国际学校和另一所区重点中学的心理咨询室坐班，一晃两年过去了。

事业如日中天地发展着，母亲因心脏搭桥手术住院，就那样认识了护士刘艳菁。

管姐是姜信现在唯一的宽慰，过了月嫂的两个月合同期，改签了长期育儿嫂合同，在他家住下来。她是个好帮手，在多数时候小凡可以完全托付给她，而不必假手其他热心却势必会帮倒忙的人，这让姜信能够更专注自己的生活。

他的生活现在主要由三部分组成：更认真地工作挣钱，不懈地在国内外医学系统寻找治疗马凡综合征的信息、文献和按时带小凡去医院的心脏科、眼科、骨关节科跟踪检查。在这些安排之外的有限罅隙中，姜信也有过一些短期的浪漫关系，不过那都像是一个陌生的城市，去过了，拍了几张好照片，吃了几顿饱足的饭，片刻的留恋和怅惘后，也就丢在一边了，不然又能怎么样？他自认自己携带着不健康的基因，"等于是一个废人了"，肩负着养育小凡的重任，他也无法安心在其他的"城市"驻足了。

幸好永远可以投入工作而暂时忘记生活中的不堪。最初应李玉的邀请筹建这个心理诊所的时候，姜信负责的青少年心理疏导工作是业务量最小的一块。李玉脑子灵活，一早想到接诊青少年多数只能安排在周末或下午四五点放学后，要想稳定长期地做下去，还是要和学校合作，在校内建立学生心理健康咨询室。当时接洽了很多，最终仅有一所国际学校和一所区重点学校42中与他们签约成立了这样的咨询室。姜信一周各过去一天，但几年间，不仅来找他们接洽的学校日益增多，在两所学校既有的咨询室的工作量也有了数倍的增长。

秋季开学后，42中的德育主任又找到姜信，希望他能参加每周一的学校德育教育例会，并在非毕业年级给学生开设两周一次的心理健康讲座。姜信回去跟李玉一商量，都觉得既振奋又为难，光是四个年级的定期讲座就整整多出一个人的工作量，可是他们的心理诊所现在人手有限，调不出帮手，姜信又是一个只有保姆在家的病孩子的单亲爸爸，里外兼顾，恐怕要焚膏继晷才能完成。

两人与德育主任坐下来详谈，主任感慨道："从教育局开会回来，一个暑假里我市就有三个学生跳楼，一个是市重点，一个是中专，另一个你们也听说了，就是我们学校的。家长是有问题，学校在这方面的规劝、解惑、扶助也没有跟上。今天过来见二位之前我还在跟校长说，这三个孩子自己的家庭和祖父母的家庭就这么毁于一旦了，真是太让人痛心了。这些家长就跟咱们一样，大多是四十出头、五十在望的年纪，按说荷尔蒙褪去，正是感情成熟、事业家庭双收获的时候，可其实绝大多数的人幸福感都很低，可见一个家庭的正常运转有赖于所有成员都在正常范围内，这个正常，包括身体健康、心理健康、个人社会性发展的完善，对不对？"

"看看二位专家是不是同意我这个观点,如果一家三四口里,有谁身体特别差,经济太艰难,或人品差,为人处事特别不合常理,孩子学习能力在平均线下,这些事情来几样,就容易毁掉一个家庭的幸福感。二位专家别看我是德育教师,其实我对人生是十分悲观的,我不敢跟我那些学生们说,人生太难了,中年太难了。有时我看着办公室里的年轻同事,我就想,他们到了我们这个岁数,也是这么难吗?呵呵,校长就教育我说啊,你说的这些都是人生坎坷,当然过于坎坷是让人吃不消的,但还是得打起精神来,凡事在于勤耕耘,有先见之明。您看,校长就是水平高是不是,哈哈。"

"所以姜老师要拜托您,咱们这个工作室要更积极主动些,讲座务必开起来。你们的难处我也明白了,我调初二年级的德育负责人来给姜老师做助手,一周跟您工作三天,其中两天是您在这儿,她就到,还有一天,是她在自己的办公室落实跟进您的计划,包括这个文件准备啊,讲座教室的协调安排啊,电脑设备连接啊,讲义分发啊,都交给她!放心,能干得很呢,是师大刚毕业的研究生,哎呀想想看吧,我当初来42中的时候,只有大专文凭,这么多年被这些后浪赶着,我续了本,又念了硕士不说,到明年我在北师大心理学系的博士也念完了，姜老师，到时候我来您这儿听您派遣，退休了也去你们诊所当个顾问，李玉老师您看合格吗？"

德育主任不点句读的一大篇话说完了，姜信与李玉纷纷表示诚惶诚恐，将"不敢当、佩服、感谢"的车轱辘话说了一番。姜信听到会有得力助手帮忙，先放了心，李玉面有难色地表示今年与学校的合作续约时，恐怕这部分工作量还要酌情加上些许费用，德育主任说问题不大，让李玉核算清楚后准备一个文件，他拿去跟校长商量。

德育主任指派来的助理小曲做事非常得力，绝不会迟到，手很快，起初话很少，非常爱学习，平时脸上淡淡的，但是遇到姜信讲课的时候，她坐在台下第一排靠墙的位置，那样几乎是虔诚地盯着他和他身后展示课件的电子黑板。课后总结，她像女学生念诗一样脸上泛着求知而喜悦的光，反复说："虽然课上做了笔记，内容录了音，但此刻亦想把您说的话都一字一字记下来。"事实上她也确实都记了下来，姜信想起年少时学琴，老师觉得他走神，敲他脑袋一下："在听吗？""在听""我讲的什么？"他立刻一字不差地复述，老师满心欢喜，最后还是敲他头一下："臭小子！"

渐渐有一两个不入流的中年教职工开始开起他们的玩笑，难得的是两人都不以为意。姜信起初不免有所顾虑，反倒是小曲，直言不讳地说："真是为他们难过，境界如此低，视野这么窄，看到异性共事，就会想到他们家花猫配种的问题上去。"姜信不禁哈哈大笑。

小曲又说："姜老师不必多心，我是打定主意独身到老的。您猜有时我看着同学同事结婚了在朋友圈发的婚纱照片，最大的感受是什么？"

"听上去不像是羡慕，不过也觉得美好吧？"

"是遗憾。"

"啊，怎么呢？"

"我觉得适龄男女，只要想婚嫁，那是再容易不过的事，有什么可值得祝贺？您一定不相信，我大学同宿舍女生现在已经生了孩子，以前跟我最不是一路人的，现在隔三岔五跟我有的没的瞎联系，我说你家小孩儿才2岁，等上初中了再想考我们学校还不知升学政策如何，我又是不是还在这儿当老师呢，未必帮得上什么忙。您猜她说什么，她说，哎哟，到那会儿，你不在42中了，升到教育局当官了我们就更方便了。气得我。"

姜信笑她哎哟的时候将腰扭起来，五官也跟着动起来,答:"可怜天下父母心。"

小曲又道:"我觉得,女性在婚姻中得到的益处是很少的,我自己就不认识什么凭婚姻过上了自在生活的人。我说的不是优渥,是自在。还是贾宝玉那句话,好好的人,后来就成了鱼眼睛了。我不要做鱼眼睛。姜老师别见怪,别怕那些无聊的人生事,我想多在您的工作室学些东西。我们主任不是马上要拿下北师大心理学系的博士了吗,我也准备考,但准备考北大的。"

姜信心里赞小姑娘说话有纹有理,尤其赞她从身边的一点麻烦谈起,讲到自己的志向,最后还不忘再把话题结束在身边那麻烦上,可谓收放自如,逻辑清晰,这与她做事的闭环管理风格一脉相承。他回忆自己年轻时,论及智商和受过的优质教育程度,可说与小曲相差无几,甚至还略胜一筹,但思考问题时没有她这么深入,做事也不如她有章法。

转眼过了一个学期,开学不久,小曲跟他说:"姜老师,我们年级有个学生,一直就不怎么合群,成绩倒是好的,从入学起考试就没下过年级前十。但是上学期她家里出了大事,父亲涉嫌做假账,让单位损失了几千万,被检察院批捕了,现在快一年了还在看守所羁押着。我们了解情况的时候,也见了他的律师,说从他的涉案金额看,判下来恐怕是少则五年多则七年的刑期。他本来生意做得很好，学生母亲早就不工作了，现在把原来的房子抵押了，母女两人回到姥姥家住，母亲到处兼职，还问过咱们学校有没有教工的空余职位，去食堂打饭也可以。后来我们真的有个食堂的员工不来了，就去问她，她又说孩子觉得丢人不同意，问有没有图书管理员的职位，我们主任就生气了，说不用再理她。"

"问题是这个学生现在情绪变化很大，她妈妈说整个寒假都在家闹个不休，有一次去同学家玩儿还坐在八层阳台上晃悠腿，吓得人再也不敢让她去了。还用美术刀在自己胳膊上划得很多道子，家长来跟我说了几次，我想看能不能让学生到您工作室来，您跟她谈谈。"

姜信一口答应下来，并说，严格说来，他现在做的学生讲座是副业，主业本来就是坐镇学校，为有心理问题的孩子提供疏导。小曲说："那太好了，我下午就让她过来。她叫罗密。"

下午初二年级自习课的时候，罗密自己过来了。简单的寒暄后，让姜信意想不到的是，这个小姑娘很健谈。不仅说得多，说得快，而且有颇多让人意想不到的言论，比如：决定报复我的闺蜜，这一切结束后我开始热爱学习，只享受妈妈一个人的呵护我也可以长得很好，但妈妈不这么认为，而且她的能力太差，我父亲是一个品质极差的男的，现在他被抓起来，说明他不仅坏而且蠢，真的，如果没有这样的父亲，我少活二十年都不算什么，反正活到 29 岁就可以去死了，我们班同学说，只要尝到接吻的滋味就可以去死了。姜信不怒反笑。

他先是赞扬罗密很勇敢，大大方方地来咨询室，不像很多同学，是要曲老师或班主任陪着，甚至有的临走要抱一摞书和讲义，假装来替姜老师帮忙。罗密笑了，说："以前是的，我们都把咨询室叫精神病院，但是后来听了姜老师的讲座，觉得有什么心事，能来找姜老师说说是很酷的。我们班还有些同学说要是以后能嫁给姜老师就好了，不过我觉得您还是太老了，那可来不了。"姜信仍然不怒反笑，并说谢谢女同学们的恭维。

罗密问姜信对"性"这件事怎么看，姜信先问罗密，生物课本讲到生理卫生这一章了没有，罗密说讲过了，男女生一起听的，"比隔壁校大方，他们还安排男女生分开讲，真是土死了"。

姜信附和道："我校确实校风严谨又开明，非常现代。"

罗密看他一眼，两条腿在椅子上晃荡着："您是说非常时髦吗？"

"不,我是说非常现代,谨慎而开明,更加科学。"

"嗯。"罗密眼睛看着窗外,那儿有一排杨树已冒出了新的叶芽,她的思绪不知飘到哪里去了,半晌忽然说:"我爸管这样叫杨树怀孕了。"

姜信愣一下,哈哈笑起来,说:"中文真的很奇妙……另外关于性,你刚才问我的看法,英国有位作家王尔德,他说,世界上的一切事物都关于性,除了性以外。而性关于权力,我部分同意他说的话,他的原文是 sex is about power,如果要我翻译的话,我觉得这个 power 不一定是权力,也可以说是一个人的能量,一个人的吸引力。组成吸引力的元素很多,包括主观的条件,也包括外部赋予的荣誉。"

罗密消化着他的话,不出所料她又岔开话题,最后问:"曲老师让我来找您,您觉得我有什么不正常吗?"

姜信微笑反问:"你觉得你有什么不正常吗?"

"没有啊。"

"我也觉得你没有什么不正常的。但我也理解曲老师的一些担心。"

"您觉得我有什么可担心的吗?"

"是的,我觉得有。"

"那我下周还是这个时间来找您吗?"

"好,就这么说定了。"

小曲问姜信对罗密的印象，他答："很聪明，很敏感，很多思，一个典型的青春期女孩子。"

"啊，她妈妈和班主任都说怕和她说话，说不了一两句就吵起来了。"

"嗯，可以想象，她的话我倒还接得住。"

"您当然是，来之前班主任说了，要是姜老师再没办法，可能就得直接送工读学校了。"

"那倒不是这么说，她又没有危害社会的行径，哪里就说到要去工读学校了。班主任这么说是觉得罗密父亲是犯人，所以她也应该被送到相关机构去接受教化，这是非常粗暴的，也是不专业的，不符合教育工作者的理念和规范。"姜信有点激动。

虽然班主任不在现场，小曲也禁不住赶紧打圆场说："她倒没有当学生面说。"

姜信歪歪嘴："当面说还了得吗？有些话，不说出来，别人也能感知到的，你想想是不是？"

小曲的圆眼睛咕噜噜转着说："此时无声胜有声，孩子是多么敏感，有时候简直通灵，成年人这些阴暗的想法，就是不说，他们也能一字不差地感知。"

姜信摇头又点头："'此时无声胜有声'虽然不是这么用的，但也真是再贴切不过了。"两人不禁都想起了一些身边人的命运，静了一会儿，姜信又说：

"咱们学校没有这么忙的时候，我接过一些针对服刑人员子女的心理疏导公益项目，但多数是文化水平较低家庭的孩子，像罗密这样原本家庭条件优渥，无忧无虑长大，自己爱思考，看过一点书，对自身成长非常敏感的孩子，倒不多见。小曲你分配给我的这个工作，我还真是要打起十二分的精神来好好完成。"

小曲敬佩地说："姜老师太客气了，哪样工作您不是尽心竭力，以一奉十。"

姜信笑笑："如履薄冰是真的。那天你不在，教导主任又来了一趟，坐了好久，说上学期那个学生自杀后，班主任得了抑郁症，学校是绝不允许再有这样的事发生了，但是全校六个年级两千多名青春期的孩子，我们中间接手，本以为以学习成绩为标尺，虽然不知道他们从哪儿来但大致能知道他们到哪儿去，可现在的新课题是不仅要保证合格地把他们输送到更高学府，还要保证他们的生命安全，可不能让他们因为心理问题在花季夭折，说容易也容易，说难也难。"

四

到下一周，罗密如约又来，简单寒暄后，姜信说：

"上次你说的几句让我印象深刻的话,我都记在笔记本上了,我很有兴趣,希望能知道一些细节,了解你为什么会那样想,所以我会问你一些问题,你觉得不舒服的地方,可以直率告诉我,上次我说的一些话,如果你回去思考了觉得有什么想问我的,也可以继续问,你看这样行吗?"

罗密眼睛转转,点点头,脚还是一晃一晃的。

"你上次跟我说你父亲是一个品质太差的人,如果没有这样的父亲,你少活二十年都可以,我想听一听你父亲为什么给了你这样的印象?发生了什么?"

"姜老师……"

"欸?"

罗密缩头一笑,姜信与学生打了这么多年的交道,很熟悉这个表情,他静静地等着罗密的恶作剧。

"姜老师,您知道吗,我特别想像我妈一样,这样回答您:怎么问这样的问题,作业写完了吗?!"

姜信一愣,随即哈哈大笑起来。如果不是职业道德在那里约束着,他真想脱口而出:"罗密,我喜欢你!"

罗密向自己额头上的刘海儿吹了两口气,还是回答了这个问题:"我爸爸倒没有别的,就是很土,很喜欢钱,钱最大,钱最重要。我从生下来他就告诉我说:闺女啊,爸爸有钱,看爸爸的。可是到最后,他什么大事都办不成。我小学是就近上的北大附小，我同学都去学奥数英语，我爸说，闺女你什么都不用学，爸爸有钱，保你上北大附中。我四年级的时候就开始听他在饭桌上跟我妈说，今天跟谁谁说好了，他作保，我给他60万，保证咱们闺女上北大附中。我妈说，不听他的，学了知识是自己的，给我报了奥数班和英语班，我那时好恨我妈，就像我爸说的，觉得她多此一举，但是没办法，家里的事，我妈说了算，她每周送我去这些补习班，还坐在后边帮我记笔记，回来督促着我做习题，我真是恨死我妈了当时，结果到了六年级暑假，我爸回来说，他托的那个人白拿了他60万，我的北大附中上不成了，幸亏我有奥数英语的底子，才上了咱们这个区重点。可我觉得好丢人，一个学期都没理他，他也不理我，就天天着急找人要回那个60万，现在他自己都被抓起来了，我和妈妈都没地方住了，他的60万也没拿回来！"

"你怎么看这件事呢？"

"我不是说了吗，我觉得他能力真的很差。"

"我经常听你以能力差评价别人，你对妈妈也有过这样的评价。"

"对，我妈妈自己都说，她像我这么大的时候，是个傻白甜。"姜信笑笑，不予置评。

姜信沉默了一会儿。与青少年打交道这么多年，在他的办公室一言不发的，要求独自玩儿二十分钟乐高再交换与他交谈十分钟的孩子占大多数，像罗密这样没有任何顾忌地谈论自己的行为，袒露自己感受的青少年十分罕见。

他小心地发问："你自己是怎么看待这件事的呢？"

"具体来说，是你爸爸没有如约帮你进到更好的中学，还有他入狱这件事对你和妈妈生活的影响？"

"还不够吗？"

"我理解。确实非常难以承受，你看，他自己是谎言与空许诺的受害者，他自己又用加倍的谎言与空许诺断送了自己的前程，给家人，尤其是给未成年的你带来了极大的困扰和伤害，我理解。"

"我明白你的感受。但是在关心你的人看来，你是通过自伤对别人表达愤怒，也包括通过这种途径寻求帮助和传达痛苦，我认为你妈妈接收到了你的这些情绪，她很努力地在为你寻找更积极有效的途径缓解你的压力或焦虑，我是这么认为的。"

罗密停止晃动双腿，半晌说："听上去好有道理。"

姜信笑了："是不是？积累知识让人愉快。"

罗密开始了少见的沉默，姜信低头翻阅笔记本，他知道自己给出的讯息对于一个少年来说，是过于新鲜遥远的知识领域，她在消化新知识带给她的震撼，同时以罗密一向的古灵精怪，恐怕因为好胜心她还在想办法如何在谈话中占据新的高地呢。

果然，罗密再次抬起小圆脸儿说："姜老师，您刚才说到的神奇的人脑，我也知道人脑的一个秘密，不知道你学过没有？"

"你说说看。"

"我妈妈不知从哪儿看来的，总是唠叨说，像我这样恨自己爸爸的女孩儿，容易早恋，还容易爱上比自己大好多的男的，她自己就是这样，因为我姥爷很早就去世了，我妈22岁就结了婚，我爸比她大好多呢。她说，早婚早恋就是犯糊涂，因为人大脑中负责做决定的神经要到23岁才长好呢，没长好的时候，父母和老师就是我们这根做决定的神经。在这里。"

"在……这……里。"姜信看着罗密将右手食指竖起，比在前额的正中央。

"姜老师，你知道这根神经吗？"

"知道，"他镇静地回答道，"叫前额叶。"

姜信站起来给自己倒了一杯水。

"结婚？21岁？你知道吗？人脑中负责决定与计划的前额叶在23至25岁才能发育完成。你现在还没有能力规划你的人生你知道吗?你不能这么听任自己胡来。"

"那听你的?"

"不,我们谁也不听谁的,我们听科学的。你妈妈的学生也是科研人士对吗?他会告诉你我没有胡说。关于前额叶。"

"对对对,就是叫前额叶。姜老师,您学的什么专业,我以后想学生物,您觉得我能行吗?"

姜信将手拢住右耳。她好像突然回到了那个被人袭击的午后,闹事的病人,还有他的两个女性家属,病人走在最前面,拿着一支木棒,后来证明是家属偷运进医院的,一切都是有备而来的。他们向他冲过来,嘴里大声咒骂着,又挥舞着凶器,他站起来,脑中激烈地斗争着,是战抑或逃,但他比来者高大许多的身躯却仿佛被钉在地板上一般,毫无反抗意识地看着对方呼啸而至。

一切是有备而来的。

罗密……

"罗密,你……你的名字是各取父母名字的一个字吗?"

"嗯?不是。我妈姓凌,我妈妈叫凌消寒。"

姜信从笔记本上抬起头,他想笑。这不是多大的一件事，自己的生活也不是一部小说，同学聚会是现在较为容易的事，每个人的手机里都有三个同学群，但他从来没有指望过再与消寒重逢，他也不知道为什么，好像是双方无言的约定。她像罗密这么大的时候，学习成绩堪忧，就只知道与他在一起，她在初中那个班上没有其他的朋友，男的女的都没有，所以大家也好像加入了他们两人的默契，由得她消失在人海。没有人提起，也没有人代为打听。

与罗密小朋友的咨询仍然继续着。

年轻时一路考上最好的学校，闲时拿着吉他在台上纵情歌唱，收获如潮的掌声、赞美与爱慕之时，姜信曾认为，老师说得对！"命运掌握在自己手中！"而他的人生会是波澜壮阔的，是值得书写的，但是在经历了小凡带病和艳菁出走后的相当一段时间，姜信感觉到，书写他命运的，另有他人，他希望那个人能把他的人生写得平淡一点，不要为了出版和获奖给他很多惊吓，为此，他愿意放弃惊喜和额外的馈赠。

凌消寒来见姜信时，刻意打扮过，不过在姜信眼里，只觉得她好看而素净。这一天罗密那个年级去春游，小曲和所有任课老师都跟着一起去了，姜信想来想去，阔别多年的见面，在学校他的这间办公室较为得体。消寒穿了一件样式很好的藏蓝色斗篷式短大衣，黑色细腿裤，一双芭蕾平底鞋。姜信心里谢谢她没有像当年走在他们学校里那样穿得既夸张又廉价，她今天这样子，好像也是个去春游的女学生，半路想起忘了什么东西，回学校来拿一下就走。

不知道怎么寒暄合适，姜信脱口而出了一句傻话："真的是你啊。"

"欸，还说呢。老听罗密说姜老师姜老师的，我一点也没想到是你，重名也不稀奇，后来实在纳闷，就上她学校的网站查，你这个编制又不在任课教师那栏，还好找到一篇你写的关于学生心理的文章，看到头像，才知道是你没错。没想到你当了老师，以为你早出国了。"

姜信点点头，缓缓把这些年的经历和境遇跟消寒说了，他是带着笑说的，说完了也不觉得委屈，因为每一步都有意料不到的艰难，但是从里到外，他还是他，没有破碎到无可挽救的地步，这让他觉得笃定，竟还有一点骄傲。

消寒却听得惊心动魄，几次想站起来问：啊！那怎么办！被医闹打，辞去工作，创业，生了病孩子，离婚，每一个转折她都想问那怎么办？！她将外套下摆的一角握在手心里攥着，一颗心热了又凉，不住翻滚，为姜信感到痛惜。

当年生他的气，对他失望，他经历的伤医事件上了媒体，她好好地拿着贵重补药去看他，竟被笑面虎姜母拦在外边，她觉得那一次是受了不堪的折辱。这些年以为他早就飞黄腾达了，她刚才仔细地拷问了自己，有没有因为自己后来的种种不如意而盼他也不顺来着，幸亏倒也没有过，不然此刻真要无地自容了。

现在看来，就算当初他们两人没有分手，顺理成章结婚，比起现在的丈夫，固然是与姜信更容易情投意合，可是以她当年要尽早在婚嫁这一栏打对勾的急切心情，她自认绝不会对没有孩子也无所谓。她自己的母亲是生物学家，做遗传病研究，因此姜信莫名携带不良基因这件事，在她们家的话恐怕很早就会"破案"，她不至于像艳菁一样为此经历九九八十一难还蒙在鼓里，可见就算年轻时跟姜信有缘谈婚论嫁，到最后也会折在这件大事上面，罗密虽然不省心，到底是个身体健康的孩子。她现在眼看着姜信受苦，半点忙也帮不上，只觉得无限失落怅惘。

"不说我了。你呢，你怎么样？这些年？"姜信问道。想不到消寒听了先"嗨"的一声。跟罗密交谈这么久，他对消寒的生活晓之大概，但也缺少几块重要的拼图，她这一声"嗨"，等于在说实不相瞒，一言难尽，她"嗨"得突兀，细想又自然贴切。

学校的下课铃突然响了,然而恐怕绝大多数的老师都在拖堂,因此楼道里没有欢声,只有操场中在上体育课的学生抓紧最后一秒钟向篮筐投入一个又一个三分球,那些从不同方向投出的球多数落了空,噼里啪啦地在橡胶地上发出热闹的响声,体育老师吹出一声嘹亮的长哨,命令他们收球站队,这时楼道里的一间间教室门才忽然被嘭嘭地撞开了,嘈杂的笑闹声喷薄而出。而姜信与消寒面面相觑,回味着那一声"嗨",片刻,不禁大笑起来,笑声混杂在学生们的喧闹中,两个人不管不顾地笑着,好像笑就是此刻最好的风度,他们的眼角都湿了。今天这一面,真是没有白见。

五

消寒的丈夫出事被抓的时候,她的母亲叶老师不免觉得自己也有责任。女婿小罗当年在研究所是自己的学生,虽然不是她主动牵线搭桥,但是他热烈地追求女儿,几次三番上门,她也没有干预,及至消寒与小罗很快地建立了恋爱关系,并迅速订下婚事,她只问清了该不是因为越界的事闯了祸吧,得到标准答案后也就默许了。

当时也确实没有理由不同意啊，她这个家，孤儿寡母的，一直靠她硬撑着，工作忙，又不像现在的年轻人，哪怕是任性离了婚，家里也有成群的人争当免费的保姆，她那时候连个看家护院的人都没有，一边在单位兢兢业业地攻关搞科研，一边含辛茹苦地独自把女儿带大。女儿跟姜信青梅竹马，她观察那男孩子，一看就不是俗物，果然也是学习好、体育佳，料定以后必是栋梁之材，两个孩子业余能在一起写写作业，看看书，下下棋，她觉得也是好事。

姜信考上医学院，让早早走上社会的消寒不耐烦，叶老师也批评过她短视，不过她知道女儿幼年丧父，有强烈的早婚愿望，这样说来，小罗也是一个不错的选择。毕竟他在岁数上年长很多，成熟可靠，在研究院一众书呆子中，脑筋尤显活络，唯一不足是在专业上不够踏实，有不思进取之嫌。果然与消寒结婚不久，小罗就从相对寒素的研究院辞职，去了一个药剂公司从商，几年间，那家公司成功上市，小罗也当了北京分公司的总经理。

消寒的房子越换越大，出入的车子越来越高档，幼儿园的班是早就不去上了，对此叶老师感觉很矛盾。小两口在自己居住的小区给她还买了房子，叶老师不愿去住，研究院早就半卖半送地给她在远离市区的东郊提供了110平方米的两居室，因在一楼，还有小院子，隔壁邻居种菜，上肥时臭不可当，她种一棵杏一棵桃，还学老舍先生养一缸鱼。小区里都是旧同事，每周都组织唱歌棋牌交谊舞，她可不想搬去城中被教学机构环绕的学区小公寓。她嫌乱。

消寒与小罗自己住的可不是小公寓，他们的房子在一个楼的顶层，一梯两户，小罗将这两户全买了下来，从内部打通。叶老师看不惯这样的暴发户做派，尤其是其中一户的朝向为西，她觉得简直不可理喻。别人家不得已买了朝西的房子，都忙不迭地加装隔热窗户及大马力空调，以躲避炎炎长夏时的日晒，小罗却在装修时把那一面全改为了落地长窗。他事发被逮捕之后，这房子也被查封抵债了，消寒只得带着罗密搬到母亲家，罗家全盛时期用着的两个阿姨及一名司机都已被解雇。上封条之前，叶老师去帮消寒整理搬家。因为小罗欠下的债务金额巨大，所有的房产均被罚没，尚且不够抵债，她们只被允许在规定期限带走衣物细软。

母女俩唉声叹气地连着收拾了三天，最后一天待室内的家务与窗外的暴雨都消停了，叶老师穿过满堂的意大利家具走到全屋最大的窗前透气。但见急雨与大风扯开了天地间的大幕，西山上场了，离她那么近，那么近,连一条条山脊都清晰得仿佛触手可及。叶老师深深叹息,本来多么好的生活,却是南柯一梦,她怨自己这些年与他们走动得太少,忽视了监督提醒早年间就有好大喜功倾向的小罗,觉得自己害了女儿。

罗密和同学们得知春游结束后还要集合回学校,4点钟要按时参加这个月的心理健康讲座,不禁怨声载道。同学们都很喜欢主持讲座的姜老师,尤其是像罗密这样有机会在课下单独接受他辅导的孩子,更格外对他有着一份不同寻常的亲近与尊敬,不过要提前结束春游,从数十公里的郊区外赶回去听他的课又是另一回事,他们不禁希望姜老师跟他们一起到这个公园疯跑,然后就地开设今天的讲座作为余兴节目。带队老师对孩子们的埋怨置若罔闻,并假装生气地板起脸来让他们安静。

凌消寒自然是在罗密他们的校车回校之前就离开了姜信的办公室。他们今天在一起消磨了许久,谈了很多,中午还在学校附近的老字号饭馆吃了饭,消寒表示不会点菜,说:"都听你的。"姜信在巨型菜单后听到这句话,抬眼看她,两人不禁"切"的一声笑起来。消寒容易给人不爱动脑筋的印象,不过那都是对于她认为不重要的事而言的。姜信点了焦熘肉片、葱烤鸭心、松鼠鳜鱼，消寒嗔怪他点多了，不过到最后这些菜都被两人吃得精光。姜信说今天高兴，可是下午有课，不能喝酒，以茶代酒了，消寒捧起薄得简直透明的细瓷茶杯与他相庆，指肚碰上了对方的指尖。他们少年时就曾非常亲密，不过现在隔着说长不长，说短不短的二十年，他们不敢造次。

晚上消寒没有睡好，这在她也是寻常，她原本一年也睡不了几个安稳觉。今天见了初恋，她过电影一般将每句话、姜信的每个表情都温习了一遍，不禁翻身叹口气，她母亲在睡梦中模糊地呼噜一声，好像在问："啊？"她现在与母亲同睡一个大床，女儿罗密单独占了一间房。母亲说过在原有的书房给她添一张床，她一是觉得麻烦，二是觉得不情愿。她有点迷信，觉得真要在母亲这里安营扎寨下来的话，可能对解决丈夫的事不吉利，她还是祈望回到自己的小家，虽然这小家现在比空中楼阁还遥远。

小罗真是傻啊，又傻又贪，听了不知哪里冒出的一个小学同学的逸言，说是给他提六千万的药材"冲一冲销量"，结果他大笔一挥，货款批给了人家，药材却一根也没拿回来。中了人家的诡计，对方早跑到国外去了，公司的钱追不回来，公司以贪污罪起诉他，他人已经被带走快一年半了，案子一直没审，就关在看守所里等候发落。好不容易上个月从看守所转到监狱，案子也准备宣判了，律师说往乐观了说大概会判七年，从重的话大概就是九年往上了，看守所的这一年刑期也算在内，如果是七年，满打满算再有五年也就罢了，但如果是九年甚至更多，她也觉得十分绝望，不知道怎么办好。除了母亲这里的房子，他们两人所有的财产均已充了公，任小罗再能干，到时一个刑满释放人员，再做什么生意也不能开张的了。以后就是靠母亲现在这一万块退休金活吗？罗密要上大学要结婚啊。

她自己不是不能试着再去工作，但机会也是十分有限的了。丈夫出事后她回到当初工作的幼儿园寻求机会，一起毕业的老同学已经当了副园长，跟她说现在新招的老师不仅都是本科文凭，还有舞蹈学院毕业的，钢琴十级的，国家游泳青年队退役的，她现在去了，没有专业技能，毕竟快40岁了，自尊心强，和年轻同事不一定好共事。

她头回上门吃了这个软钉子，第二次去，事先从库存里挑了个崭新的路易威登上一年的新款包，请老同学笑纳，副园长倒真是笑纳了，笑得花枝乱颤，最后神神秘秘地说先安排她以见习生活老师的身份带小五班。去了可倒好,她被23岁的班主任支使得脚不点地整整三天,她都忍下来了。最后一天是周五,别的老师下班都走了,班主任安排她把教室玻璃上贴的白雪公主类的不干胶全撕下来,她也照做了,弄到晚上七点半才回家。结果周一一大早,小样儿的23岁就来找麻烦,说她撕是撕了,但弄得不干净,有好几块还得蘸水拿小刀一点点刮下来,她依言照做,但简直气得发抖。她做事一贯大大咧咧的,她母亲和小罗都笑她干的活儿禁不住推敲,但好处是她因此对别人的要求也宽泛。以前用着两个阿姨和一个司机的时候,她从来都是闭眼开支,睁眼表扬,不要说被别人当面数落,即使是她认真数落从她这儿拿薪水的人,她都觉得这是"太没教养"的表现。

她跟老同学打了个招呼说不干了,副园长也没挽留,只说哪天再请她吃饭细聊,也好顺便把她送的包拿来还给她。这个面就不好见了,不仅这个饭她没法去吃,以后也最好少联系,免得人家以为她是为了去把路易威登要回来。

这个时候她真希望跟丈夫念叨念叨,他这么多年在外边,为办事送礼打点都是最容易的小事吧?伸手不打笑脸人，难的是人家收了好处不仅不给你办事，你还要躲着人家，怕给人家尴尬，这叫什么事呢？那次小罗为办孩子上重点中学的事，给中间人的60万打了水漂，她气得要离婚，而他只是伏低做小地赔不是，自己真不懂事。这些年小罗对她也真是恩重如山了，她小时候没有父亲，小罗给的爱里，从一开始就有一半是父爱，除了说她"笨""没文化""只会研究些小字细节，不会宏观地看问题"外，他从来没欺负过她。

她在近二十年的婚姻中，偶尔想起过姜信，但绝对不是想念，更多是好奇，想知道他过得怎么样。她始终确信的是，当初如果选择等待姜信，她过得也不会差，电视节目主持人不是说吗，"人一生所求的不过是爱，但得到爱，却未必得到幸福。幸福是两情相悦的"。她与姜信是说得来、吃得来、玩得来的，是情投意合的，但是像她21岁时想的那样，说到父兄般的照顾，那小罗更胜一筹。

今日因为见了姜信，算是他们家蒙难的这一年半的时光里，最为闪亮的一天了。她回来揽镜自照许久，甚至让母亲和女儿坐在白天姜信与她差不多的距离处，帮她用手机拍了几张照片，她凝视着那几张照片，想象他像这样凝视自己时的心绪。她不怎么看爱情小说，从电视剧中习得的桥段就是她所有浪漫情绪的边界了，她认为与姜信的重逢是浪漫的。

可惜这粉红的一天过去，第二天就又要处理让人头皮发麻的事。凌消寒去监狱探望小罗，他告诉她，同屋六人，其中一个人是老大，厉害得不得了，要了每个家属的手机号码，让回去加一个微信号，是他在外边的手下，还……他嗫嚅道："要把你们每个人的身份证号和一张照片发给这人。我说我记不住你的身份证号，他说让你自己告诉他手下，不告诉就要我好看。"

凌消寒哪里见过这样的场面，想去质问流氓头子以为自己是在演香港警匪片吗？

"要我的身份证号干吗？"

"肯定是想要钱。"

"要钱就要钱，还看照片？"

"你别多想，我在那里面岁数最大，别人的老婆都比你年轻，而且除了咱们，他们都是小偷，他们不敢跟咱们正经人怎么样的。"

凌消寒啼笑皆非，年轻？咱们正经人？不敢怎么样？晚上她照例失眠，觉得有一千只老鼠在后背上爬。

"你赶紧找阮律师,让他去做做工作,帮我换个牢房。"这是小罗布置的任务。她去找了,她一直嫌阮律师办事不够主动积极,现在她自己也疲了,三天后阮律师来电话说:"已经解决了,换到另一个双人牢房了,这次啊……"如此这般地又给她布置了一堆新任务。本来第二天是说好去看小罗的日子,但凌消寒失约了,她给姜信打电话,问他在哪里呢。

姜信说刚带小凡去儿童医院例行检查,现在正送孩子和管姐回家。她连忙问检查结果如何,姜信简单说正常,不欲对此多言,但是也没有挂断电话。凌消寒一时也无话可说,就顿在那里,又正好他驶过十字路口,跟她说:"等一下,有交警。"她猜他把手机放在身侧,她听到他车里的收音机在嘹亮地放着一支广告歌——"聆听记忆的感动,分享今天的节奏"。她握着电话,那激越清亮的女声像一根仙女手杖,在她头上划出一道又一道流星坠落的轨迹,她一下子好像回到年少时,疑惑自己今天是不是莽撞了,不过这半年四处求职托人找律师的经历让她从前不经摔打的颜面粗糙了,管他呢,她想,事情还能坏到哪儿去。

姜信一时也不知怎么办好,今天在儿童医院不意遇到刘艳菁,他没回过味儿来,后来对方说是前天来看孩子时专门问了管姐,知道今天来例行检查,所以她一早过来等着。最近刘艳菁来探访的次数较多,以前她常趁姜信不在家的时候来看孩子,想必是平时周末上班,换来工作日的倒休。最近这一次她来的时候正好碰上姜母也在,老太太不理她,刘艳菁跟管姐说了几句话,老太太就过来把孩子抱开了。她觉得坐不下去,把带来的两件衣服和奶粉玩具放下就走了,想不到刚到楼下,就听楼上一声呼喝:"小刘!"然后仿若乌云蔽日般从天而降了一堆东西,刘艳菁想也没想地先抱头蹲下,等她反应过来,发觉刚才放在家里的奶粉和玩具已经炸雷似的撒得这里那里到处都是,一粉一绿两条小裙子无声地搭在二楼突出的平台上,够也够不到。

那天姜信不在家,得知了这一场闹剧后他觉得震惊而歉疚。他虽然以研究人类的情绪与心理为生,但在自己的一臂距离内,其实很不愿意当关系的调停者。从前是依仗自身凡事游刃有余的外部成功形象,使母亲少有置评的余地,不料人到中年,狼狈却如期而至,仿佛原本俊秀的山岭出现了泥石流,让他母亲自觉拥有了插手以期整改的权力。

他那天已经给刘艳菁打了电话道歉安慰,今天在医院里见到,错愕之间,也是一时无语,只是客气地招呼了,及至到了车上,才来得及说了一句"那天真是对不起",电话就响了,一看是凌消寒。

过了十字路口,姜信一手执方向盘,一手又拿起电话:"抱歉刚才,你说?"消寒有三五十句话想倾诉,不过她定了一定,先从最远的说起:"欸,罗密,罗密最近跟你聊得还好吗,你看她有进步吗,总的来说没大碍吧?"

"蛮好的。"

凌消寒又问:"她有没有又跟你骂她爸爸?"

"嗯,"姜信犹豫一下,"没有专门说,但三不五时会提到,我觉得也很正常,梳理她情绪的过程中,这毕竟是打结的一环,每次碰到了,就会拿出来讲一讲。"

凌消寒其实并没有就此认真等他的答复,只是等他说完就一股脑地说:"我想了想,要是他爸爸现在的情况严重影响到孩子生活和发展的话,不如我跟他离婚算了。我想这事也不是一天两天了,他现在在那么污秽的环境,我真是每次去看他都想死,昨天还说里面的流氓头子挨个勒索我们家属,要给他外边的手下钱不算,还给身份证号,给,给照片。我恶心地一夜没睡,不知道怎么好,就想着先跟你说。姜信,我离婚的话,咱们两个人还可以一起再试试吗?你觉得?"

姜信一手拿着电话,在车子拐弯的地方也用一只手就那么硬拐过去了,艳菁坐在车后座皱眉,不过也没说什么。听到小凡咿咿呀呀的声音,姜信不知怎么办好,以他的软性子,这时候挂断电话不合适,可是孩子在车上又这样开车不安全,于是他简短回答:"好。"又说:"你方便的时候我们再聊,我现在,孩子在车上,这样开车不太方便。"凌消寒松下一口气,她问了两个问题,其实是一个,不管怎么样,姜信说了好,那好便是好。她说晚上一起吃饭,姜信又答了好,她才如释重负地挂了电话。这么多年,她对姜信还是有把握的,他就知道说好,她不禁嘴角上扬一下。

艳菁随姜信和管姐一起回了家,把孩子安顿好,却并没有要走的意思。管姐心里恨她,早就和老太太结了联盟,这会儿不情愿寒暄,就说中午吃馄饨,她去买些肉和皮子。姜信有点为难,他本来是想放下孩子就去学校办公,这样一来,倒不好就走。他想着凌消寒刚才的电话,无言地看着艳菁给小凡换了纸尿裤又喂了水。

艳菁摆弄小凡片刻，突然把孩子抱起来，又抓着她的一只小胳膊面对着姜信说："我长话短说吧，我的病也差不多好了，半年前已经减药了，医生说再吃这一个月就考虑停药了。"

姜信忙说："那太好了小菁，你受苦了。"艳菁听他这样称呼自己，心里一撞，酸楚混着甜蜜，像蘑菇云那样升腾起来，她是护士，知道就算有管姐帮手，但照顾小凡这样有先天疾病的孩子是一个多么大的挑战。回望自己，简直就是不堪一击的可耻逃兵。

她克制下自己，将孩子又换了个方向抱着，让她面对着自己。她抚摸着小凡软软的头发，没有看着姜信，喃喃说："姜信，我要是还回到这个家来和你一起带孩子，你们欢迎我吗？"

姜信在心里打了个趔趄，一天之内，两位重要前任向他示好，表达复合的期望，简直让他受宠若惊，可又啼笑皆非。冒出的第一个念头是："消寒有难处，艳菁，她又凭什么呢？"但他很快地打消了这个念头，在心里骂着自己混蛋，不愧是从二楼往下扔人家礼物的糊涂老太太生的儿子，呸。这是他曾经的战友啊，艳菁，她也是受害者，她是病人啊。

但是一瞬间他也痛切地认识到，昨日种种已在昨日死，对她，自己已经一点感觉也没有了。他们都死过一次啦！连重逢的消寒也死过，艳菁，更是死了，他也死了，又重生了，彼此已经认不出来了。艳菁唯一令人心痛的，就是她还没有意识到这一点。

至今艳菁想到磨心的姜母竟然一边催生一边隐藏了有家族病遗传史的重大秘密，仍觉得恨死了她，更恨自己与姜信的不幸运，想到病孩子，她的心总像是要裂开一般痛楚，想到姜信，她又久违地体验到了恋爱初期自己的那种不可置信。她想复婚，回到他们身边。回想刚生产时自己的左右不是，大动干戈，她知道自己有点"情理难容"，姜信性子软，说话动听，加上多年职场的训练，眼神总像带着恒久的安慰。早两个月艳菁就已痛下决心，觉得自己想清楚了，哪怕只有一丝希望也不放弃，一定要争取得到他的原谅。

姜信在思考怎么回答刘艳菁，她的状况仍让自己担心，可是在这么重要的课题上又容不得半点的支吾与犹豫，他热诚地看着艳菁的眼睛道："艳菁，这个家永远欢迎你，你是小凡的母亲。但是我和你的婚姻关系，是不可能恢复的了。我这么说，我也很难过，但我觉得别的路也走不通了，唯有诚实面对，虽然诚实让人难堪。"

最后这句话他一个月不知要在工作室讲几次,轮到跟自己说的时候,他却第一次感到诚实就是真理,但真理是那么严厉。

## 六

小罗的判决书下来了,也许是阮律师真的办事不得力,他获刑十年,超过律师的估计。减去已经在看守所羁押的一年半,还需在狱中服刑八年多,当然表现好的话,仍有减刑的希望。凌消寒没有给阮律师什么好脸色,只说想请他再帮个忙,阮律师连声道:"好说好说。"

过了一周,凌消寒到阮律师的办公室拜访,她从互联网下了一个离婚协议书的模板,请阮律师帮忙看看有什么特别需要修改的。阮律师不动声色,欠身接过。在他接手的案子中,这样的情形司空见惯,他很理解凌消寒的处境,觉得她的选择与道德无关,只与经济利益相关,而小罗现在等于是用年华抵债,两个人连能分一分的家产也没有了,所以他只是一面很注意表情管理，一面很认真地把所有条款都看了一遍，又尽其所能把模板中空白的地方都填好了。

凌消寒回去跟母亲说了离婚的打算，叶老师叹一口气，她本想说"都是我的孩子，让我说什么好呢"，又觉得过于轻飘了，她一辈子与科研打交道，中年丧偶，对于世态人情，缺少兴趣。近年与老同事聊得多了，她笃信的一句话就是"我在你家，我就成了你，你在我家，你就成了我"，各人都有面对各人不同境遇的无奈和理由。及至听凌消寒说起姜信，她也叹息一番，说哪天请过来一起吃个饭，"看着长大的，都自己的孩子似的"。

然而凌消寒与姜信重新恋爱的事在罗密小朋友这里还未过得明路，两个人商量了一下，都觉得暂时还是不要说，不然姜信作为在学校里受人尊敬的心理教育专家，忽然以妈妈男友的身份出现在她家就显得突兀了。

凌消寒发现两个人现在又像中学时一样，只能在公园、餐馆，甚至电影院出没，而没有能够单独落脚的地方。她之前因为找工作处处碰壁，叶老师看着也很心疼，索性跟她说自己年龄也大了，退休金本来花不完，住得又离罗密学校远，少不得来回接送，也就别急于出去找工作了,且在家打理一日三餐,以后慢慢再作打算。

所以凌消寒白天的时间多,有时送完罗密上学,就不管姜信在不在,都跑去他家坐着。管姐观察良久,早就看出这个女的是未来女主人的架势,所以总是先殷勤地为她端茶削水果,再去忙别的。凌消寒历来是厚待阿姨保姆的,现在自己穷了,没法真金白银地相送,打听清楚了管姐的儿子在杭州一家保险公司作客户代表,"身量可没姜信这么高,胖着呐",她回去把小罗的两套高级西装、一条崭新的皮带和一支钢笔打了个包拿来,让管姐寄过去给儿子。管姐只道是客户给惯了的二手衣物,没承想隔几天收到儿子的信息,埋怨她寄快递的时候也不多花二十块钱保价,说这一个包裹价值两万块,光那支钢笔就要三千元。

每次凌消寒来了,管姐都换着花样儿地为她做饭,如果姜信在家,她就推上车带小凡出去,让他们安享独处的时光。两个人说不完的儿女情话,好像退到了18岁,最大的乐趣是回忆年轻时那次分手后姜信的每一天是怎么过的:走在街上想念着她的寂寥心情,犯傻买了又没有送出的玫瑰花。听到这里,凌消寒还会插嘴说:"我现在呀最讨厌红玫瑰,光喜欢白色和香槟色。"姜信不答言,好像没听懂似的看着她傻笑。然后凌消寒又逼着姜信回忆她之后的历任女友,问他有没有像对她似的亲了她们这里或那里,分手的时候她们哭了没有,姜信无奈地挠头,笑着求饶。

这些欢笑时刻总让时间过得很快,常常感觉好像没一会儿,管姐就带着孩子回来了。有时候小凡睡了,管姐做饭,姜信在书房处理些工作,凌消寒就一人坐在客厅的沙发上躲清闲,她打量着这间屋子,觉得装饰得很好看,她自己虽然不看书,但受她母亲和研究员出身的小罗的熏陶,她承认书籍是一个房间最好的装饰品,这套房子的每一个房间都有书架。姜信的收藏除了专业书籍,就是大量的外国期刊,还有小说及一两种音乐杂志,他还一直想等工作没有那么忙的时候习字,所以花架的下层横摆着一摞字帖与宣纸。

但抛开这些赏心悦目的地方不算,凌消寒思忖着,这套房子如果住进她和罗密母女俩,仍显太过逼仄了,想到这些事总令她心情不好,但如果不想,难道就每天中学生似的吃喝玩乐吗?小凡这孩子可怜,但治她的病在经济和精力上是个无底洞,孩子身体不好,未来姜信这个女儿奴如果嫌公立学校课业重,送去私立的话又是一大笔花费。自己与前夫切割得利索,但也意味着罗密以后的教育及生活，都要靠她一人承担，姜信愿意分担多少，又有能力分担多少？都说再婚夫妇什么都能凑合，但唯一不会让步的就是各自孩子的利益，自己与姜信结婚后，她能获准支配令罗密受益的财产有多少？如果要是在相同小区换一套面积大三成的房子，恐怕要贷款，这一套租出去拿回的租金倒也够了，听说他还负担着前妻的租房费用，岂有此理，这个人就是性子软。不过如果前妻也再婚，那租金的义务就结束了，那女的又会不会回来要求折现平分这套房呢？离婚协议不知对此有什么约束没有？自己母亲百年后现在那套房无疑是罗密的了，姜信父母那边的呢？

凌消寒频繁进出姜信的家，但从来没有碰上过来看孩子的刘艳菁，这要多亏管姐暗自协调。自从上次跟姜信提出复婚被婉拒后，刘艳菁就又改成工作日调休来看孩子了，什么时候来，管姐都事先知会凌消寒。

刘艳菁已经遵医嘱停了抑郁症的药，但继母给她开了些金铃子散、归脾汤什么的，她有一搭无一搭地吃着，别的疗效看不出，就是睡眠质量大大提高了，单这一项也令她渐渐觉得平心忘忧，整个人有重生之感，因此跟这位老继母也培养出些许感情。

工作也还顺利，虽然原来罩着她的护士长走了，但她也很快地跟新到的护士长建立了健康又亲昵的合作关系，势利的同事看到她再次成了护士长跟前的红人儿，态度上也比从前客气了。

没多久护士长就带信儿来，说内分泌科的单身副主任托她问问艳菁有没有交往的意愿，刘艳菁一听就柳眉倒竖，气不打一处来。这位副主任有过两任夫人，第一任是老家一起考出来的大学同学，第二任却是歌厅的小姐，他为了小姐与大学同学离婚闹得沸沸扬扬，还接受过风纪小组的调查。因为他坚称和小姐是以结婚为目的相处的，院方确认是私德问题，也没有再多干涉，但正值要紧的升职关头，就花落别家了。他这边因为话说出去了，也只好与热烈逼宫的小姐高调结婚，新婚后他还频频带着惹祸精参加同事聚会，也是让一众文雅医生开了眼界，然而正当大家逐渐淡忘了这件事，两个人又离婚了。两次婚姻他都有生养，长子与第一任夫人去了美国，幼女被母亲抛下，现在跟他一起生活。

泼辣的护士长将那边的话如实带过来道："人家说了，跟你图的是年貌相当，你和前夫的孩子有遗传病，虽然咱们都明白是孩子爸爸那边的问题，但出了这个医生圈儿，你可就说不清楚，有这些闲话想再婚就不容易。"

艳菁冷笑道："当然是孩子爸爸的问题，有那怀疑我的没知识的老百姓，我还不稀罕被他们挑拣呢，您也是的，还替他带这个话，咱们这么大的医院，4000多人，我是非得找个臭流氓吗？"

护士长虽然理解这个媒不好做，但也不免怪罪艳菁尖言尖语，半点面子也不给自己，索性拉下脸来说："哟！4000多人，锅炉房的，看太平间的也算在内了吧？不跟你熟都不跟你讲，虽然这是个不幸的事，可是你扔下亲生的病孩子离婚，一个女人连自己的孩子都能不要，你真能对那个男的好吗？你以为这些大白褂小白脸儿都傻啊？这才是你再婚不易的地方。那谁他以前的事闹得不光彩，他也后悔，还不是年轻时只知道念书，医科的学业那么重，这些情呀爱啊的事，别说没人来教，就是有人来教，他们也没工夫学吧，对不对。你上的护理专业，见过的男孩子也少，现在大家该吃的亏都吃了，也都成熟了，又在一个单位，知根知底，如果能在一起，一年半载，生了孩子，连他现在的女儿，一个背一个抱的，上着咱们医院的附属幼儿园，然后附小、附中，光是义务教育这九年，你省多少钱，少多少事啊！他离了两次婚，该赔的钱也赔了，该搭的命也搭了半条了，以后还有什么不放心的，不就是安安乐乐地跟你过日子嘛？"

刘艳菁是业务骨干，从来没为什么事被护士长这么数落过，但她现在意识到自己也是私德有污点的人了，别人在背后一定没少议论她。是非窝也有基本的道德约束，她抛家弃女，一意孤行，自忖也配不上谁的理解和待见。

看刘艳菁白着脸不说话，护士长推她一把："别自管小胸脯一起一伏的了，把我的话好好想想。"刘艳菁赌气说："我现在有男朋友，是中医院的主任，比您介绍的这位级别还高呢！"护士长一愣，弯弯嘴角问她："哟，谁啊，有照片吗？给我们看看？"

刘艳菁说："我继母原单位的，照片没有。反正大高个，一高遮百丑。"护士长笑问："多大岁数？""听说是54岁。"护士长将凤眼一瞪，说道："我说呢，我起先以为你是嘴紧，现在我觉得你是嘴硬。54岁，你多大，37吧，你也不想想，差你17岁，你40时他57，等你像我这么大，他70！你不怕他身上有味儿？"

刘艳菁看着护士长风韵犹存的脸和仍然挺拔的身

材，不禁打了个哆嗦。她当然在乎男人的体貌，跟着长得像电影演员一样的姜信在一起那么久，她现在要往下乘走，又能走多远。

不久，刘艳菁与内分泌科的风流医生低调完婚，算起来两个人正式交往不过四个月而已，男方着急结婚，艳菁本来还犹豫，后来发现自己又怀了孕，这次不像第一次那样有各种让人不安的反应了，但身形变化得很快，三个月身孕就好像有五个月似的，对于再去前夫家看孩子就变得犹豫起来，她怕管姐复杂的眼神引起自己心情起伏，也怕长手长脚学走路的小凡冲撞到自己，影响腹中的新骨肉。这次，可是不能再有闪失了啊。

# 莎丽的离别

一

言中义和陈愿离婚时,并没有跟情人杨莎丽说实话,他说自己净身出户,其实他们夫妻俩有两套房产,一套略小点在金融街,一套稍大些在北四环,靠近陈愿所工作的写字楼。当时做财产分割时一分为二,陈愿虽然占了大的一套,但是他在金融街的那套92平方米房产市值更高。他们的不动产大多数给了女方,但也不过是和他精打细算的小金库五五分。

女儿言黎黎跟了他,送回老家去养。开始说得好好的,可是三个姑奶奶轮流推诿,后来女儿还是在他弟弟家暂寄,他为此不开心,觉得在陈愿面前很丢脸。同时他也觉得这个从结婚起就和他油里来火里去的女人很可怕,一个连自己女儿都可以赌气丢下,就为让前夫过得不好的女人!他虽然失德在先,可是觉得陈愿也有理亏之处。

三个姐姐闲时说起父母对他两兄弟的偏心,言中义其实感觉不到。他父亲说起喂养这五个孩子是如何艰难,说他们都像五只小狼,永远处于饥饿找食的状态。他们姐弟私下议论,自己就是父母磨的五把刀,属言中义这把又快又轻、削铁无声、锋芒逼人,就拿出去杀猪,他弟弟钩爪锯牙,留在家里护院,而三个姐姐拙口钝辞,放在家里拍蒜!

从小学一年级拿回第一张奖状,到今年春节拿回去的红包,他一直是这个家庭的骄傲、摇钱树和互联网。从来没有人问过他一声悲欢,因为他都能处理,也从来没有人问过他一声冷暖,因为他是房梁,是地基,是自来水,是提款机,是静寂的便民设施。

轮到他因软弱贪心而找了麻烦,需要亲戚帮助的时候,他们当祖父母的,当姑姑的只会把他的女儿放到小婶身边,收了他的钱,付出的却是"他妈的白眼儿"!

他何尝不知道自己在公司闹了丑闻,事实证明Sherry杨莎丽小姐爱的也不是他,像周围所有人一样,爱的是他提供的方便和真金白银。深夜里他蓦然醒来,去隔壁屋看他抱回让他几乎身败名裂的这个女子。她貌美如花吗,也就是那样吧,因为嫌弃他打鼾,莎丽总是一声不响地去另一个屋睡。偷偷地，就像她一派天真地偷走他在外的那一点体面。

起初他报复性地带着她哪里都去，十八无丑女，更何况杨小姐还是当年他团队里的金牌业务员，人群中站立，像花旦那般顾盼映带，婉转摇曳。得意了一阵子，就像新换过的手机，渐渐失去了乐趣。他当然也相信爱情，但他更相信爱情能够提供的东西——今天你提供了没有？提供了哪些？比昨天增多，还是减少？多了多少，少了又是什么原因？他心里有一座天平，每天左右晃悠着。

他反复说住的这套房产不属于自己，名字写的是前妻的，两个人的一辆奔驰给了陈愿。莎丽在家开网店后，他征用了她那辆MINI COOPER，幸好车子是墨绿色的，没有像有些女孩子漆成粉色，后面还喷刷个巨大的史努比。

这次莎丽提出分手，他起初惊愕，继而愤怒，但很快就带些伤感地接受了。她最近贡献了什么？什么也没有嘛！她开的那个网店，最早是托朋友从欧洲带护肤品，后来又卖自己做的蜡烛香皂，如果人人都可以借此发财，那北京、上海的写字楼还要租那么贵吗？这世界总有真正的商业吧，就像他正在从事的那些。

杨莎丽两三年间也看出言中义净身出户后不过是

个空心芦苇,过几年他孩子大了,少不得还是要送到北京受教育,那种从幼儿园到初中一贯制的国际学校的花费她略有耳闻,知道是每年夏秋两季收费,一次就要8万元,此外还有其他的活动费、社交费、游学费……费费费!眼看孩子一送回北京,后妈的头衔先要做实,然后自己的所得又要大幅减少,凭什么!这样闹了几次,拿了一笔款,莎丽和言中义各自欢喜了。

情场失意,言中义却在此时接到猎头电话,去上海面试了几次,接到一个新工作,出任某制药公司的亚太区副总裁。事情谈妥了,他跟猎头闲闲提起,"贵公司的陈顾问,是我前妻"。

年轻的猎头大吃一惊,跟他说,猎头公司人员流动快,她自己来公司才8个月,他的这个项目,是自己成的第一单。真没想到你和陈顾问曾经是一家人,哎呀,这这这……

言中义借此机会约陈愿出来叙旧。对于言中义这样的行业翘楚,陈愿知道负责医疗行业的同事会定期跟他联系,密切关注他的动向,这次签到新公司,拿到的薪酬如何,也是不必多大的好奇心就能轻易在公司系统查到的事——年薪250万。妻子和孩子都享受高端医疗,一家人的车补房补之外,女儿上国际学校的学费也全款给报。言中义说,咱们(离婚)闹的这一场，就当是在大学里无数次分手中的一次吧，现在正式合好，既往不咎，也不追求百年好合了，就五十年好合。

这三年陈愿在公司里一路直升至合伙人，但感情生活一片空白，言中义找她这样叙了几次旧，尤其是想到幼小的女儿远在东北寄人篱下，长远不是事，她也就同意了复合的请求。

签了聘用书，言中义先在新公司支取了一年32万元的住房津贴，让陈愿请假跟着一起跑了趟上海，在古北路租下一套150平方米的公寓，又支取了车补。他身高165厘米，最近因忙着跟女朋友分手、往返京沪面试、复婚谈判，更是瘦到112斤，如此细小的身量，可是他平生最喜欢的就是大房子大车大美女，他租下一辆奔驰GLE带司机。

言中义6月19日签的聘书，注明入职日期是两个月后。诸事办妥，陈愿想趁势也在上海见见自己的客户。他不依，要陈愿和他一起回了趟长白山，新司机开车，从弟媳那儿接上女儿，再马不停蹄地一路开回上海，直接到迪士尼酒店，司机将行李送回公寓，留在那儿和新找的保姆把行李衣物收拾归位，言总夫妇自去带着女儿在迪士尼排队。

天气热，在一个游乐项目上还跟工作人员起了小争执,他很有风度地控制了事态,表示理解女儿身高不够,并对女儿温言说:"我们明年再来坐好吗?"女儿寄人篱下三年,现在回到亲生父母身边一时还回不过神,只知道乖巧地说"好"。他心里一酸,跟女儿发誓以后每年她生日,每年暑假,他们都来迪士尼住一个月!陈愿在旁边笑着反对,说那要是烦了怎么办,他立刻夸下海口说那就去东京、巴黎和加州的迪士尼。

他告诉陈愿,女儿的学费一年能报25万元,让母女俩回北京找最好的国际学校上。他一个月回京一两次看她们,她们也可以隔一个月来上海看他一次,当然他心里也打算再发展一个上海杨莎丽,不过这次就是不能在公司里下手,切记。

一家人度过美好的周末,他给陈愿母女买了周一下午回京的机票,言中义突然觉得腰痛难忍,一定是这周又回东北又去迪士尼排队折腾的,他想。但是过了一星期,疼痛越来越厉害,他去医院普外科拍了一个片子,让司机先送他回来休息再去取结果,没一会儿司机的电话来了:"言老板,大夫急找您,让我接您过来。"

他不耐烦,想这上海的大夫真是啰唆,有什么事电话里不好讲的,还高端医疗呢,真是的。去了医生先让他坐下,问他除了司机还有谁陪他来,他这才不免有点紧张。医生直言相告："你腰椎上有三个肿块，影上虽然是初步印象，但我们有把握诊断是恶性的，现在要做一个全身核磁，也要做一个病理检查。"

他不信邪，订了机票回到北京，在中科院肿瘤医院特需门诊做了核磁和病理检查，隔周拿到了新的检查结果，腰椎上的肿块已经迅速增至五个，并且验明是从肺部转移的。

陈愿将瘫软如泥的言中义接回自己在北四环的家。这天刚下了雨，天空中金色与灰色的云彩交相辉映着，正像奔马一般朝天边飞逝而去。回到家时，看女儿由新阿姨带着，正在画画，他们谁都没有说话。

第二天，陈愿一早联系了一位老中医，谁知言中义又自己订了机票，坐9点的东航航班回到上海。他提前去新公司人事部报到，只说北京这边旧东家结束得很顺利，人事部犹豫说，他先上岗没有问题，但由于竞业协议，要两个月后才可以带项目进来名正言顺地开始工作。他说自然清楚这些，"忘了吗，这个条款还是我嘱咐猎头跟人事部说明的"。他请人带他去新办公室看看。

他的办公室在大厦28层的东南角，上个月在北京买的一幅字已经裱好了金色细木边的镜框，由司机抬了上来，包装纸还没有拆，小心翼翼地斜靠在书架一边。那是欧阳询75岁时写的《九成宫醴泉铭》拓片之复刻。此碑"法度森严,结构布置精严,上承下覆,左揖右让,局部险劲而整体端庄,平稳而险绝",像不像他给自己规划的人生,呵呵呵呵,他想,75岁。呵呵呵呵,他才42岁。

人总以为自己会永远活着,如今长日将尽,他又当如何?

陈愿在第二天坐同一班飞机赶了过来,在家扑了个空,夜里11点才等到言中义回来。他可是开了一天的会,晚上7点后又在办公室跟北美那边的人也开了会,明天早上7点他还有会,一直到晚上。"你看看",他打开手机的日历,"到9pm(晚九点)",他笑着说。陈愿哭了。

他僵坐着保持着笑容,后来才发现自己的脸上也全都是泪,太不公平了!他反复地说,太不公平了呀!他低吼着,变成呻吟,太不,公平了。

言中义在新公司的疯狂日程持续了不到五天,就因右腿突然骨折住进了医院。没有几天人事部就知道了他的病情,出于人道主义的同情,更由于聘书签订于他本人得知病情前,并没有追究他之后短暂地隐瞒病情上岗。人力资源总监发来慰问邮件,说会支持医院的治疗方案,也会尽量帮助家属解决来沪探望陪护的暂住问题，邮件抄送了公司总裁，后者回复了两个单词的慰问。猎头公司接到通知重启项目，安排原来排在言中义后的第二候选人来上海面试。

陈愿一腔热情地表示要陪伴他照顾他："一定会出现奇迹的！亲爱的！相信我！"在陈愿的建议下，他们退掉了上海的房子、车、司机和保姆，回到北京。陈愿催促他尽快去办理复婚手续，他坐在北四环公寓向西的那间书房，久久凝望着窗外。天气好的时候，西山近在咫尺，峰峦如聚。他边看山边临帖："生，正，十，千，下，不，先，光，光明正大，国家栋梁，峥嵘岁月，山高水长，能者为师，道法自然。"

陈愿每天都说要去办复婚手续，他总推说累、腿疼、腰疼，又或脸色不好，照出相不好看。有一天实在推脱不过，两个人打扮好了出门，但上了车他就开始呕吐，直吐了副驾驶座的一天一地，无奈只好掉头回家，陈愿放下他，温言劝慰着，又换下那身漂亮的珠灰色旗袍，套上件T恤和短裤去洗车。"难为你了"，看着她的背影言中义嗫嚅道。他以为自己说了，其实没能出声，他疲倦地闭上眼。

再醒来已是下午，客厅的唱机轻快地播着不知名却耳熟的歌曲，他想起情人杨莎丽，她会唱很多歌，如果听见一首陌生又好听的，她就打开手机的音乐

APP，一点"听歌识曲"，那聪明的程序就能找到匹配的歌，供你欣赏下载两便。

他认识过很多聪明的人，见识过很多有趣的玩意儿，但他现在身畔只有一个法律上仍是前妻的陈愿，一个女儿。

他审慎地想着再婚的事。他爱这个女人吗？说不上，如果爱，当初又怎么会丑陋地分开。这个女人爱他吗？他也不相信。此刻他觉得是自己人生最清醒的时刻，他已经可以像意大利教堂穹顶上画的上帝，正裸着上身，流着血，悲悯地注视着眼下的一切。

陈愿，女儿，父亲，母亲，大姐，二姐，三姐，弟弟，他们爱他吗？不。他爱他们吗？不。"Sherry？No way"（莎丽呢，也不可能）。

为什么要和一个不爱的人成婚呢？不是已经有过一次？不是失败了？跟陈愿复了婚，墓碑上自己的名字在一列，空着留着她的名字，四十年后人家说，看这个女人，多可怜，她丈夫2019年就去世了。又或者只写他的名字，他一死，她就带着他的钱改嫁，在他的房子里与别的男人幽会、结婚、生下新的孩子，以后跟自己的女儿分遗产。不不不。

言中义的最后时光是在医院中度过的，肿瘤医院无法为他这样既不手术也不化疗的病人长期保留床位，几次催促转院。让陈愿愤懑的是，言中义先前以各种理由逃避和她复婚，现在就算他真的想去办手续，但身体也已弱不禁风，根本无法支撑完成任何事情。

这中间陈愿去南京出了两天差，言中义赶快让从老家赶来的两个姐姐陪着，一起去公证处做了自书遗嘱公证，将他名下的房产留给女儿，他的现金分三份，父母姐弟一份，女儿一份，陈愿一份。

陈愿从南京回来后给他办了去临终医院"姑息治疗"的手续，不过转院那天早晨，他就像上次逃婚一样，直接从肿瘤医院逃离了人世。

言中义的姐姐们坚决要求要将他带回老家下葬。8月下旬暑热仍有余威，遗体长途托运着实麻烦，陈愿陪着前姑姐跑手续弄得焦头烂额，最后还是说服她们带骨殖回去罢了。其实两位妇女后来也暗自有点害怕，就听从了陈愿的安排。女儿已经舍不得亲生妈妈和阿姨，陈愿也不再有必要赌气，留下女儿在身边，也没有送言中义这最后一程。

送走她们和他，陈愿很快地销假复工，并嘱咐秘书和要好的同事说，不管以什么方式，请跟大家说等她回到办公室后，不要以任何方式问候。

正是画阑桂树、万物鎏金的季节，陈愿早上出来，只见晴空从树林间直挂下来，像重彩未干的油画。下班的时候,她从冷库般的写字楼走到街上,晚风就像武士掷出的金针一般刺在她已经麻木的膝盖和这一段时期流过很多泪的脸颊上,麻酥酥的,仿佛一边走,它们还在一边轻轻摇晃。一早一晚,这城市就像精心布置中的美术馆。陈愿想起,忘了不知谁说的,"复婚,复合,都是挖坟考古,当时怎么死的忘了,挖出来看清楚,一切还是森森的骸骨"。

她的这场复婚,不仅挖出了过往那不堪回首的旧婚姻的残骸,意想不到的是,最后竟以看到了中义他真的骸骨结束。陈愿在晚风中叹了一口气,抹平被风吹起的裙边。"中义这一段是彻底过去了",她想,"但一切会好起来的,仍会有好事发生的"。

## 二

杨莎丽再找工作的过程不算太顺利。离开公司这短短三年,以前队伍里的同事已纷纷开枝散叶,以三年两级的速度,不是在本机构攀升,就是去别处择良木而栖。她今天去一个鼎鼎有名的药业公司面试,已经通过了人力资源部的初试,这是业务部门的二试,她很重视,准备了厚厚一摞材料。也是赶巧,老板临时被客户叫走，二把手乐得在背靠背的会议间歇出来透个气，就被人力资源部叫来见一见这位候选人。门一开，两个人都愣住了。

周吉姆当初和杨莎丽可谓是老板言中义的左膀右臂，最初的一年半载，两位年轻人为谁先升职争得头破血流，在办公室孜孜不倦，工余也都用自己的方式与老板恳谈交心。每次言中义都是分别安慰他们："你客户关系好，他执行能力强，二位都前途无量，但说到具体的这个职位升迁，你与他互有靠前。"一年后，言中义在办公室升了周吉姆，在卧房升了杨莎丽。

言中义的发妻陈愿咽不下这口气，坚决想好要离婚，为在财产上夺得赢面，她找了私家侦探，虽然没有像劣质电视剧演的那样，亲自闹到言中义的公司前台，但辗转将证据送到了合规部。

新加坡公司的内部律师与合规部开了三次电话会议，强硬建议将两人都开除。言中义的老板爱才，打了通天电话，找到美国的董事副总裁，几番说项，才将言中义保了下来，条件是杨莎丽必须主动辞职，而且要签订一年不许在业内择业的竞业协议，如果不同意，就直接开除处理。

言中义焦头烂额，劝莎丽不妨暂且隐忍，韬光养晦。"这个行业就是这么大个圈子，现在满城风雨，都知道你是我的情人，你出去是找不到好机会的。不过咱俩又不是娱乐圈明星，过一年半载事情平息了，以你的聪明和能力，我再在人脉中力举你，还怕找不到现成的好职位吗？！"其实他想的是，莎丽这么风骚，放她出去见世面，自己早晚鸡飞蛋打，不如让她在家照顾起居。前妻陈愿那边生的又不是儿子，要是一年半载莎丽生了，就跟她再婚，自己也不吃亏。

周吉姆问莎丽近些年的情况，莎丽说她离开公司后就去国外游学了，上个月才回来。周吉姆脸上一阴，心中又是不快，他是小地方考到大学校的高才生，最恨的就是成绩远不如他的城市孩子，动不动"去了国外野鸡大学镀金"。吉姆问她去了哪个国家，学的什么专业，莎丽说是对外经济贸易大学与英国的合作项目，周吉姆翻看简历，在教育背景那栏果真有这样一笔，直说蛮好。

他又亲昵而神秘地做出松了一口气的表情说："社会对美丽而能干的女子特别不公平。"又说："替你抱屈啊！那时候风言风语传说你和言老板有私情，我就说，一派胡言，无耻透顶！你这样风姿绰约、抱负不凡的女子，在职场上不让须眉，不瞒你说，当初你还是我的强劲对手呢。为了队伍里有你，我少睡多少好觉，当然不是为了那个，啊，呵呵。我就跟他们说流言止于智者，Sherry怎么可能屈就言中义。再说言老板后来升的是谁,别人不知道,我还不知道嘛!癞蛤蟆哪有白吃天鹅肉的道理,言老板那个色鬼,要是真得了你Sherry的甜头,又怎么能升我呢。"

莎丽在言中义笼中这三年,虽然不免三天一小吵五天一大闹地有些男女间的争执,却哪里当面听过这样的奚落,见过这样又得意又嫉恨的丑态。她当年给老板做情妇未尝不是亏心短行,但周吉姆今天也是仗势欺人。莎丽水灵灵的一双眼睛,藏在精致妆容后明了又暗,暗了又明,努力咽下哑巴亏,她吸了一口气强笑着问吉姆:"说起言老板,你还有他的电话吗,哪天一起约着吃顿饭,他也是咱们两人的……"她努力将"入门师傅"四个字说得掷地有声。

周吉姆倒是真的相信了她的简历,暂停了出乖弄丑的一套表演,惊讶地跟莎丽说:"你这一出国镀金也不跟我们这些朋友联系,难怪你不知道。言老板上个月死了啊,肺癌发现得晚,才几个月人就走了。是咱们原来公司的刘传心告诉我的,对了,刘传心现在也厉害了,成了金牌销售,年入200万!Sherry你跑到英国象牙塔里一躲,不闻世事,哪里知道咱们这里升的升,老的老,死的死。"

周吉姆被部门助理叫走了,去开另一个会,杨莎丽勉强跟人力部的人又支应了几句,对方说看他们聊了这么长时间，应该希望很大，等吉姆被叫走的这个会开完了，就去找他聊聊，确定下一次跟部门主管见面的时间，莎丽集中精力回复了她，收拾好被吉姆拨乱的文件和一败涂地的自己，她走出了会议室，又走出了办公大厦。她想，没错，自己从来没真正地爱过言中义，为了和他一段不光彩的事，她今天受过的折辱本该是没齿难忘的，但与死神的威严相比，吉姆的轻狂又算什么。

她跟自己说，言中义死了也好，自此她的失足，可算没了证据。

她扭动车钥匙，发动机发出一声呜咽。她旋即打开收音机，很快地随着前奏进入林忆莲金曲。言中义当年最喜欢林小姐银瓶乍裂的嗓音了，有一次他一边练毛笔字，一边赞林忆莲是云上摘锦，是都会女子的最佳风貌。想到这里，莎丽不觉浮出一个微笑，她和着音乐的节奏拍打着方向盘，心里说：言中义，周吉姆，你们等着瞧吧，你们都不得好死，而我一定会好好活着。

她飞车一路横冲直撞到母亲帮佣的楼下，打了电话，没一会儿就看着胖胖的沙玉华手里夹着小花包，摇摇摆摆地过来了。

沙玉华一进车先忙不迭摇上车窗，看女儿发如飞蓬，眼睛的妆花了，一张脸似悲还喜，心里纳闷，忙问她:"是不是说的今天去面试啊,怎么样啊?"

杨莎丽没说话,将车开到一家韩国饭馆停下,说饿了。沙玉华嗔怪道:"你也真是的,咱们不是回家吗,我做给你吃不就得了,还来这儿花钱。"

杨莎丽不耐烦地打断她,直说自己快死了,五脏六腑都像一口被大火干烧着的锅,沙玉华觉得她的比喻精妙,关心地说,那就赶快点菜。妈有钱。

一大盘烤肉下肚,杨莎丽简单跟妈妈说,工作找得不顺利,急不得,倒是可以趁此机会把家里的大事办了。

这一说,沙玉华又添了心事,没敢叹气,但放下了筷子。

她先跟女儿说,他服侍的顾老最近又不太好,依她看来,能不能过这个冬天很不好说。待顾老走了,上边一个老太太,中间一个老太太,外边一个话不多但都是主意的女儿,这家的活儿不好干,指不定到时因为少了一口人还减她的工资,她不想久留,不如到时再找一家。

可要是再找一家呢,又不知是个什么脾气,容不容人,干得长干不长。

莎丽说,她也支持妈妈再找一家,现在保姆小时工不比白领挣得少,还是卖方市场,像沙玉华这样家在北京、干净忠诚、做饭好吃的阿姨,是珍稀资源,不愁没有雇主。哪怕找不到合适人家，母女二人的生活一时半会也不用愁，最要紧的是赶快跟她爸把婚离了，把房产落实了。

沙玉华看女儿态度坚决，只好叹一口气说自己老了，这种大事听女儿的。她平时跟雇主念叨过家事，开始难免因年代久远、千头万绪讲得颠三倒四，后来说得多了，人家大致也明白了事情的来龙去脉，今天出来之前，还劝她"咱们老了，想法过时了，让孩子去办就是了"。

三

沙玉华年轻时是航天部托儿所的阿姨，经人介绍，嫁给了部里的研究员杨彦钊。她本来图的是丈夫不言不语又是业务骨干，以为他忠厚可靠、踏实勤奋，可托终身，但是婚后与他母亲同住，老太太尖酸刻薄，话里话外觉得自己儿子是大学生，却因"贪图相貌"，找了这么个没文化的媳妇，一直就不痛快。沙玉华的日子过得一地鸡毛，但是她安慰自己，本就是一个孤儿，想找靠山，受点闲气，哪个做儿媳妇的又免得了呢，老太太又不能跟他们一辈子，退一步海阔天空吧。

其实杨彦钊也没有他母亲和妻子以为的那么才高八斗,他是"老三届",是当时从新疆生产建设兵团出来的工农兵大学生,沾了父亲去世前留在三机部的光,进了航天部。业务比不了前辈,精力不如学海泊岸的新人。如果不是他在建设兵团时的相好考上了复旦大学并从此留在上海与他天各一方,他才不会在32岁时匆忙与托儿所阿姨成婚。

沙玉华生了孩子,看是女婴,杨家老太太号啕大哭,气平后要为孙女取名"杨胜男",沙玉华不置可否,杨彦钊牛脾气先犯了,他沉着脸不紧不慢说道,早想好了,生男当然好,就叫杨沙乐,生女也没有不好,就叫杨莎丽,胜男这种委屈女儿的名字,我们是不取的。老太太哭笑不得,说还杨沙乐呢,杨傻乐吧!但事已至此,就偷偷联系自己在安徽的妹妹,写信说你家儿媳妇结婚多年了,没有生育,不如把小名乐乐的杨莎丽过继给他们,信刚寄了出去,这边单位的红头文件就下来了,国家已经把计划生育确定为基本国策并写入宪法,杨沙夫妇合法再生二子的可操作性为零。

老太太更坚定了将孙女过继给妹妹家的决心,又连着写了三封信让他们来看孩子。妹妹一家还真来了,看着小乐乐娇气可爱,一双眼睛龙眼核似的又圆又亮,也是满心喜欢。沙玉华听出弦外之音,只道来者不善,拼着命闹了一场，她光脚抱着小莎丽爬上单位五层宿舍楼顶要自杀。这件事闹得沸沸扬扬，姨奶奶一家落荒而逃，好些年没再往来。

杨老太太在家唉声叹气，沙玉华月子里折腾了这么一场，元气大伤，没了奶水。好在有托儿所的这份公差，小莎丽半岁，她就带着她上班，杨老太太中午自己去大院食堂吃饭，晚上沙玉华下班了，也还是从公家食堂打菜回来吃。老太太理亏，平时不敢言声，但是整天吃不好睡不香没人陪，实在气闷就等儿子回来借故发泄指桑骂槐一番。老太太说什么，沙玉华都含笑听着，并不回嘴，不是不生气，是因为她现在例假来了就不走，一个月有25天都在出血，多说一个字都嫌伤元气。杨彦钊带她去医院看了几次，还下决心做了刮宫止血术，折腾得死去活来，稍事休息，竟也有一个月见缓，夫妻俩行房一次，没想到就怀了二胎。

国家干部不能在写入宪法的大事上含糊，只好到医务室开了介绍信，又回到妇科做手术，还是上次那个大夫当班，看见她也烦了，说最怕碰上你这样怕疼娇气的病人，在手术床上哭爹喊娘扭来扭去，一上午花在你身上的时间能做8个号。沙玉华只好赔笑，问大夫能不能像剖宫产似的上点麻药，大夫冷笑着说你要是院长本人，能请得动麻醉科大夫为你花一个小时，她倒也没意见。这次手术出来，沙玉华整个人团在医院观察室里三个多小时才能下地。

杨彦钊心里也不耐烦起来，他哥嫂已经看了老中医喜结珠胎，不管是男是女，杨姓传承上也不必由他本人独挑大梁。可是现在家里老的老，小的小，妻子却弱不禁风，白天不能做饭洗衣，晚上不能侍寝，他工作忙任务重，回家没有热汤好饭不说，还要听母亲唠叨、妻子哼哼、女儿哭闹，渐渐也就不爱回家，推说事情多，晚上在单位食堂简单吃了，然后就去和单身汉下棋，或双腿架在办公桌上看书，若有同事因为家里老人入院等事为出差为难，他就主动请缨代班。

托儿所的领导听说小沙受的零碎罪，责问她为什么不去看中医。她回说家里老杨公派去英国待过一年，回来就只信西医，说是连鲁迅都说，中医都是江湖骗子。领导听了摇头不已，执意给她介绍了一个每周二上午在计委医务室出诊的老中医，让她去问诊，并假装板着脸说："如果不去，以后也不要上班还带着小莎丽了。"

沙玉华恭敬不如从命，周二上午将孩子托给同事，去了计委医务室。那老大夫很开明，把她带来的医院妇科的诊治记录都看了，也没有开草药，只开了几盒加味逍遥丸，让回去吃吃看。没想到她吃了三盒就发现管用，血停了，两肋也不胀了，睡得也好了，回诊时老中医笑呵呵地说,这个药别看简单,是有来历的,从前是宫里开给皇后嫔妃的方子,"专治肝郁血虚,经行吐衄崩漏,宫里三痨五伤都能治,咱们新中国妇女的那点不舒服,就更不在话下了"。

沙玉华专心养病吃药,杨彦钊那边却传出了风言风语。局里新来的女研究员刘露欣,也30多岁了,"人没有小沙漂亮得体",可就是跟杨科长眉来眼去,整天有说不完的话,下班一起跟单身汉打羽毛球,天冷了就在单身汉宿舍看他们下象棋,还在旁边支着儿。渐渐地几个小青年看见他们又来"观棋",就胡乱下一盘,然后躲出去找其他乐子,他二人在全是床的单身汉宿舍里都忙了什么,那就不好说了。

闲话传了三年五载,女研究员刘露欣也结了婚,杨老太太也归西了。杨彦钊在局里业务潦草,脾气古怪,又有这多年的绯闻,局领导看到他就皱眉,趁着机构精简,把他从机关划到事业单位的协会去了。去了没多久,又有重要攻关项目,从每个单位出一人组成工作组,派驻甘肃某基地,任命他当了副组长,算是官升一级。

杨彦钊一去六七年,家里这边沙玉华跟着托儿所,一会儿编制改去附属大学,一会儿又改去独立核算的行政中心。因为她为人和悦,低眉顺眼,做事牢靠不惜力，同事领导都喜欢，因此虽然托儿所的编制改来改去，但她一直是铁打的随从。唯一顺心的就是女儿莎丽学习成绩好，处处要强，大学毕业就进了世界500强的外企。但就是挣得多，花得也快，第一年的奖金就买了车，换工作后回来只是说新老板特别赏识她。

　　沙玉华熬到这个时候，老单位的幼儿园已经脱钩划归了教委，她办了退休手续，女儿又说想继续深造。杨彦钊虽然已经从甘肃回来了，但是整个变了一个人，越发不着家了，据说已经在外边跟人同居了。沙玉华去打听，问是不是以前那个刘露欣，又听说不是，是一个离异的大学英语教师。他每年只在中秋节和年三十回来，带着些硬纸盒装的年货，闷声发财地吃完饭，然后就带着自圆其说的尴尬笑容走了，也不说明，也不道别，只留一声门锁的轻响。

　　沙玉华问女儿想上的是什么学，女儿说老板在帮她联系对外经贸大学去英国的留学项目，学费生活费大概要三四十万。沙玉华听了，也是为难，家里这些年，丈夫拿回的零用和自己的收入也只是维持个收支平衡而已，要负担这样高昂的学费，她只能另谋出路。女儿虽然收入高来钱快，但是挣一花俩，用她托儿所同事的话说，是不知道"尿多少尿和多少泥"的道理。她出去设法几次，打听到现在做保姆工资最高，自己本来就一天办公室没坐过，一辈子虽然在大单位，但付出的是体力劳动，在单位编制上是"工勤"类，不如去做个保姆，退休干部顾老一个月给她开着五千块，包吃包住，反正比整天在空屋子里坐着强。

今年中秋节杨彦钊回家一次，杨莎丽开了一瓶酒与父亲对饮。酒盖着脸，杨彦钊问莎丽现在有没有男朋友，杨莎丽反问父亲平时在何处落脚，杨彦钊顾左右而言他，杨莎丽忽然怒从心头起，觉得他这个德行跟姘头言中义一样猥琐不堪。借着酒劲，她并不哭闹，只是提出，父母的事她也无意过问，反正从小到大，跟父亲相处的时日，不过月余，今天好奇想问问，父亲在外边有了别的女人，那有没有别的孩子呢？

杨彦钊脸涨成猪肝色，低头吃螃蟹腿。杨莎丽冷笑一声，想，上次跟言中义闹了一场，得到数十万现款，今天她亲生父亲也不要小瞧了自己，就再次说，她父母的事情她不干涉，只要爸爸去做个公证，把房产改到她名下，以后他回还回来吃这顿中秋酒，还有春节的团圆饭都不勉强，他老了后，她都照顾床前，给他送终。

杨彦钊喝完杯中酒说了句："房子是我的。"撂下筷子就走了。

杨莎丽安慰了在一旁先是阻拦后是劝慰现在正哀

哀哭泣的妈妈,说:"这样看来,也是恩断义绝的时候了。"她跟母亲分析,这人跟咱家离心离德多年,您跟他的婚姻存续,唯一有价值的就是这套房产。像杨彦钊这样父辈就在北京落脚的人,别人家早就自动生成两三套房产了,而咱们家这么多年只得了这一套,他的钱哪去了?只有两个可能,一个是他的小金库让别的女人管着,一个是他在别处置了房产。沙玉华听到这里,脸上抽搐了一下,老实人再也按捺不住,趴在餐桌上哭了起来。

等她哭完了,杨莎丽接着说,现在紧要的,就是找律师,搜集证据,告他在外边重婚,他现在仍是国家公务员编制,想要体面退休享受公费医疗,不上法庭,就去公证,把房产证改成女儿名字。沙玉华点点头,表示累了,都听她的,慢慢再议吧。

杨莎丽翻了翻通讯录,同事的关系是早断了,闺蜜又没有,她决定去找大学时的男朋友杜怡冬,他是政法大学英语系毕业的,虽然不是学法律出身,但是那个孩子面和心软善交际,总有师哥学姐可托。

## 四

第二天沙玉华心事重重地回到顾老家上班,杨莎丽约了杜怡冬出来喝茶。杜怡冬比她早到半小时，还专门理了头发剪了指甲，他已是一子之父，在一个专做法律文书翻译服务的公司上班，工余读着政法大学的在职研究生，也是心劳日拙，今天前女友主动约见，他求之不得，又惊又喜。

杨莎丽说明了来意，杜怡冬心里已拉出可求助的人选单子，但是又面露难色，说什么年久失联，贸然推荐，如果不合，浪费了时间精力与金钱，他把手盖在莎丽的手上，轻抚两下，眼光炙热地看着她说，要容他些时间慢慢找找。

莎丽轻笑一下，把手翻过来握住他的手，又在桌子下面将膝盖顶在他的右腿上蹭了两下，说，哪有那么着急。又把腿和手都收回来，问他家里都好吗，杜怡冬说家里还可以，自己妈妈从老家来了，给他们带孩子，妻子人懒话多，跟老人处得方枘圆凿，他时时气闷，后悔自己结婚太早，想等孩子稍微大一点，把这婚离了才是个解脱。到时候，他也不争孩子，变回赤条条的一个人，再去追寻配得上他的幸福。

莎丽翘着手指头端起杯子喝茶，将心中的狂笑吐在杯子里，她说："对了，说起老太太们，我妈知道我出来见你，还说让我带你回家坐坐，你晚上要出得来，就在我们家吃饭吧。"杜怡冬连忙叫来服务员结账，又从菜单上点了一盒绿茶酥,一盒黑芝麻糖,让一起打包了,装在粉色樱花的纸袋里,说:"这就去看看阿姨。"

两个人回到了沙玉华和莎丽的家,进门后却发现莎丽妈妈不在家。"我妈今天去了亲戚家不会回来,看我这记性,瞧见你一高兴,竟然记错了日子。"杜怡冬把点心袋子一扔,将莎丽抱进卧室,丑态百出之时,还没忘像上学时一样先把门关上反锁好。

事毕后,他当着莎丽的面,给一个知根知底的律师打了电话,第一次对方电话是留言状态,他留了言跟莎丽说回去晚些时候再给人家打,但莎丽似笑非笑地跟他撒着娇,他只好衣冠不整地一直打到对方接听,几句话说明了来意,三个人约好第二天面谈。他想再亲热一次,但莎丽接了一个电话,他听得真切,是商量面试,也就没敢再造次。莎丽打完电话,说真讨厌,人力部总是这样急惊风似的,说什么好不容易抓到一个老板的时间,让她这就过去,一个小时后见面。杜怡冬眼睁睁地看着莎丽给菜飞水似的洗了一个澡,换衣服弄头发化妆,遗憾地说,才下午三点,自己也要回办公室去,顺路的话可以搭她的车。没想到温存了一下午,这么一句话却让莎丽黑了脸,她冷冷地说一个东一个西,她自己为赶时间也要坐地铁去。你先走吧。

杜怡冬恋恋不舍地离开莎丽家。像上学时一样，他无数次地想，别看莎丽有娇柔小猫的外形和体态，但其实她是一个披着女人皮的男人。她冷静果断，"见钱眼开，见利忘义"，就算是为了一点微不足道的好处，她也会"立刻宽衣解带，毫不犹豫，全无廉耻"。上次同学聚会传说她被一个大老板包养的事，恐怕是真的。不过他今天跑这一趟也没有吃亏，就是回去要跟那个律师朋友叮嘱一下，她杨莎丽的事，既不能懈怠，也不能太勤力，拖她个一年半载，这样他在中间还有机会斡旋，多跟她有几次交往。

第二天是星期六，杜怡冬想着昨天杨莎丽说妈妈去了亲戚家晚上也不会回来，他特意比约定时间早半个小时来找莎丽，没想到吃了闭门羹。二十分钟后莎丽回来了，看见他流浪汉似的站在门口不觉一愣，随即浮出一个讽刺的微笑。

莎丽说："昨晚吃饭回来发现轮胎瘪了，今天一早先把车一点点挪到最近的修理店，补了胎，走的时候怕回来时间来不及，提前穿戴整齐了，正好你也来了，咱们就走吧。"

杜怡冬看莎丽岂止是穿戴整齐了，连眼睫毛都一根一根刷好了，不要说想凑上去抱抱亲亲，就是在一步之外跺一下脚，怕"那脸上的腻子"也要掉下一些。

他恨恨地想"怕她没有再求着我的时候"。

莎丽好像看穿他的心思似的，在车上说，女人遇到大事还是容易糊涂，昨天去那个公司面试，就发现同一座楼里驻着不下十家律师事务所，早知道律师不是那么难找，就不来麻烦老朋友了。歪头看看他。

杜怡冬坐在副驾驶的位子上，冷笑说那些律所做的业务怕不是莎丽母女这些，律师费也动辄数十万。他目视着前方，想到自己昨天曾对这个女人拥有的片刻权利，伸出左手在莎丽大腿上狠狠捏了一下，让她闭嘴。莎丽果然一惊，心里骂了一声，脸红了起来。杜怡冬得意地笑了，收回左手，两只手相握着按动骨节，发出咔咔声。

黎律师的事务所在一幢三层暗红小楼里，闹中取静，他办公室的隔断也打得巧，将一面扇形大窗框在对门的墙上。莎丽第一眼看到这位黎律师不免心生好感，看他穿了件藏蓝色高领羊绒衫，蓝灰色布裤子，灰色的麂皮鞋，衣袖卷在臂弯处。他是周末过来加班的，顺便接待他们，周到地问他们屋子里冷不冷，因为周末楼里不给暖风。

黎律师第一眼看到莎丽也愣了一下，没想到杜怡冬的前女友姿容这么秀丽，但坐下来寒暄几句后，初见的惊艳就打了折扣。初冬的周六，这个女孩子穿了一件芥末色大衣，里面是褐色紧身的毛衫连衣裙，领子在不该结束的地方结束了，代之以透明的一片薄纱。她有双大眼睛，但看人时焦点却奇怪地偏移着，仔细看是因为佩戴的美瞳片没有严丝合缝地覆盖住眼球。她虽然未语先笑，但声音轻薄尖利，是公司里常见的那种招摇的女子。

黎律师很认真地听完莎丽的陈述，问了几个问题，表示这个案子不复杂，客户的诉求也很清楚，操作上直接去起诉离婚很容易，但如果以重婚罪起诉，并请求损害赔偿，就需要收集证据。

莎丽问律所是否能派"调查员"去取证，黎律师微笑但不失礼貌地说，目前所里没有这样的人员配置，"跟美剧的情节有所出入"。

莎丽也心事重重地笑笑，杜怡冬在旁边建议可以找私家侦探，他犯难地说，自己没有这方面的资源，但可以去打听。黎律师说，其实因为这类取证方式不合法并不会被法庭采纳，但是如果拿到了，可以做辅助证据。杜怡冬马上说，可以拿着去跟你爸爸商量，迫使他协议离婚，好离好散，省得大家麻烦。黎律师看看莎丽，弯弯嘴说，也有道理。嘱咐她回家再和妈妈商量一下。

两个人从律师那里出来，杜怡冬的手机已经收了很多短信，妻子问他加班什么时候结束，催他回家带上孩子"去钓鱼台门口银杏叶大道拍照"。

莎丽心情不算太好，她给妈妈简单打了个电话，挂了电话发现杜怡冬还站在那里，不免又客套几句，将肩膀斜过去靠他一下，说"后面的事再联系吧"，然后就各自走了。

杨莎丽在当日下午拿到私人侦探的电话，想这一天效率很高，办妥几件事。侦探名叫曲真，也不知是真名还是化名，倒也蛮有意思。虽然不早了，她还是一鼓作气地跟曲真取得了联系，约好第二天见面。杜怡冬也来信说他又联系了几个同学，莎丽看他那边没有什么实质内容的消息，放在一边不去理睬。

第二天起来，莎丽独自去见曲真。她昨天受了凉，今天不太舒服，从衣柜里拖出棉服毛衣牛仔裤穿上，她一年到头很少有穿得放松、舒适、暖和的时候，觉得自己今天的打扮不似女人，而像昨天见到的男律师。她吃了一个止痛片就出门了。

曲真见了莎丽，觉得她眼熟。职业敏感让他觉得他们是一定有过交集的，但又无论如何不认识，不免在认真听她说事的时候仔细打量着她的脸。她脂粉不施，事情说到紧要处还伸出涂了橘色蔻丹的指甲狠狠掐着太阳穴，是个皎洁清灵的女子。回到家里，曲真取出电脑翻阅，证实属下拍过她的照片，来自一位名叫陈愿的女客委托。一系列照片中，她伴随着一个身材矮小、表情张狂的男人，她浓妆艳抹着，比今天看上去好像老着5岁。

五天后杨莎丽接到曲真的电话，他说已收集到一些信息，想明天跟莎丽"碰一碰"。莎丽跟他约好了时间，挂了电话又想，有几件事应该先问个大概：父亲在外面的女人是何许人，住在哪里，有没有孩子——这几年间困扰着她和母亲的这些问题像大雨前的蜻蜓一样不怕死地绕着她盘旋。想再打电话回去，但又迟疑着想，反正就在明天，今夜先睡个好觉吧。

第二天一早莎丽来到曲真的办公室，彼此都没有过多寒暄，莎丽默默坐着，曲真取出一个浅黄色纸夹子，将搜集到的情报一一展示："你父亲杨彦钊，三年前因为内部的一个工作失误，记了大过，之后降级办了退休手续。他现在其实跟你和你母亲住得不远，是他购置的一套二手公房，约120平方米，朝北四小居，地址在这里。他将这套房分别出租给三个单身青年，自己也在其中一间居住。他确实有过一位往来较密的女子，是一位在职大学英语老师，时年47岁，他们两人是你父亲从外地调任回来开始交往的，曾经同居过，但你父亲在单位出了事后，跟这名女子关系转淡,他搬到刚才说的这个四居室,他们偶尔仍有联系,有时……还很亲密。但他现在较常联系的是他从前的一个同事,叫刘露欣,刘女士不久前丧偶,你父亲,常去她那里,但是我们跟他的这阵子,他没有在那边过夜,又可能是他这边毕竟住得比较简陋,刘女士从来没有来他这边住过,倒是他有一个老同事,叫王柯宇……常来找他和几个搭子一起喝酒打牌。目前了解到的就是这样。"

杨莎丽在学校里就是听觉学习者,无论是老师的话,老板的吩咐,情人的允诺,还是此刻曲真的汇报,一经说出,就立刻会被她一字不差地收录,像早期的打字机,在她脑中留下坚实明确的针孔。她在听别人说话时从来不打断,也从来不必重复确认,此刻她静静地翻看着几张数码照片,父亲的两个情人并非风姿绰约,但也平头正脸,她不理解她们为什么看得上杨彦钊。

曲真的意思是以目前的情况看,控告他重婚不容易,但是如果以感情不和、道德败坏、有婚内出轨,而且事实分居名义起诉离婚"应该是比较扎实的"。莎丽笑笑,父亲果然有小金库,还在外边买了房,拿着退休金,与人合住,还收着租金。他觉得父亲是个聪明的人,用得着用不着的地方都算计到了。

曲真问她对下一步的调查还有什么要求,莎丽说暂且先拿这些材料回去找人商量下,曲真点头,又说:"上次见面,杨小姐已经交了2000元预付款,今天可以支付余下的7000元了,之后还有什么需要,我们等您吩咐。"莎丽在手机上转了账,合上黄色纸夹出了门。

她随后接到杜怡冬的电话,问她最近怎么样,面试的工作机会进展如何,私家侦探那里有没有回音,阿姨身体好不好,能常回来休息吗,最后轻轻说想她,能不能什么时候过来看她。莎丽说今天就可以来,但"只给看看"。杜怡冬高兴地缩脖搓手。

莎丽随即跟杜怡冬娇声说,刚从私家侦探这里出来,现在正要去银行取钱,今天拿到些情况,也需要付费。杜怡冬的妻儿互相传染了手足口病,在娘家隔离十天,他迫切想见到莎丽,但还不至于慷一时之慨,只是歪七扭八说些没脸的下流话,莎丽跺脚说要跟他"借三千块",他说算上他今天刚报销加班餐费的400元,这张方便转账的银行卡也不过只有900元而已,莎丽开恩说那就先转过来900吧,他咬牙跺脚间,莎丽已挂了电话。她早上出来的时候未及吃饭,去附近的便利店吃完一个饭团的工夫,杜怡冬已转了800元过来,信息上附着些恬不知耻只有他们二人明白的暗语,并告知他已经人在路上,她收起叮叮作响的手机,施施然回家。

杜怡冬在心里暗笑莎丽在大学食堂就用他的饭票吃糖包儿，现在仍东食西宿，她唯一的好处是讲信用，不会白吃人糖包儿，就算是只收了800元，也能在卧比起她鹤势螂形的身姿，她的素脸反倒相形见绌，这样的人做情人，又安全又长乐。缺点就是仍不能算是惠而不费，下次还是要狠心与她周旋，不能她要多少钱就给她多少。800，哼！

杜怡冬在莎丽这里乐而忘返，索性想办法跟妻子说今天接到一个明早会议传译的任务，要提前去天津，今晚就不回家了，"想念你和病中的孩子"，他妻子根本就没有回复。他不放心，又趁莎丽让他去买水果时追了一个电话，妻子不疑有他，三两句挂了电话，他侥幸地觉得老婆鲁钝，其实是对方也没有把心放在他身上。

莎丽用杜怡冬依言买回的牛油果切了片，蘸生抽与青芥，喝杯袋泡红茶就算一顿晚饭。杜怡冬小睡片刻，却被在大学食堂排队打饭的梦饿醒。他气闷地打开冰箱，看到里面只有手指长的胡萝卜与盒装的根茎类蔬菜，连一个西红柿也没有，冷冻层则有一盒夏天拆封却未吃完的冰激凌，浮着硬而恶心的霜。他今天下午为了降低800元的约会成本，连番恶战，此刻已经前胸贴后背。

莎丽歪在沙发上看韩剧，白天带回的纸夹子打开着，露出那几张普通人在不知情时被拍摄难免窝肩塌背的狼狈影像，她拿起来看一会儿，又放下。杜怡冬叫了几声饿，但她事不关己地沉默着，杜怡冬只好嘟囔了一句，自己下楼过马路吃酸辣粉与肉夹馍，小店临近打烊，给了他双份肉并倒空了香菜末。

他打着嗝儿回莎丽家，粗劣的食物让人觉得饱而不足，他正在慨叹万事意难全，情人不肯下厨房，忽地看见莎丽和一个老头儿快步从楼里走出来，他愣怔一下，看他们要上车，连忙迎头追上去。

老头儿和莎丽都被他吓了一跳，莎丽回过神来急促地说："我爸爸出事了，王叔叔来带我过去看看。"老头儿已经低头上车，杜怡冬看到莎丽惊惶的眼神，讷讷说："我跟你一起过去。"车里的王叔叔催促着："来吧来吧快点儿了！"两人上了车，按王叔叔指的路到了不远的一个小区。

五

冬天夜晚的九点半，小区里已满坑满谷地停满了大小车辆，一辆警车一辆救护车停在消防通道上，莎丽直接将车停到这两辆车旁边的冬青树丛中。物业的人从警车后面跳出来说:"车可不能停在绿化带里!"王叔叔下了车一指莎丽说:"病人家属!"居委会主任站出来拉住物业说:"先这样吧,开春再修补,家属赶快先上去吧!"

楼门和杨彦钊的户门都大敞着,门上写着1203,王叔叔带着莎丽进去,警察在等着他们,杨彦钊的另三家租户被挡在外边,惊怖而好奇地站着。莎丽看到父亲躺在地上,已经逝去,眼眶和耳根泛着奇异的青色。

警察登记了莎丽的信息,简洁而和缓地跟她介绍了情况:杨先生今晚和老同事王柯宇喝酒回来后,突发心肌梗死,老王叫了救护车,医生到时,杨先生已告不治。他同屋的合租人害怕,同时报了警,警方一旦出动,就要保护现场,所以他父亲现在仍躺在地上。就等亲属来决定,如果需要尸检,就办手续送到法医那里,如果家属跟医生交流后认可是单纯的自然死亡,那救护车就直接将尸首装裹了,送去家属指定的殡仪馆。

这时沙玉华的电话也到了,王柯宇已经通知了她,但是危急忙慌中忘了他们夫妻早就分居,所以又上门去找她母女,但没想到沙玉华在外帮佣住在雇主家,他只接到了莎丽。这会儿沙玉华回了家,打电话问他们在哪儿,老杨在哪个医院,莎丽含混说,人已经不行了,也没有来得及去医院,嘱咐母亲不要过来。沙玉华想得多，静默一下问莎丽"是不是还有你爸爸的朋友在"，莎丽听出母亲的话外音，告诉她只有王叔叔陪着料理，让她放心，过会儿再说。

她环顾一下四周，转过头来跟警察说家属接受医生关于自然死亡的判定，请帮忙联系殡仪馆，王叔叔说陪她一起过去，她表示了感谢。警察完善了几样签字手续，安慰家属节哀后就告辞了。

救护车联系上殡葬一条龙服务公司，共来了两个人，其中一位拎着一套寿衣和寿被，说看家属如果还想选选别的样式，门市就在小区西门外，可以一起去看看。救护车的司机已经烦不胜烦，敲着手表说还有几家急诊要跑，要不家属用殡葬的车得了，来人为难地说就一辆车，不巧拿去修了。莎丽扬眉扫视已经在人群中对她反复进行"X光透视"的救护车司机，后者本来正要点燃烟卷，看到她的眼神烟没有点上，掉头去了户外。

莎丽转头对殡葬师傅说，衣服就穿父亲自己的，被子也是现成的。王叔叔也在旁边点头，说不必要的钱不要花。刚才莎丽一说不用出动法医，他就忙用杨彦钊出去喝酒时穿的羽绒服盖住了他的尸身，到底是多年的酒肉朋友，他的眼睛干了又湿，对周围人说："哥儿几个受累，先把他发送了吧。"几个男子一起把羽绒服给硬挺挺的杨彦钊穿上,莎丽目不转睛地看着父亲进了黄色的纸棺,本想用他床上堆着的被子盖上,抖起来一看,不由倒吸一口气,还是决定用殡葬师傅带来的新被子。那师傅张口说要 600 元,杜怡冬从钱包里掏出 280 元塞到他手上说:"老哥好人做到底,逝者咱们赶快送走,活人也好早点休息。"

都收拾停当,沙玉华的电话又来了,莎丽直接告诉她已经要去殡仪馆,让杜怡冬回去帮忙照看一下母亲,"没什么事你天亮就去上班"。杜怡冬此生也是第一次经历这种场面,腿已经软得不行,实在不想再经受黑夜去殡仪馆的刺激,抱了抱莎丽就走了。莎丽和王叔叔一起上了救护车,护送着杨彦钊的灵柩直向西郊驶去。

第二天早晨六点半莎丽和王叔叔步出殡仪馆,整个世界就像一块坚硬的蓝冰,两人瑟缩着从台阶上下来走进这样的世界,仿佛边走边听到冰层竖直地从周身碎裂的声音。他们这一夜已断断续续地说了很多话,此刻觉得头和舌头都像饮了酒一样沉重。两人搀扶着去坐地铁,这是王叔叔的坚持,说从这样的地方出来,要先去人多的地方走走。早班地铁像昨夜那杨彦钊的灵魂,飞速而孤寂,呼啸着驶过幽深黑暗的通道,将他们二人留在一个站台,再不相见。

莎丽先回到父亲的小区,将昨夜留在这里的车子倒出绿化带,一个灵活转身,又经过两个十字路口,回到家。

沙玉华也度过了一个不眠之夜,杜怡冬昨夜奔回来报丧,在那样紧急的情况下,她一时并未觉得唐突,还谢谢他和女儿莎丽目不转睛地看着父亲进了黄色的纸棺,多年的交情,连累他跟着跑这么一趟。杜怡冬受命于莎丽,说要陪着阿姨,但后来自己在沙发上睡着了,早起沙玉华出门给他买了早饭,看他吃完就打发他走了。

莎丽回家见到母亲,反倒觉得不知从何说起,父亲的逝去并不能减少她对他的隔阂,抱头痛哭似过于戏剧化了,所以她看到母亲一见她就红了眼圈,从心里升起不耐烦。她回来只是为跟母亲报个到,简单介绍下情况,让她放心,后边她急着要去父亲的"故居"收拾整理。在殡仪馆守夜时,她已经用杨彦钊的生日组合解锁了他的手机,他和两个女人的来往,他日常的活动,银行发来的"交易后余额"短信都历历在目,这帮助她在心里列了行动清单,她要先去收集父亲的银行卡,将信用卡冻结,将储蓄卡账目转出,还要找到他的购房合同,确定这套房子是否仍有债务。

母亲一直令人不耐烦地落泪,所以她此刻尚不能将这个活动日程向母亲和盘托出。她耐着性子跟沙玉华说，吃过早饭她要先去父亲单位，她把王叔叔跟她透露的一点情况告诉了母亲。父亲在单位记过大过，退休前与单位处得很不愉快，所以丧事就没有必要让单位参与，她今天去结清退休金并领抚恤金回来就好，而母亲需要通知在安徽的一位姑姑，北京的一位伯伯，三天后火化。沙玉华点头答应了，莎丽脚不点地地走了。

其实去父亲单位领抚恤金的事她已跟王叔叔说好，请他代劳，莎丽直接回到父亲家。太阳已经完全升起来，从东窗淡淡照在半张书桌上。她人还没有站定，父亲的房客就惊魂未定地过来敲门，他拿着租房合同说出了这事太不幸了，但他年轻没有经历过，确实有点害怕，正在收拾东西，准备今天就退租了，莎丽表示没有问题。房客说还有1000块押金在房东处，拿不拿回来都不着急，莎丽瞄一眼合同上留的电话，说过了这几天再和他联系。房客一迭声地道扰退出了。

父亲的钱包就在他昨天穿着的羽绒服里，王叔叔是个细心的人，将它和钥匙一起，与莎丽进行了简洁但郑重的移交。钱包的上边和侧边都破了，露出皮子里面的薄纸板，显得寒酸。钱包里有身份证、驾照和行驶证，一张储蓄卡、一张信用卡，与手机上接到的通知短信步调一致。莎丽又用手机银行将存款中的余额悉数转出。她给银行打电话挂失冻结信用卡,银行说只能杨先生本人来电,她照实说人已去世,银行要求她亲自去办理手续,她皱眉嫌麻烦,但是担心与父亲有染的两个女人持有副卡,决定下午再去跑这一趟。

单人床的两个床头柜一高一矮,盖着一样的两块装饰布,其实右边靠墙的那个是个小保险柜,密码跟手机的不一样,却是她自己的生日,莎丽歪歪嘴,如果是别的女人的反倒难办。

保险柜里有房产证、完税证明和发票,没想到还有另一张手写的协议。她父亲龙飞凤舞的字迹,写明祖父在海淀区知春路的一套小房子以540万卖出,待钱到账,她父亲与姑姑、伯伯各得180万,三个人签字画押。又有一个二手车买卖协议,证明父亲曾花费20万购入一辆宝马三系,莎丽在门后挂衣服的一排横钩上找到车钥匙,又拿起刚才的行驶本端详,车子是淡金色。

莎丽拿着这几张纸看了很久,想到昨天为从杜怡冬处拿到800元百般耍宝,现在父亲突然离世,她不仅免去争夺现在的房产,还坐拥这套房产和祖父那份180万,不禁哑然失笑。

房中没有更多细软了,她去房客那里敲门,问他可有多余纸箱和垃圾袋挪用。房客的所有行李都打了包堆在屋子正中央，莎丽顺便扫视这间20平方米的居室，一床一柜而已，电脑桌和配套椅子看来是房客自己置办的，此刻头朝下用绳子捆在一起。房客贡献了一个敞口的无纺布箱子，三只巨型黑色垃圾袋。

莎丽回到房间，将被褥衣服杂物统统收进垃圾袋，一边盘算在农历年前不妨结束另两位房客的租约，稍事修葺，再按整套出租。她跑了两次将几袋遗物送到楼下的垃圾站，一个拾荒老太太骑着带斗的小三轮车过来，看见她手里的东西忙招呼她，"放在这儿吧"，她点点头。

莎丽在小区转了一圈，找到那辆淡金色的宝马，她打开门进去坐下。车里空无一物，杨彦钊身后要处理的东西和事情是如此规整利落，丝毫不拖泥带水。她想，父亲不愧是她的父亲，一个落魄却不潦倒的花花公子，从来没想爱过谁，恐怕也没有得到过像样的爱。微信显示他给两个女人发三条，对方回一条，话里话外都嫌他鸡贼吝啬，现在他撒手而去，她们不仅什么都得不到，还会像她杨莎丽当初一样，不知隔上多久，才能获知情人的死讯。

啊，伟大的婚姻制度，平生第一次，杨莎丽想高举双臂去赞颂它，父亲这座被废弃的金矿，现在的合法开采者就是她和母亲了。

她的指甲嵌进皮椅子，浅灰色的牛皮像沧桑的女人的脸，像被言中义和杜怡冬的手用力按着的她自己的脸和肌肤，展开一圈圈涟漪似的皱纹，又在离开揉搓后迅速恢复了原样，莎丽觉得似悲还喜。

她回到家，王叔叔已经来过，安慰了沙玉华几句，并留下从单位领的抚恤金。沙玉华如常做了颇丰盛的饭，母女对坐，一时无话，举箸几次，仍剩下很多。沙玉华跟女儿汇报说，今天白天大伯伯夫妇俩也来过了，姑姑明天从安徽启程来京，晚上就到。她已经联系了广济寺，后天下午有超度往生逝者的法事，和亲戚们一起去，带水果和鲜花及遗像。

莎丽问："远吗？"

沙玉华说："不远，在西四书店那里。"

莎丽点点头："我不太懂这些事。"

沙玉华："你一个小孩子，哪用知道这些。广济寺啊，就是我每年正月都去烧香的地方。"她又接着说，等第四天火化完了，大伯的意思，骨灰先寄存着，等选定了墓地，就在清明前下葬。莎丽看看母亲，竹筒倒豆子般把父亲私下购置的房产，还有她白天在那儿整理文件时的所得一一讲出。最重要的东西就是两样，一个是房产本身，一个是大伯、姑姑和父亲一起处理祖父房产的协议，明后天见了他们，这个事要提一提，不要父亲去世了，他们就不认账，得想着问问他们祖父的房产处置现在到什么地步了，钱款到账了没有，要他们同意把父亲的那一份如数转给他们母女才是。

沙玉华在震动中沉吟着，努力梳理出数字和事实，又问了女儿几次，才把细节写在脑中的一块黑板上反复审视着。半晌，她劝女儿迟些跟亲戚开口，莎丽则说夜长梦多，跟这些亲戚们本来也疏于走动，趁这个机会大家都在，把事情讲清楚，免得以后被动。并有些兴致勃勃地对母亲说："办完后事，你先去辞工，还当什么保姆。到时两个房子一起出租，我用爷爷那份180万留学，等我联系好外边的学校，你跟我一起去。"

沙玉华表示这个不着急，从长计议，事缓则圆。莎丽不耐烦，觉得这么多年，他们母女被晾在一边，父亲不着家，姑姑伯伯也没有仗义执言替她们说句公道话，这会儿还顾什么红事白事的忌讳！就是要踩住了他们的尾巴，让他们措手不及，毕竟他们才是一家人，谁知道他们躲在屋子里会谋划些什么。

沙玉华觉得女儿话说得刺耳，回她说："谋划什么，还不是谋划你说的这些。他们说的不是话，咱们说的这就是话了？"莎丽听得气闷，赌气提起刚才母亲说的丧葬的事："找什么墓地，谁去看他。八大处找棵树，挖个坑倒进去得了。"

沙玉华默默站起来收拾了碗筷，拿到厨房去洗，莎丽跷脚坐在沙发上，听到水龙头开着，也听到母亲压抑地在哭。她恨一声，跟到厨房去，母亲正站在当地，背对着她，肩向前塌着，左右手轮流举起又放下地拭泪。

她扶着母亲的肩膀回到沙发边，沙玉华啜泣了一会儿，忽然说："以后，有了钱，你也不用再受气了，可你也不能委屈别人。"莎丽冷笑："我能受谁的气，我委屈了谁？"

沙玉华擦净泪，并不看着莎丽，她眼睛看着前方说："我呀，在顾老家当了这么多年的保姆，每月回来休假再回去的时候，我只看垃圾桶，就知道这两天没有我在，他们家是凑合着吃的还是做了像样的一天三顿饭，老太太和顾老有没有按时吃对了药。那天晚上你和老王去送你爸，派小杜回来陪我，那是你大学毕业没几年的事，我还记得他，问他怎么老也没来了，最近怎么样，在哪里工作，家里好不好，没几句我就听出他现在是有妻有子的人。那你说，三更半夜的，他怎么听了咱们家的差遣？他后来在沙发上睡着了，我一收拾屋子，心里也就八九不离十了。你招惹他干什么呢？你要着急去跟亲戚打仗，我也不拦着你。你爸爸的钱到了账，你愿意去留学也好，开公司也好，都是正事，别再招惹这些猫三狗四的人，就算是你爸爸心疼咱们母女吧？他杨彦钊既然留了财产给你，以前的事就一笔勾销了，我是不能让你随便地处置作践他，怎么着也要好好发丧安葬了，我觉得这也是做人的基本道理。"

莎丽脸红一阵白一阵地听着，想着他和杜怡冬那天留在垃圾桶里的证据，觉得在母亲面前抬不起头。她本来以为自己的生活对母亲来说就是白天的电影院，再怎么浪掷时光抑或度日如年，母亲都远远地被瞒在鼓里，现在想来，又蠢又荒唐的，还是自己。

# 六

杨莎丽数月来忙于和伯父一家周旋，要他们尽快兑现祖父房产的分割，原来承诺给杨彦钊的那份，现在要如数给她们母女。伯父借冷借病借过年的托词不见，但杨莎丽有水滴石穿的决心。她约了伯父的儿子出来吃饭，许诺他如果能和自己齐心协力把事情办妥，就送他"一辆九成新宝马"。

听这堂哥说："老人们的事我不太清楚，最近忙着四处寻找机会换工作呢。"莎丽连忙说自己的前男友在大制药公司任职，是亚太区总裁的二把手，自己一定能说动他给堂哥安排个理想职位。

堂哥问这前男友姓甚名谁，莎丽说叫Jim Zhou。堂哥用手机一查，还真是确有其人，莎丽笑他"急性子"，当着他的面给周吉姆打了个电话。吉姆已回到穷山恶水的老家过春节，每天跟亲戚同学喝酒打牌百无聊赖，忽然接到莎丽的视频电话，看她腊月天也穿着深V领的紧身裙子，还嘟着嘴一口一个"吉米亲"地撒娇，暗暗决定年后回京一定要在会议室之外的地方会会她，领略一下她的法术。他一边与莎丽打情骂俏，一边道貌岸然地与她堂哥打了招呼，商定年后见面，并说："先把简历给莎丽，让她带过来给我。莎丽是我们这行的精英，她说行才行。"

杨莎丽心里冷笑着，想，周吉姆这样的人总是对自己有什么误会，其实对她来说，性就和吃饭唱歌一样，有她用得着的人需要以此交易，历来得益的都是她——你呀你尽管放马过来，我不让你办完我的事再挂上幌子家破人亡，你哪能知道姑奶奶的厉害。

堂哥对莎丽的态度由冷淡变为殷勤，答应她回去一定跟父亲好好商量。

周吉姆见了杨莎丽的堂哥，印象很好。

春节之后的一个晴好的下午，坐在新家的贵妃榻上，他光身翻看着莎丽带来的简历，恍惚回到了当年在言中义麾下头脑风暴的会议室。"你堂哥的工作经历非常 solid（经得起推敲）"，他对莎丽说。后者没有答话，正披着他为这次会面准备的一件丝绸睡衣光脚在屋中巡视。

这套公寓坐落于城中 CBD 略微东北的十点钟方向。客厅采光非常好，有一东一南两面窗，两个卧室一南一北，还有一间小书房。整套公寓布置得舒适克制，蜜色的采暖地板，米色的木制家具，水墨色的沙发，一两幅挂画也恰到好处。莎丽感到惊讶，她原以为周吉姆这样伧俗的人只会住在杨彦钊那样局促的狗窝里。她问周吉姆谁为他做的家装设计，他只说是同事介绍的设计师。

周吉姆不会告诉她的是，这套房子本来是套"凶宅"，原来的女主人跳楼自尽，因病还是因情，众说纷纭，房产经纪说她清雅高华，可惜和她的双胞胎妹妹都有家族遗传性抑郁症。她自杀后，花心丈夫就委托中介尽快将此凶宅脱手，但可以预料的是，事情刚过，来看的多，敢签约的没有。周吉姆还是从当时和他约会的女生口中得知这个消息，那个歪嘴大刺刺女生说的是八卦，吉姆听到的却是利好消息，他第二天就摸索来看房，一相即中。国际药企的金牌销售使用反间计讨价还价，房产中介虽也挂个金牌的花头，却哪里是他对手，最后以原房价的六五折成交，还让他继承了所有家具。原房主在心碎与震惊中匆忙离开，连女主人的遗物都没处理干净，今天莎丽披着的丝绸睡衣，就是其中一件，周吉姆还特地花20块钱去楼下的洗染店整烫了，用高级衣物专用的拷贝纸塞塞窣窣地包好，并扎上银色丝带。他一手接过莎丽带来的堂哥简历，一手递上了给写字楼女神的见面礼。

莎丽坐在飘窗上出神了，周吉姆发现了堂哥简历中的小小缺陷。堂哥的教育背景处未标明学位，而且一个本科竟上了六年。吉姆轻轻一笑，心里盘算好，今天且不当面指出。虽然他已经竭尽全力让莎丽不虚此行，并在这套"鬼屋"中开拓绵长的战线，但是她这样有嘴无心的人物，想惠而不费地建立长期关系，就要多想几个名目。

周吉姆回公司后，和人力资源部的高级经理开了个短会，先落实了自己部门的"headcount"（雇人指标），又提了自己要招高级业务助手的岗位需求，让他们两周内给出十个可面试的候选人。中间莎丽催了几次，为了让她安心，在他们上次见面的第十天，他让莎丽做东，在住处附近的高级餐馆和堂哥"先见个面"。

莎丽的堂哥仪表堂堂,说话滴水不漏,处事得体大方,周吉姆在心里慨叹这一家人都有商业天分,而且不分男女都长得好看。想到这里他不禁又坐不住,幸好堂哥提起要早点回去辅导孩子功课,他们在八点半结账,他在门口与堂哥大方道别,表示由他来送莎丽回家。堂哥看他搂着莎丽肩膀,一脸轻薄之色,心里也打了一个突突,但也不想管那么多,堂兄妹又怎么样,谁让莎丽也有求于自己,至于她要付出什么代价,不必深究,以后自有报答。他跟周总说来日去公司详细汇报,便径自走了。

莎丽跟吉姆一起回家过夜。午夜梦回,周吉姆从一次鼾声巨响中憋醒,怔忡片刻,他以为莎丽走了,披衣下床寻找,才知她可能是嫌自己打鼾,不知什么时候去了北边的卧室就寝。那屋的窗帘没有拉上,窗外的满枝玉兰向他二人的香巢窥视着,像旧日女主人的离魂。他在略寒的春夜里微笑着,想,去他的"鬼屋",去他的言中义的旧情人,只要是现成的,谁管从前是非。

又一周后,周吉姆接到莎丽嗔怪的电话,问他怎么干吃不办事。他在办公室以公事公办的口吻告之莎丽,堂哥在他的力荐下,已进到三试"短名单"中,美中不足竟是他的学历似有瑕疵，本来安排了明天来面见自己的顶头上司，虽然是走个过场，最终拍板人是他周吉姆，但也是必需的程序，现在却被人事部告知了这个事情，又把好不容易要到的大老板"窗口时间"作废了，正在气闷，她还来问！命她速去了解始末，再来详告，说着就一本正经地摔了电话。

莎丽也是一愣，立刻去跟表哥打听，再给周吉姆回电的时候，他这边就一直是忙音状态。她心下明白周吉姆的缓兵之计，可是一个多月过去了，堂哥的事情还没有进展，这样的话自己要办的事也就会随之耽搁。她没办法，只好自己开车上门去找吉姆解释。门铃一响，周吉姆的家门为之洞开，她心急火燎，周吉姆却一脸怜爱的表情，将她连抢带抱进了屋。

莎丽跟周吉姆解释了表哥大学创业休学的事，而且不要说学位，连毕业证也是托了人才拿到的，但是学校的学分是修满了的，多年工作经历和业绩也不是生造的。周吉姆连说没问题，做张做致说现在就给"老大的秘书"发微信，让她确定明天下午面试的时间。大秘虽然平时看不起他，但正要安排自己的年假，不想被琐事耽搁，顺水推舟给了他面子，当下在老板日历上标记了见面时间。莎丽如释重负，给了吉姆一个响亮的吻。吉姆顺势捧着莎丽的脸问，愿不愿意做他的未婚妻，正式搬进来同住。

莎丽愣怔片刻，她假借整理自己的衬衫拨开周吉姆的双手，电光石火间，她突然想到，这不是美剧中常伴掌声和眼泪的求婚桥段，而是她遇到过的第三个。想到这里她不禁心头火起，左手整理着胸罩带子，右手背却斜刺里向上，狠狠甩了周吉姆一个酸鼻耳光。

而周吉姆在脸上的皮肉反应过来之前，已回敬了莎丽一个同样迅疾凶狠的耳光，因为在他出生的地方，从来没有女人敢打自己的男人，撒泼叫骂得再难听，也只有男人出手打女人的份儿。

他们你来我往，每人打了对方六个耳光，一下比一下用尽全力。最后是周吉姆抬起右脚，将莎丽踹下了沙发。

莎丽的脸蹭在玻璃茶几的圆角上，在一道道掌印的凸起处又添了血，她闷哼一声趴在地上。

两个人都静下来，耳朵里却嗡嗡地混响着，身体忽热忽凉，火辣的屈辱和钝痛从四面八方传上来，两个人在激动和震惊中都迸出了眼泪，却不是因为伤心。这一男一女两个盛年又保养得当的人，都有在各自性别中称得上美丽的胸脯，此刻剧烈地起伏着，像无声地痛骂着。

他们暂时无法对话，都在心里混乱地询问着自己下一步的对策。他们一直是无比熟悉对方的天敌,简直是一张纸的两面——即便是写上不同的字,彼此也能毫不费力地辨识。关键是谁先想到下一步。

他们恨对方,蔑视对方在点滴利益面前的轻贱,却又爱对方身上隐藏投射的自己,那兽一般恬不知耻的自己。即便是在这场交易中被动付出的杨莎丽,也不得不承认,和吉姆的性爱,是她所经历过的最好的,像默契的双人舞,也像武术高手的表演赛对决。每一次。

半个小时过去了,她看到眼前周吉姆的双脚移动了一下,她警惕地准备应战,他却向她弯下膝盖,将她的头和上身小心地拢入怀中。他的吻雨点般落在她的脸上和衬衫上,他的手没有到惯常的地方游移,而是有力地托着她的后背,仿佛下手最重的按摩师,在她的背上热烈而深情地抚触着她,安慰着她。

莎丽轻轻地低吟着,也哭泣着。他在努力地寻求和解,她的身体和半幅精神在自动回应着,另半幅精神在高处冷静地撕下一张横格纸,一行一行地记录着她的思绪。

在又一次让人筋疲力尽的博弈后,吉姆抱起赤裸的莎丽,回到她惯常休息的那窗外有玉兰树的房间。他已很累了,仍然从卧室中的卫生间几次三番绞了温凉的毛巾,将汗湿肮脏、脸上还带着伤痕和血迹的莎丽自顶至踵擦拭着。起初莎丽习惯性地回应着哼声，后来终于决定放下浪女的面具，像一个本分的女孩儿一样静默地接受了他的好意。

他不忍离去，在巨大的前所未有的温情中，他蜷在莎丽的脚下睡着了。

夜里两点钟，莎丽醒了，看一眼床脚的吉姆，经过今夜几番云雨与恶战，她才注意到对方竟然始终穿着办公室的衬衫和黑色的西装袜。她俯视着自己的裸体，想起每次仓皇地从这里离开，都只来得及套上毛衣长裤和外套，那些细碎的衣物，事后都会被有洁癖的吉姆洗净叠好，放在床对面的五屉柜里供她取用。

她站起来，回到客厅，将丢在各处的衣物从里到外一件件穿好，踮脚离开了周家。

周吉姆在清晨醒来后发现莎丽不在身侧，房中也遍寻不获，他呆坐在沙发上，感觉到从未有过的失落和惆怅。他将揉得像腌雪里蕻一般的衬衫扔进洗衣机，边洗袜子边查看自己脸上的伤痕。他们两人出手都很重，他不由得也有点担心莎丽。她第一掌打的右脸此刻有点肿胀，左脸上有鼓起的抓痕，下嘴唇内侧也破了。"妈的，疯婆子臭妓女！还带拿指甲抓的，怎么不来咬我啊。"他皱着眉却又微笑起来。自己似悲还喜的，这是怎么了？

他对这种黏黏答答的感情不熟悉，只对暗恋与逢场作戏比较适应。对莎丽，他征服、使用，仅有的依恋也是出于肉欲。但昨夜有一种陌生的感情浮现出来，他晾好袜子，跟公司告了半天假，仰躺在床上给莎丽打电话，却只有铃声空荡地回响着。他再次感到生气。恐怕是昨天传递的信息有误，但从激怒她的程度看，她也明了自己想建立便利稳定的肉体关系的想法。暴怒激战后的柔情又是怎么回事？他有点儿害怕地想，怎能爱上这样的女人。

以他现在的收入、发展前景，追求一个良家妇如医院护士、小文艺结婚才是正途，要不，找一个十八线急于上岸的小明星，挣了面子没准儿还能倒贴他钱，再赚一套这样闹中取静的公寓不在话下。

他收拾心情，去到公司楼下，本想继续吃"健身达人标配沙拉"，无奈腹中雷鸣，干掉了一大份牛肉汉堡，还把一份手指般粗的薯条都吃了，只剩下干硬的卷心菜丝。

他上楼回到办公室，同事惊呼着询问他脸上的伤痕，他胡说道是昨晚带外甥去打针，和排队的人起了争执。大秘示意他去跟老板介绍一下两点半要面试的人选情况，他欣然推门而入。

同样的说辞解释了脸上的伤痕，老板吹了一声口哨,和同事一样没有深究。又不是寒暑假,老家的外甥为什么会来同住,如果他们问,那就说是学校选送来参加数学竞赛,怕什么的,最容易的就是撒谎了。但莎丽却对说着的谎动了真格的,结果她还委屈了呢。他的心酸痛地一荡,今天浮现了很多陌生的思绪,他连忙找出铁锅盖将沸腾的粉色泡泡兜头盖住,流利地跟老板介绍起莎丽堂哥的情况。

他说他是一位非常聪明、有想法、商业敏锐度高的候选人。工作经验涵盖品牌管理、化妆品、非处方药和电商媒体领域。理工科出身,有出色的数据敏感度,大学期间甚至曾休学创业,是高度成就驱动型人才,非常愿意接受挑战,并总能提供解决问题的手段和步骤。

老板表示唯一的担心是看他过往的经验,是不是更偏重了市场策划一点,不知未来从事销售业务会不会有什么短板。周吉姆胸有成竹地回答道,候选人长于组织市场推广活动,正好可以代表销售部对市场部那边的工作给予恰当的督导。为了公司新上的一种抗癌药和心脏病药,接下来将举办很多场市场活动,需要进行大量辛苦细致的工作,新候选人的到来,定会助他一臂之力。

老板颔首,问吉姆要不要加入一会儿的面试,他表示不要了，还得去参加市场部下周五新产品发布会的第二次准备会。

堂哥在大老板的办公室谈了半个小时，出来后在周吉姆的位子上等，后者带他去了个略远的小会议室，坐下来了解面试情况。老板无非是把早上与吉姆的谈话内容又巩固引申一下，画了公司战略的大饼，表达了隐忧，提出了希望，最后五分钟闲谈了城内文娱活动及周边几个高尔夫球场的优劣。周吉姆低头闲闲听着，对最后这部分表示了兴趣，话里话外地问了究竟。堂哥体察到他情绪的变化，忙打着哈哈表示，自己英语一般，哄老外就是那么几个话，周末要充当司机，送孩子上课，接岳母打牌，哪有可能去看戏打球。

周吉姆放了心。他招这个人来，一方面是帮莎丽忙，一方面是给自己添个右手，要是对方不晓得眉高眼低，最后风头盖过了他这个总监，那他可就不客气了。噢，对了莎丽。

他笑说堂哥对英语水平自谦，其实肯定好过自己，"咱们都不比莎丽，去英国留过学，有漂亮的发音"。堂哥有片刻困惑，说想不起莎丽曾有留学经历，吉姆好奇道，她简历上写过一笔，好像是参加对外经贸大学在英国的留学项目。堂哥不置可否，想起那晚在饭馆门口与吉姆和莎丽告别，对方脸上的淫邪之色和莎丽不易察觉的一点困窘,说,虽然是亲戚,要不是这次因为叔叔突然去世,其实平时他和莎丽很少有来往——两家走动不多,莎丽从小就人精鬼大,是出名的学霸小班长,他笑道,母亲还曾叮嘱他,这个堂妹太精明,没事不要来往,免得被她占了便宜。

吉姆大笑起来,堂哥应和着。吉姆说等下跟老板再"catch up"(开小会)一下,问问定论,但估计问题不大,让堂哥回去等人事部通知,后续的入职手续,要尽量配合,尽早上岗。

堂哥出门后给莎丽打了电话,约她吃饭表示感谢。莎丽本想推辞,但想到自己还有求于他,要请他尽快敦促伯父兑现落实祖父的财产分账,问清了周吉姆不出席,也就迫不及待地同意赴约。

堂哥在灯光幽暗的餐厅见到莎丽时大吃一惊,她一张嫩脸上突起的掌印和眼下的一点淤青提示着昨夜的激战,而且不言而喻,激战的对方是谁。

堂兄妹虽然疏于来往,但血脉相连,不需客套。莎丽对堂哥直言,周吉姆是以前组里的竞争对手旧冤家,当初说是前男友,是为了让堂哥放心这个忙自己帮得上。其实这世界哪有前男友帮得上大忙的事,堂哥插嘴说:"以为你们借着我的事重归于好,要不那天吃完饭,就不让他送你了。"莎丽轻笑一声。

堂哥问昨天到底怎么回事,怎么两个成年人都挂了彩。莎丽说对方请求订婚不成,有了争执,大家脾气都不好,不过周吉姆已经道歉了。她突然想到昨夜最后他那些温柔的举动,不禁黯然片刻,又做出轻松的表情,笑问堂哥今天吉姆的面相如何。

堂哥呵呵笑起来,回说:"我妹也没吃亏。"周总今天虽然脸上带伤,情绪不高,但因此放弃了平时浮夸的做派,反倒显得淡然无虑,比哪次见面显得都正常。

莎丽切入正题,伯父生气不肯见我,还得大哥帮着说项。堂哥都答应下来,他去卫生间的时候,莎丽收到微信,是吉姆发来的,没有提别的,只说人事部已通知他,正式聘用堂哥,明天就可以去签聘书。隔一会儿又发来一个"摸头杀"的表情符。

莎丽没有回复,一会儿堂哥回来了,说刚才真是巧,他在卫生间接到了人事部的电话,聘书的电子版也发过来了,这公司办事效率真高。莎丽点头说,这是业内备受瞩目的优秀公司,自己曾应聘失败,鼓励堂哥加油,大展宏图。

堂哥拍拍她的胳膊,说父亲那边的说项包在他身上。莎丽摸摸脸说今天不舒服,改天再见个面,父亲留下的宝马车,哥哥要是不嫌弃,就来拿钥匙开走,过户手续慢慢办。堂哥一再道谢。

莎丽回到家，幸好这些天母亲不休假，她落得清静，蜷缩在被子里，将昨晚的电影在脑中又放了一遍。与言中义分手时他曾痛骂她是野狗改不了吃屎，这次，她是碰上了硬屎。她翻身从床头柜上拿起小圆镜，照着看看自己脸上的伤痕想，没关系，皮外伤看上去可怕，却会很快消退。周硬屎虽然自私下流残暴，但昨晚是他先服软的，今天也曾来示好。她歪嘴冷笑一下，删去了吉姆发来的"摸头杀"。

到下一个周五，周吉姆参加了公司在大酒店的新药发布会。他脸上的淤青已全部被皮肤吸收，抓痕也消失不见，只有下嘴唇内侧的伤痕还偶有不适。

今天活动请来的站台嘉宾是38岁的女演员辛习雅，此人有中年艳星之称。

辛习雅是外语学院子弟，交过意大利男友，每次参加这种活动，都喜欢使用初中前外婆向她口耳相传的英语。周吉姆作为今天大会的主要演讲人，晚宴时与辛小姐坐在主桌，两个人一直交头接耳，不时拊掌大笑，从圆桌一直喝到酒吧，最后辛小姐表示累了，周吉姆让市场部的随员去开一间房给明星休息。小姑娘面有难色，他便找来刚入职一天刚发光了两盒名片的堂哥，交代他去办这件事，嘱咐他让酒店销售不要将房费单列出来，都记在活动里一起算。堂哥领命而去，不一会儿就发来已办妥的消息。

周吉姆陪辛小姐去休息，女明星真能喝，他不是她的对手，勉强在清晨成事，他想还是把"十八线小明星倒贴挣面子"的择偶计划无限期搁置为好，等五六十岁家大业大后尝鲜即可，现在求偶还是要在周围的圈子设法。

他想起了莎丽，她像投出的石子般陷入湖底，但是又像嘴唇里那不容易复原的小伤，时刻提醒着她的不可一世。也不知道她住在哪里，不知道她安排堂哥来入职能得到的好处到底是什么，成全了没有，改天如果还是对她有烈火烹油的欲望，就找堂哥设法，再找她出来说清楚。

## 七

堂哥找父亲做工作，直截了当地说关于祖父那份已经交割的房产，当把原来属于叔叔杨彦钊的一份尽快转给小婶母女。他父亲起初耍混让他少管大人的事，哪儿凉快哪儿待着去，他并不动气，自己什么样的客户没见过，说服父亲这样的老倔贪难度系数为三而已。

他找了一个父母都在的时候对其晓之以理:"您二位拿着单位的退休金,房子是住着一套租着一套,虽说不上大富大贵,也是逍遥夕阳红。小婶可是做了快十年的保姆,为了挣一份比您还少两千的工资有家不能回。叔叔不靠谱,他们母女这么多年不容易,知道自己穷,年节从来不上门诉苦,也是怕多拿了你们的点心盒子招讨厌。要我说叔叔虽然没享什么福,突然走了倒也是对他们母女的一个安排。要不怎么说人在做天在看呢,咱们多拿了这些钱,要是再被老天爷看见了……"

他父亲嫌儿子说得不像样,假装生气站起来走了,但也丢下一句:"咱家是老太太管钱。"

堂哥又哄老太太:"这次丽丽帮我找的这个工作,比原来的公司官升一级,薪酬一年算下来也在180万以上。"他妈妈眯眼看着这个儿子,怎么看怎么喜欢,心里是乐开了花,嘴上却说:"你就是挣810万,沾光的也是你媳妇,给我买什么啦?"

堂哥说:"谢谢您吉言,不仅这810万不给您,您存折里的也是给我攒哒!那丽丽家这份,我就做主不要了。"

胖老太太在沙发上扭着撇嘴,将沙发巾扭得像湖面一样涟漪四起。堂哥索性委婉但明确地跟母亲说明,是丽丽一手牵线帮他找了这个职位，为了玉成好事，她还"做了女孩子不该做的事"，"我知道得晚，那天还跟她发火了，说我又不是在家饿饭，凭我的本事就找不到好工作吗，公司是好，但哪怕一时去不了又怎么着，哪用她做这些见不得人的事"。

老太太大惊失色，直说听不懂听不懂，又连说作孽，说虽然是亲戚，但从小就不喜欢丽丽那女孩子，她呀，跟她爸一样，是个不安分的人，千万离她远着点，她这不名誉的事，你千万不要跟你媳妇和爸爸说。堂哥不说话。

老太太嗨一声，从写字台抽屉里拿出存单和身份证，待要交到儿子手里，又说怕他给媳妇看了存折，眼里拔不出来，还是明天自己去办吧。堂哥跟母亲一言为定，临出门前老太太又让他给丽丽带话：亲戚情分是有，但超出的情分，我们可还不了。女孩子大了，走下坡路忒容易，要迷途知返。

没两天堂哥拿到了过户更名的180万元存单。叔叔的那辆旧宝马他也开了回来，车况良好，两年才跑了一万公里，跟新车一样。他把自己原来的日本车卖了，得3万元，给莎丽包了个红包，想一想又挪出来1万。

他将办手续用的莎丽的身份证送回，奉上存单和

2万元红包,莎丽抱着他脖子转圈,他也爽朗地笑,心里想什么也不如知道自己是个好人的奖赏大。莎丽将红包拆开,拿了1万出来包回给堂哥,让他转交给小侄子。堂哥也没推辞,又差点忘记什么似的拿出一个硬纸壳,上面印着公司对面大酒店的名字,告诉莎丽说,酒店的销售送了他和周总一人二十张游泳券,吉姆让把自己那份转交给莎丽。二十张游泳券?莎丽撇撇嘴想要不收,手指却又玩弄着信封平整而尖利的四角,她闲闲问周吉姆最近怎么样,有没有再被别的女人打。

　　堂哥欲言又止,他跟吉姆在工作上合作默契,心下是很佩服这位上司的。看他虽然出身贫苦,脸长得像专演变态的反派演员,但是举凡他能够控制的部分,都给予刀削斧凿的雕刻,比如他与酒色财气无关的身材,他优异的业绩,他虽然有口音但流利工整的英文。明显吉姆对堂妹另眼相看,这两个人呢,他旁观也是自有合拍之处。吉姆不是良善之辈,但一表三千里,老板让传递无伤大雅的礼物,他也没必要拦下,不过想了想,还是跟莎丽说:"周总业务能力顶尖,但同事关系不佳,私人生活颇有些传闻,上次跟女演员辛习雅在活动结束后开房,就发生在我眼皮底下,他知道我和你是亲戚,但也并不避讳,显见的不会是好白话的男朋友。他这借花献佛的小礼物,我看就当是上次……上次对你动粗的道歉,再多的交往,我看也没有必要。你要是连这个也不打算收,我就直接带回去,省得他多叨扰你,更好。"

听到辛习雅的名字,莎丽露出冷笑,但心中又五味杂陈。堂哥走了后,她打开信封,里面除了游泳券之外什么也没有,她连每一张的反面都看了,但只有铅印的蓝灰色使用说明小字,有的地方蹭上了正面盖着的酒店财务章,像残缺的只发生在记忆中的吻。

她收好存单,上网看了看短期游学的项目,又觉得意兴阑珊,胡乱睡了一个午觉,醒来时黄昏已至,她想起妈妈说自己在婴儿时期,每天一到这个时候,势必要大哭一场。直到现在,这个时段仍让她觉得分外不适。

想到"前男友"竟钓上了充满争议且身材火辣的女演员,她辗转反侧,约了杜怡冬来解闷,对方求之不得,但说不巧正在山西出差,今晚回来,大约要十点钟到京,十一点前能赶到她这里。

十一点?倒不是不能等他,可是莎丽自问真的在等的,也并不是他啊。她一向痛恨等待和猜测带来的负面情绪,她想认输一次,承认自己服帖于周吉姆巨大的能量。她收拾了一个小箱子,十点半离开家,直接去了周吉姆家。

看到莎丽从天而降，吉姆喜出望外，他再一次地，被不久前出现的酸涩的温情击中了。两个人没有马上奔赴卧房，而是长久地拥吻着，有什么坚硬的东西在心里碎裂了，又也许是融化了。他们在一次次的竞争和比武中毫不容情地嘲笑着对方，消费利用着对方，同时也将隐藏于对方身形中的自己揪出来，像上次那样用力掌掴，而意外中的意外，却是他们都露出了自己的阿喀琉斯之踵，他们爱上了对方，至少是此刻。

两个人重归于好后的卧房生活质量却有所下降。从这一夜起，他们都有点束手束脚起来，也许是终于而至的爱情让他们有点不好意思，也许琴瑟在御岁月静好不是他们熟悉的生活。

吉姆提到外甥放暑假时照例要来小住开眼，莎丽翻出好大白眼表示恕不奉陪，届时自会回妈妈家腾地方。吉姆固然只肯对亲戚提供有限的照顾，但是莎丽的轻蔑也令他不平。莎丽整天在家准备雅思考试，吉姆看在眼里又觉得很不开心，还是想走吗？不是以前去过英国了，参加的那个对外经贸大学的游学项目吗？到底在哪个城市？喜欢英国吗？有没有男朋友？中国的外国的？外国人的本事怎么样？莎丽忍住了不说话，吉姆又觉得无趣，就好像他自己在应聘时没撒过谎似的，他们两个人谁没有案底？

在一次出差的前夜，吉姆独自在客厅看完了一个辛习雅有份出演的旧电影，他去小卧室找莎丽。看她虽然歪在床上，却一本正经地戴着耳机在念念有词地温书，想到这些日子她好吃好住有自己陪，却还是一心要走，他愤懑不平。

吉姆直接采用电影中男主角袭击辛习雅的方式蹿上来，莎丽推脱不过，但在整个公鸡踩背的过程中，都没有放下手里的书。质量上乘的耳机屏蔽掉了部分吉姆的怒骂，最后又被他一把扯下，扔出去好远。莎丽努力翻身仰起自己的脸，她最近丰润了一些，更显得玉貌花容，她却问吉姆是不是又想朝脸上动粗，吉姆愣住了。莎丽最恨他不待宽衣就来求欢，还有上次整晚穿着衬衫与袜子给予她的全套教训，简直让自己像只匍匐在他脚下的畜生。她悲愤交加，将领口拉开，摆出辛习雅的招牌姿势，媚笑着，却严厉地说"你大爷"。吉姆戛然退下，将地上的耳机扔回给她。

两人一夜无话，清晨五点，公司的车就来接他。在这一次的出差中，周总再次与推广活动的站台名模风流一夜，堂哥知道莎丽和他的近况，但决定对此类事情三缄其口。

一个星期三的中午，杜怡冬出去办完事已到了午餐时间,他在客户写字楼的B1层买了肉夹馍套餐。这家店不设座位,他拎着塑料袋走到外边,找了一个门可罗雀的牛排店,坐在门口的椅子上打开外卖餐盒吃起来。店家来干预,他说那就"在此消费"一瓶水加一块巧克力饼干,店家面无表情地进去了,他一抬头猛然看到了隔着一条便道坐在意大利餐厅门口的杨莎丽。

不过才五月中旬而已,他的"前床友"已穿着短得不能再短的白色毛边牛仔短裤,露出整条丰腴的大腿,上身是件绿底粉色花蕾的荡领无袖背心。她对面的男子身型高大,穿着硬挺的白衬衫与熨帖的浅灰色毛料西装裤,自顾自吃着一盘菜叶子,莎丽在看书。

没一会儿莎丽的千层面来了,盛在巨大的盘子里,男子正好吃完自己的,做手势让服务员端走他的盘子。杜怡冬记得莎丽喜欢吃这样一大盘奶糕一样的东西,他自己是闻都不能闻的,但对面的男子行云流水地将附带的一碟芝士粉全数倒进莎丽的餐盘,将她手里的英文书抽出来合上,对着食物向莎丽一抬下颌。

莎丽吃起来,男子点着一根烟,吸一口将头偏过来吐出烟圈,杜怡冬连忙低下头,又禁不住将眼睛抬出眼镜框继续偷看:男子略侧身将拿烟的右手臂别在花园餐椅的后边,默默地看着远处。想不到莎丽仍然从餐盘上抬起头，皱眉在脸前扇风两下，男子将眼光收回来，歪嘴笑了，将大半支烟卷掐灭。突然好像觉得两腿局促，他又将座椅向后挪挪，略弯身将指尖并在一起，低头说了一句什么，莎丽爆笑起来，男子也笑得不行。莎丽继续吃饭，男子伸出长臂，拧一下她的脸。莎丽又皱眉。杜怡冬也皱眉，想起莎丽那让他嫌烦的左右不是、容易气恼的小脾气。

男子看看表站起来，从旁边空着的椅子上拎起灰色西装穿上，莎丽抬头看他，他走到她一侧，目视周围，不动声色地将食指划过她锁骨略下边的地方，然后大步流星地过到马路这边，朝写字楼入口走去。杜怡冬看清男子的长相，他长着一张不笑就显阴沉的脸，但是身形颀长周正，是少见的能将西装穿得好看的亚洲男子。

杨莎丽戴上耳机，继续吃饭。上次从山西出差回来，她主动约了自己却又给吃了闭门羹，后来试图联系她两次都没有回音。此刻杜怡冬却没有跳过马路去揪着她说清楚的冲动，而是给正在冷战闹离婚的老婆发了一个微信，表示了和好的愿望。

## 八

沙玉华陪着莎丽去医院看检查结果,结束的时候却在大厅碰上旧雇主的女儿顾影用轮椅推着母亲来看病。那老太太的手脚都以别扭的姿势佝偻着,面容也有很大的变化,沙玉华觉得凄凉而心酸。她蹲下胖胖的身子,将手敷在老太太的膝盖上,"阿姨,你怎么……"说不下去。顾影忙搀她起来,两个人看到故人,都觉得说不出的亲切,沙姐忍住鼻酸,拉过身后的人介绍:"我女儿。"顾影这才注意到,连忙打个招呼。

以前就总听母亲说,"小沙年轻时一定是个美人",年轻人不耐烦琢磨中老年人的面容,如今看到沙姐的女儿,顾影叹服母亲的眼力,知道她所言不虚。杨莎丽也在打量顾影,她不以母亲曾帮佣的历史为荣,对顾家也没有好感,约略知道逝去的顾老是情礼兼到的老好人,两位老太太则虚浮骄矜,眼前这位,想必就是"总体像她父亲,但也有小脾气"的大小姐了,她客气地点点头。

轮椅上的老太太仰头看着沙玉华,露出喜悦的眼神,又目不转睛地盯着杨莎丽看,顾影也在心里喝个彩,惊讶这名女子脸长得有沙姐的周正,身材却一点没有继承母亲的矮胖，就算是穿着来医院的软旧衣服，也看得出是个婀娜多姿的尤物。

沙玉华听顾影说了她母亲的病况，只是叹息，顾影又问她怎么来医院了，她说是来陪女儿看个耳鼻喉科，不欲多说。顾影客套一句，但心里想，莎丽这一脸精明相的成年人，需要母亲来陪着看的病怕也不是中耳炎那么简单。

这时莎丽接到电话，简单应答："在哪儿，好，这就过来。"沙姐问顾影二人怎么回去，听说打不到车，连说："我们有车，我们有车。"莎丽也抿嘴道："坐得下，姐姐不要客气。"

未及推辞，沙玉华已做主推上顾影母亲的轮椅，她们往外一直走到门诊楼门口的坡道上。周吉姆的车刚被辆救护车别到一边，正在接受保安的大声呵斥，他心急火燎地想再打电话催促莎丽，就看到她们一行浩浩荡荡走过来了，略有不解，女友向后面一偏头："妈妈的朋友。"吉姆迎上来，顾影不免想，沙姐这"女婿"也实在是一表人才，乍一看去是威风凛凛的精壮男子，他低头过来帮折叠轮椅时，却发现额头上修剪规整的发际线端还有个美人尖。顾影将头靠在皮椅子上想，今天算是见识到真正性感的一对璧人了。

周吉姆之前已接到莎丽的微信，也看了检查报告的照片,他们医药行业的人,都多少有点医学常识,知道哪些凶险而哪些不紧要。他此刻有心事,车上却有陌生人,不好马上问详情,只有沉默地专心开车,等红灯的时候,他将手放在副驾女友的腿上,握紧她的左手。

顾影留意不到这些,沙姐不和她说话的时候,车内就静谧得仿佛平行于宇宙的另一个空间,她谢绝了吉姆"不如一起便饭"的提议,沙姐替她解释:"家里还有姥姥。"顾影二人中途下了车,又再谢绝了沙姐"我来推阿姨上楼"的好意,吉姆右手扶一下沙玉华的圆肩,暗自用力示意她回车上,左手拍拍轮椅的扶手与顾影客套下,就大步转身回到驾驶座,他的米白色棉麻西装被风吹起了后摆。

吉姆将车左拐右拐,停在一家江南菜小馆,刚将挡位复原,没承想杨莎丽就粗鲁地问他:"干吗?"吉姆知道她心情恶劣,今天上午自己有会,没法陪她应诊,检查结果不好,她现在里外夹攻,想寻衅闹事。他吸一口气,温言问杨莎丽:"饿了没有?"看莎丽梗着脖子不说话,他又说:"那要不先回去休息,我下午请了假,做给你吃也行。"

莎丽还是不说话,沙玉华想打圆场,可是未语泪先流,莎丽听到母亲抽泣,回过头去厉声问:"干什么？"又再看向前方,对吉姆发话:"送妈妈回家,都不饿,你饿你回去找秘书买三明治。"吉姆一声不吭重新发动车子,半晌说:"心往好处想,话往好处说。"后座沙玉华两三声没忍住的啜泣喷薄而出。

莎丽以前根本不知道人体还有个器官叫作额窦,而且这里会作妖长出肿瘤。不管是否正常就业,她每年都按时体检,由于比常人略活跃的两性生活,她对妇科的各种筛查最为上心,从去年起她还专门飞去香港接受成人的宫颈癌疫苗注射。

她从小是顽固的鼻炎患者,紧张劳累即会导致偏头痛,去年体检报告曾提示她,在这个从来没听说过的鼻腔上方的位置长有囊肿,她听说不会恶变就没有放在心上。今年初刚拿到英国某商学院的录取通知,身体就出现了种种不适,起初是口腔张合不利,她哪里会留意,接着眼睛和鼻子都出现了无法忽视的症状,经过一系列令人不适的内镜、X光、CT与核磁检查,今天拿到病理报告,证明她患了什么额窦癌。唯一幸运的是仍在早期,医生安慰她说这个部位的癌症因早期症状不明显,常难以及时发现和诊断,治疗时机的延误导致多数患者预后不佳,她现在算是尚有希望。

吉姆长年的职业素养让他在此时能够以不变应万变,他不去与莎丽的情绪纠缠,只平静叙述真正有用的信息，他告诉莎丽，来接她之前，已经托了熟人，最快下周就可入院手术，劝母女俩不要太恐慌了，现代医学的发展一日千里……莎丽打断他说先送母亲回家，沙玉华努力平复自己，说家里地方小，没法照顾他们两个，要是吉姆方便，她想跟着女儿一起过去暂住："帮你们两个做做饭。越是这会儿，越要按时吃东西。"莎丽打断她说不要。

吉姆简单说："听你的。"他转动方向盘，将车子箭一般驶出。到了地方，沙玉华百般不忍地下车离去，为了免招莎丽心烦，吉姆没有下车相送，只是摇下车窗与沙玉华颔首，看着她将小花手绢用力捂在口鼻处悲咽，鬼使神差地，吉姆突然朗声说："妈妈慢点儿。"杨莎丽猛地转头看向吉姆，车外的沙玉华也愣住了，在她的泪水再次决堤之前，吉姆的车子已缓缓滑出。

他们回到吉姆的公寓，杨莎丽因惊怖带来的戾气已消失无踪，两个人确实都没有胃口，吉姆建议莎丽先去午睡。他想替她给保险经纪打个电话，莎丽说，不必，上周做活检报告时已经细查了保险合同，原位癌不赔的，吉姆骂声娘，莎丽团在沙发上，仰脸对吉姆笑了。吉姆连忙坐下，紧接着伸出双臂，将她整个人环抱在怀中。他忽然也想像沙玉华一样不管不顾先哭起来再说，他的下巴在莎丽的头顶来回摩挲着，莎丽想起刚才，轻声问他："妈妈慢点儿？"他的下巴停住了动作，俯下头说："不要问号，行吗？"莎丽说："嗯。"

吉姆说："你回我微信的时候，说嗯是同意，说哦是不同意，真的同意你会说哦哦，或者嗯嗯，或者好的。"莎丽笑起来，她不怕吉姆说自己病发后鼻子总是很臭，她欠起身将鼻头在吉姆的脸上蹭蹭，然后说："嗯嗯。"又说："好的。"

两个人都想起上一次吉姆假意求婚时，曾怎样地激怒了莎丽，之后爆发的那一场激战。两个人都笑了，怎么也没想到，他们会准备与当初的仇人结婚，而且是现在，确诊了癌症之后。莎丽不准备像言情小说的女主角一样因病魔的捣乱而拒绝男友的盛情，结婚？结婚就结婚。如果仍想结婚，除了他，还有谁更合适呢！这些年，妖魔鬼怪也见得多了，愤世嫉俗如她，倒也不觉得累，哪怕就是得了这样的病，相信康复后如果需要，她仍能到江湖大战三百回合。周吉姆让她放下了武器，而她也令对方放下了好胜心，都是怎么做到的，她现在也有点想不起来了。

莎丽还是在吉姆的怀中盹着了，醒来发现自己蜷在他腿上，身上只盖了一个平时扔在沙发靠背上的细布披肩,她的爱人在看静音的滑冰比赛,莎丽轻哼一声坐直,吉姆咧嘴轻捶被压至麻木的左腿,轻声问:"喝水吗?"莎丽不语,轻抬下颔,表示要看一会儿滑冰再说,吉姆将音量放大到正常。

在两人共同的爱好中,他们早就发现观看滑冰比赛有着治愈烦躁不安的奇效,尤其是双人滑,那貌似突然与粗暴的抛甩其实重点是防御、控制与保护,而单脚稳稳落地的女方总是能赢来全场掌声。只见冰上的两人反复缠斗后又无比果断地分开,满场飞着做出一式一样的旋转和跳跃,然后久别重逢般迫不及待地冲进对方怀抱,女方倒立着与同伴手足相依,转瞬又升华为高难度的托举,令人叹为观止。

某次观看完一场精彩绝伦的滑冰比赛,他们还在体育馆外买了一本通俗小说,就是描写双人滑恋人的。小说情节非常引人入胜,对于其中令周吉姆特别感兴趣的露骨描写,他们讨论道,每天这样近身训练,又要彼此绝对地信赖欣赏,是非常容易发展出恋情的。

一个下午就这样悄然而过,两个人满足地叹着气。看滑冰比赛时多么容易忘记男女运动员自始至终是站在刀背上的,除了音乐,除了对彼此的了解与信任,他们什么也没有,真是孤绝凄美的人生一刻。